ヒャッハーな
RMMO

榎丸さく

TOブックス

CONTENTS

HYAHHAAAAA NA
OSANANAJIMITACHI TO
HAJIMERU VRMMO

ILLUST 榎丸さく　DESIGN アオキテツヤ(MUSICAGOGRAPHICS)

第一章　果てなき戦いの世界へ

ピーンポーン

ある雨上がりの昼下がり。部屋で先日買ったばかりの本を読んでいると、軽快な音を立ててチャイムが鳴り響いた。

「あーそういや、今日宅配便が来るとか言ってたっけ」

チャイムの音に自分の部屋で本を読んでいた俺は本から顔を上げ、一階へ降りていくと印鑑を持って玄関の扉を開ける。

「はーい、今出まーす……ってあれ？　誰もいない？」

しかし、そこには誰もいなかった。玄関から顔を覗かせても、先程まで降っていた雨が作り出した水溜りがいくつかあるだけで人影らしきものは見当たらない。

「まったく……イタズラか？」

この辺りは住宅街で家々が密集している。そのため、小さい子供のイタズラが絶えないのだ。とは言ってもせいぜいがピンポンダッシュ程度だが。

本の続きでも読むかと思い部屋に戻る。

そして、部屋の扉を開ける。

（せーの）

「「ハッピーバースデー！」」

パンパンッ！

先程まで俺しかいなかったはずの部屋に二つの人影があり、その人影の掛け声と共に炸裂したクラッカーからキラキラした紙片が飛び散る。ついでに人影が何か言っていたが、クラッカーの音に遮られて聞き取れなかった。

だが、この場合に俺がとるべき行動はひとつだ。誰もいなかったはずの自室に人がいて、さらにそれがクラッカーを鳴らすという光景に、俺は迷う事なくポケットからスマートフォンを取り出して耳元にあてがう。

「…………………もしもし、警察ですか？　不審者が二人不法侵入してきてるんですが……」

「のわぁぁぁぁ！　ストップストップ！」

「お、おおお、落ち着けけ！　ま、まま、まずは話しししし合おおう！」

「冗談だから安心しろ。それとまずはお前が落ち着け」

侵入者の正体はよく見知った人物である。「せーの」の音頭を取った少年が米倉瞬《よねくらしゅん》。顔立ちは美形と言って差し支えないが、無鉄砲というか深く考えない性格なのであまりモテない残念イケメン。友人は男女年齢層問わず多いのだが恋愛方面になると無人島である。

そして可哀想な程焦っていた少女が神崎明楽《かんざきあきら》。整った顔立ちに、裏表ない真っ直ぐな性格と滲み出るアホっぽさから男女問わず高い人気を集めている。学校でもその性格のおかげで信頼は厚い。

しかし、瞬と同じで思い立ったらすぐ行動なタイプなので、危なっかしい行動が多い。ただし、瞬と違ってモテる。同じ後先考えない本能で生きているような性格でも、美少女ならそれもまた一つの魅力になるということなのだろう。

二人とも我が家の両隣に住む俺の幼馴染だ。

そして、小さい頃……それこそ保育園からずっと一緒にいるこのヒャッハーな幼馴染二人に部屋に忍び込まれ、絶賛困惑中の俺が鷹嶺護《たかみねまもる》だ。

俺達三人は、保育園から小中高全て同じクラス、小中高に至っては常に近い席順という、もはや呪いかっていうレベルでいつも俺達三人は一緒に居る。おかしくないか？　何で席替えのたびにすぐ近くにいるんだよ。

「あのなぁ。毎回言ってるだろ？　勝手に部屋に入って来んなって」

ちなみに、俺達三人は家が隣どころか部屋も一直線上にありベランダの向きも同じになっている。

しかも、俺の部屋は設計ミスなのか知らないがベランダが二つあり、そのせいで明楽と瞬のどちらの部屋からもベランダ伝いにお互いの部屋に行けるというおまけ付き。つまり、窓の鍵さえどうにかすればベランダ伝いに俺の部屋に侵入できてしまうのだ。

いつも集まる時はベランダ経由のほうが何かと便利なのでそれでもいいのだが、時折こうして不法侵入してくるのは困る。

なぜ俺の両親はこの家のベランダの事を知りながら「面白い！」でこの家を買ったのか……我が家の七不思議の一つである。

そんな幼馴染二人は、何故ピンポンダッシュで誘き出すなんて手段を使ってまで俺のいない部屋に不法侵入したのか。その理由を訊ねると、瞬と明楽が嬉々として答える。

「いやーだって誕生日だぜ？　サプライズしたいじゃん！」

「そうだぞ！　折角の誕生日だぞ！　普通にパーティーやって終わりじゃ寂しいだろう」

「まって、ウェイト、エスペラ。パーティーってなんだ？　俺知らないんだけど」

「なぜスペイン語が出てくる……？」

そういえば今日が俺の誕生日だった。今日が誕生日だってこと、普通に忘れてた……両親が仕事の都合上よく家を空けるから、誕生日も普通の日と何も変わらないしすっかり忘れていた。急に「一週間くらい家空けるからよろしく！」みたいなメールがしょっちゅう来るからなうちの親。それでもしっかり生活費は振り込んでくれるし、そのお蔭で精神的な自立が早く、このヒャッハー二人の面倒を見れてるのでそれはそれでいい経験なのだが。

俺が少し別の事に意識を飛ばしていると、目の前で二人がこそこそ話し出す。だが、結構焦ってるようでそのこそこそ話は丸聞こえだった。

（おい！　明楽！　それも内緒《サプライズ》だろ！）

（ああっ！　そうだった！　どうしよう！）

（三ヶ月も前から計画してたんだぞ！）

（あばばばば）

「はぁ……聞こえてるぞー。内緒話するならバレないようにな」

「「あぁっ！」」

とまぁ、こんな感じで騒がしい幼馴染二人の保護者的な位置に俺はいるという訳だ。瞬と明楽の両親もよく息子（娘）をよろしくって言ってくるし。……一応、同い年なんだけどな。

「で、人の部屋を汚してまで何の用だ？」

クラッカーのゴミが散らかった床を指さしながら聞く。

サプライズをしてくれたこと自体は嬉しいが、それはそれ、これはこれだ。

「それはマジすまん。しっかり片付けますんで……」

「うむ！　瞬がんばれ！」

「明楽もやるんだよ！」

と、二人はギャーギャー言い合いながらもしっかりと部屋を片付け始める。

それを確認すると、俺は二人が片付けをしている間に一階に降りてキッチンへ行き、冷蔵庫の扉を開ける。中に飲み物は麦茶と水と牛乳しかないので、お茶と軽いお菓子を持って部屋に戻る。

「お疲れ様。はい、お茶。……ジュースは出ないぞ」

「「!?」」

「事前に言ってくれてればジュースくらい用意しといたのに……」

お茶とお菓子で軽いもてなしの用意をすれば、先ほどまでの喧騒はどこへやら。空気はあっという間にいつもの談笑モードに変わっている。

「それで何の用だ？　ハッピーバースデーって言うためだけに不法侵入したのか？」

「あぁ、忘れる所だった。ほいっ、誕生日プレゼント」

瞬が何かの箱を放ってきたので落とさないように慎重にキャッチする。その時、明楽が恨みがましい目で瞬を見ていたが、今渡されたコレに何かあったのだろうか。

キャッチしたそれはプレゼント用の包装紙で包まれた箱だった。

包装されているのは素直に嬉しいけど、何でピンクなんだ……？　仮にも高校生の男子へのプレゼントの包装に使う色じゃないだろ。

「包装紙の色はともかくありがとな。開けていいか？」

「ふっふっふ、もちろんだ！　開けてみてくれ！」

無駄に厳重に包装されてるピンクの紙に苦戦しながらも包装を剥がしていくと、ようやく本体が見え始めた。包装紙の色に関してはスルーを決め込むつもりらしいので、俺もそれに倣おうと思う。

「これは……ゲーム機、か？」

「ご名答！　最近話題のＶＲのゲーム機だぜ！」

「それはありがたいが……結構いい値段するだろ、これ。貰っちゃっていいのか？」

「うむ！　もちろんだ！」

「この為だけに小遣いとバイト代を貯めること数ヶ月……」

「それはそれは辛い道のりだった……」

急にナレーション風に語り出す二人。確かに小遣い貰うとすぐ使い果たすこの二人が俺のために何ヶ月も貯金してくれたのは素直に嬉しい。ただ、ゲーム機を買ってくれた事よりも幼馴染二人が貯金してくれた事の方が嬉しいのはなんとも……。

「お前らが貯金してまでプレゼントしてくれたのか……なら、大切にしないとな」

「おう！　大切にしてくれよ！」

「うむ！　私もこのために短期のバイトをして頑張ったんだぞ！　いつもならあったらあっただけ使っちゃうからバイトはダメと言っている両親も、護の誕生日プレゼントのためならと特別にバイトを許可してくれたぞ！」

確かに瞬は欲しい物の為なら我慢は出来るタイプだが、明楽はすぐに使い果たしてしまうタイプだ。一応、本人もあると使ってしまうのは分かっているらしく、お小遣い貰った日には半分を俺に預けてくる。そして、月末にどうしても使いたい時に泣きついてくるのだ。幼馴染とは言えなぜ他人に金を預けられるのか……不思議だ。

ちなみに、渡されているお金に関してはしっかりいつにどんな用件でねだられたかしっかり記したノートをとって月毎に明楽と確認をしている。いくら気心の知れた仲とはいえ、そこをなぁなぁですませてはいけない。

と、そんな滅多にしない貯金をしてまで二人がプレゼントしてくれたのは、Trans《トランス》 Real《リアル》、通称TRと呼ばれるVRゲーム機だった。本体はゴーグル型とチョーカー型の二つに分かれていて、この二つの機器を使って本当に現実の様なVRの世界を味わえるという代物らしい。

何でも、チョーカー型の方で脊髄を通る脳の信号をキャッチしてデータ化し本体に送り、ゴーグル型の方で脳波やら何やらをどうのこうのと瞬が言っていた。瞬もうろ覚えで聞きかじりの知識しかなく、詳しいことはわからなかった。

あまり詳しくないのでよくわからないが、このＴＲがＶＲ機器として最新型かつ初のＶＲゲーム特化機だという事だけは知っている。ＣＭもじゃんじゃん流れてるしな。

ちなみにキャッチコピーは『現実を超える⁉』だそうだ。

ゲーム機の箱を眺めていると瞬が話を切り出す。

「それでさ、さっそく明日から一緒にゲームやろうぜ！」

「本当にさっそくだな……それで、そのゲームってどんなゲームなんだ？」

「あぁ、明日から正式版が稼働する『Ｅｎｄｌｅｓｓ《エンドレス》・Ｂａｔｔｌｅ《バトル》・Ｏｎｌｉｎｅ《オンライン》』通称《ＥＢＯ》っていうＶＲのＭＭＯＲＰＧだ」

「あーＭＭＯか……」

俺は、ゲーム自体はそれなりに好きだがＭＭＯＲＰＧというものが今ひとつ好きになれなかった。嫌いという訳ではないが、どちらかというと一人でプレイしたい派だったのと、スペックが低い機材しか使えなかったため物凄く重くなってしまうストレスがあったからだ。最近はあまりゲーム自体にも触れてないので、記憶に引っ張られて変に苦手意識があるのも理由の一つだろう。

「まぁ、ものは試しでさ。一回やってみようぜ」

「頼むっ！　一緒にやってくれ！」

苦手意識からすぐに返事を出来ないでいると、断られると思ったのか瞬と明楽が必死に頼み込んでくる。

そういやこの二人って一人でやる系よりも、対戦なり協力なりで大人数でプレイできるゲームが好きだったな。

それこそ幼少期は一緒にさまざまなゲームで遊んでたりしたが、途中から好みの差が出てきて一緒のゲームをがっつりやりこむことはほぼなくなってたからな……。

何回か二人がはまってるゲームに誘われることはあったが、結局やれてなかったからな……VRにも興味はあるし、何より二人が用意してくれたプレゼントだ、やってみるとしよう。

「わかった、折角お前らが普段しない貯金までして買ってくれたプレゼントだ。是非一緒にやらせて貰おうかな」

「よっしゃぁ！　さんきゅな！」

「これで遂に三人で出来るぞ！」

二人とも凄い喜びようだ。これは今まで断ってたのも少し悪いことした気分になってくるな。

さて、ＶＲのＭＭＯＲＰＧとはどんなものか、なんだかんだ少し楽しみになってきた。機材も最新型だし、期待していいだろう。

その後は、幼馴染三人でやるささやかな誕生日パーティー（料理、セッティングは全部俺）を楽しんで解散となった。そして、相変わらず我が両親はおめでとうのメールこそあったものの留守だ。息子の誕生日だってのに……俺も二人に言われるまで忘れてたけど。

《ＥＢＯ》は明日の午前十時から正式リリースされるそうなので、今日は二人とも早めに寝るそうだ。あいつら、朝弱いしな。

……俺も早めに寝るとするか。


そして翌日、とりあえずゲームを始めるにあたってやっといた方がいい家事は終わらせ、軽い朝食を取ったあたりで時刻は午前九時をすこし回っていた。俺は時計を見上げると、約束を果たすべくスマートフォンを取り出す。

まずは瞬だ。あいつのスマートフォンに電話をかける。

「…………出ねぇ、よし次だ次」

瞬は出なかったので次は明楽に電話をかける。

「…………こっちも出ねぇ」

あの二人には明日九時を過ぎても起きたメールが無かったら電話で起こしてくれと頼まれていた。

そして見事にどちらからもメールが来ない。よってモーニングコールを掛けているのだが……。

「あいつら……人のこと誘っておいて本人達が寝坊とかやめろよ……」

俺はもう準備が終わっているので、後はＴＲを装着してログインするだけだ。

「よし、起こしに行くか」

しかし、ここで誘ってくれた二人を放置するほど俺も鬼じゃない。二人を直接おこしに行くことにした。

まずは瞬からだ。キッチンから事前に用意していた『ある物』を持ってきて準備完了。

自室からベランダに出ると、端に置かれている小四の夏休みに三人で作製して以来ちょくちょく改良しながら使い続けている着脱式の掛け橋を架け、瞬の家のベランダに向かう。夏が近いこともあり網戸しか閉めていないので侵入は容易だ。

「おーい、一応警告するぞ。後五秒で起きろー」

ごーー、よぉーーーーん、さぁーーーーん、にぃーーーーー、いぃーーーーーーち、ぜぇーーーーーーーーろ。

わざとゆっくり数えたにも拘わらず起きなかったな。警告は無視された、いざゆかん！

俺も実は《ＥＢＯ》を楽しみにしていたらしく、少し変なテンションになりながらも、網戸を開けて瞬の部屋に侵入する。少し見回すと、ベッドの上で布団を蹴っぽってグースカ寝ている瞬を発見。用意したブツを瞬の寝巻きの中に突っ込む。

「のひゅわがぁっ！」

例のブツの効果は覿面《てきめん》だったようで、瞬はすぐに飛び起きた。

リアルで跳ね上がって起きる奴ってほんとにいるんだな……。

「おっ、おまっ！　寝てる奴の服の中に普通に保冷剤突っ込むか普通⁉」

そう、俺が用意した例のブツとは保冷剤の事だ。寝てる奴の服にこれを突っ込むと、大体は跳ね起きる。なお効果には個人差があります。瞬には比喩ではなく跳ね起きるほどに効果があったようだ。

「お兄ちゃんうるさい！」

ついでに、瞬の妹も起こしてしまったらしい。軽く謝ってから本題に移る。

「ようやく起きたか。もう九時過ぎだぞ。起こせって言ったのお前だろ？　モーニングコールしてやったのに起きねぇもんだから直接おこしに来てやったぞ」

「いやぁすまんねぇ。護が一緒にゲームしてくれるって言ってくれて、超楽しみで寝付けなかったんだよな」

「お前は遠足前の子供か」

まぁ俺も結構楽しみだったらしく、いつもより一時間ぐらい早く起きたけどな。ちなみに、瞬と明楽は明日が楽しみだと寝付けない人種で俺は早く起きちゃう人種だ。

「じゃ、俺は明楽起こしてくるから。後これ、おにぎり作ったからしっかり朝飯食ってからゲーム始めろよ」

「まぁ！　マモちゃんったらお母さん！」

「引っぱたくぞ」

「サーセン」

そんなくだらないやり取りを繰り広げながら瞬におにぎりを三つ渡して部屋に帰る。次は明楽だ。今度は逆のベランダに出て、これまた端っこにある着脱式の掛け橋を架け、明楽の家のベランダに足を踏み入れる。こちらも瞬と同じで網戸しか閉めてない。

瞬にも5秒あげたし明楽にもチャンスあげないとな。

「おーい、一応警告するぞ。後5秒で起きろー」

ごーー、よぉーーーん、さぁーーーん、にぃーーーー、いぃーーーーーち、ぜぇーーーーーーーろ。

明楽もわざとゆっくり数えたにも拘わらず起きなかったな。警告は無視された、いざゆかん！

（変なテンション継続中）

早速網戸を開けて明楽の部屋に侵入。幼馴染とはいえ女子の部屋に侵入とかどうかと思う。とかそんなことを考えていた時期が俺にもありました。こいつの両親に頼まれていて重要な日はいつも俺が起こしに来てたからさすがにもう慣れた。なぜこいつの両親は年頃の娘の目覚ましに幼馴染とはいえ男を使うのか……。

明楽のベッドを見るとからっぽだった。一瞬、もう起きてるのか？　と思ったが、直後にベッドから落ちて床で寝ている明楽を発見した。まぁ……だよな。少しでも期待してしまった反動を感じつつ、瞬と同じように保冷剤を明楽の背中に突っ込む。

「あふひゅきょ！」

保冷剤を入れられた明楽は、ビクッ！　っとなった後に奇声をあげながらゴロゴロと転げ回り始めた。その度に背中の保冷剤が押し付けられて更にヒヤッとしてるが……それでいいのか？

とりあえず、ローリングしている明楽を止める。さすがに鬱陶しい。

「おはようございます。鷹嶺護が午前九時過ぎをお伝えします」

なんとなく時報っぽく声をかける。すると、起き上がった明楽は目を擦り首を傾げ、何で起こした？　とでも言いたげな顔で見つめてくる。こいつ、忘れてやがるな？

「ほら後一時間足らずで始まるぞ《ＥＢＯ》」

「……？　…………あぁっ！」

やはり忘れてやがった。本当に明楽は寝起きが弱いな……まぁそれも個性か。

「ほい、おにぎり。これ食ってからゲーム始めろよ」

「おおっ！　ありがとう母さん！」

「誰が母さんだ……」

なんで、こいつらは俺を母さんにしたがるんだ……早く自立してくれよ……。

「それで中身は⁉」

「わかめ、のりたま、塩の三つだな。ちなみに瞬は梅干し、おかか、昆布だ」

「ほぉーってあれ？　瞬って梅干しダメじゃ無かったか……？」

「アハハ、ナンノコトカナ？」

大丈夫、母さんって言われたから一応用意しといた梅干しおにぎり渡した訳じゃな「うわっ！　これ梅干しじゃねぇかッ！」いからな。

……誰かの悲痛な叫びが聞こえてきたが、俺は知らん。

明楽の部屋の時計を見ると、もうそろそろ9時半になりそうだった。そろそろ部屋に戻るか。

「じゃあ俺は部屋に戻るからな。しっかり食えよ」

「もひほんは！」

すでにおにぎりを頬張り始めていた明楽に見送られながら部屋に戻り、やり残しが無いか最終確認をしてからTRを装着していく。チョーカーを首に巻き、ゴーグルを付ける。……やはり最初の内は違和感が強いな。

だが、人生初のVRがどんなものになるのか、とても楽しみだ。

ワクワクしながらＴＲを起動する。すると、ふわっと体が浮くような感覚と共に意識が身体から切り離され、まるで眠りに就くようにすっと意識が暗転した。

◇◇◇◇

ＴＲを起動してから少しすると、暗転していた視界が開け始める。

つい先ほどまで自室のベッドに横たわっていたはずの俺は、気が付けば辺り一面が真っ黒に染まった、しかし暗くはないという不思議な空間に寝そべっていた。

「これが噂のＶＲ空間ってヤツか……分かってはいても、急に景色が変わるのは不思議な気分だ」

立ち上がり、軽くストレッチのような動きをして現実とほとんど齟齬のない体の操作感覚に感心するような圧倒されるような何とも言えない感動を味わっていると、辺りにいくつかのこぶし大の水晶のような物が浮かんでいることに気が付いた。恐らくここがＴＲのいわゆるホーム画面というやつなのだろう。

いくつかある水晶の中から《ＥＢＯ》の文字が浮かんでいる水晶を見つけ出し、それを手に取る。

すると、ポーンと軽快な音を立てて目の前に小さな半透明の薄い板……ウィンドウが現れた。

《ＥＢＯを開始しますか？　ＹＥＳ／ＮＯ》

それが目的で来たので、当然ＹＥＳを選ぶ。すると、手に持った《ＥＢＯ》の水晶から音もなく純白の光が溢れてきて、あっという間に視界を埋め尽くした。

ＶＲ世界の中でもまぶしさを感じるのか、なんてことを考えながら、目をつむり光をやり過ごす。

そのまま少し待機していると、光が収まったので目を開け辺りを見渡す。

そこは目の前に大きな鏡がある以外は先ほどまでいた場所《ホーム画面》と全く同じ、真っ暗だけど暗くないだけの殺風景な部屋だった。

《キャラクターメイキングを開始します》
《プレイヤーネーム、ジョブ、初期スキル、外見を決定してください》

そんな声が聞こえると同時に、目の前に再びウィンドウが現れた。

二人を起こしていたせいで時間も押しているだろうし、さっそくキャラメイクに取り掛かる。

目の前のウィンドウに表示されている初期ステータスはこうなっている。

『ｎａｍｅ』
ジョブ：　サブ：　Ｌｖ：１
ＨＰ：１００／１００　ＭＰ：１００／１００
ＳＴＲ：０　ＶＩＴ：０　ＡＧＩ：０

DEX：0　INT：0　MND：0
LUK：0　SP：50
【パッシブ】
なし
【スキル】
なし

まずは名前。これは他のゲームでも使っている『トーカ』にすることにした。

この名前は、護↓ガード↓ドーガ↓トーカの順で元の名前をもじったものだ。

次にジョブ。これはメインジョブとサブジョブの二つを選べるらしく、またサブは必ずしも選ばなければならない訳ではないらしい。

また、メイン推奨とサブ推奨の二種類があるが、必ずしも推奨通りに決めなくてもいいようだ。

極論、サブ推奨のジョブひとつだけを選ぶこともできる。

ジョブの部分をタップすると、ジョブ一覧にウィンドウが切り替わる。


【ジョブ一覧】

『メインジョブ推奨』騎士　重戦士　軽戦士　弓術士　狩人　神官　魔道士
『サブジョブ推奨』錬金術師、罠師、軽業師、蒐集家

この11個が選べるジョブだ。『士』と『師』はメイン推奨とサブ推奨で分かれているらしい。
そして、それぞれの説明は以下の通り。

＝＝＝＝＝＝＝＝＝＝＝＝＝＝＝＝＝＝＝＝＝＝＝＝＝＝＝＝＝＝＝＝

『騎士』
物理系武器はもちろんのこと、魔法も得意なオールラウンダー
ただし、器用貧乏にならないように注意が必要
【使用可能武器】剣、槍、盾

『重戦士』
大剣や剣での豪快な攻撃によるアタッカーや、大盾を使って仲間を守るタンクに向いている
【使用可能武器】剣、大剣、大盾

『軽戦士』

短剣や籠手による遊撃や身軽さを活かした奇襲など、素早い動きを活かした戦法を得意とする
【使用可能武器】　剣、短剣、籠手

『弓術士』
使える武器は弓のみだが、その分高い遠距離攻撃性能を持つ
【使用可能武器】弓

『狩人』
短剣と弓に加え、罠師以外で唯一罠を扱える。ただしそれらの能力は専門職には一歩劣る
出来ることが多いため器用貧乏になりやすい
【使用可能武器】短剣、弓、罠　『投擲補正』

『神官』
回復や強化などのサポートを得意とする
メイスを持って前衛で戦えないこともないが、後衛でのサポートの方が得意
【使用可能武器】杖、メイス

『魔道士』

《火・風・土・水・光・闇》の中から属性を一つ決め、それをメイン属性とする
メイン属性の成長が早まるが、反対に苦手属性の魔法は成長が遅くなる
属性の相性は『火→風→土→水→火』『光⇕闇』となっており、火風土水と光闇は独立している
矢印先の属性が得意属性、自身に矢印を向けている属性が苦手属性、矢印がない属性は相性無し
【使用可能武器】杖

『錬金術師』
生産系のジョブであり、全ジョブの中で唯一錬金術補正を持つ
【使用可能武器】杖　『錬金術補正』

『罠師』
罠を張り、敵の妨害をする事を得意とする。直接的な戦闘能力は低い
【使用可能武器】短剣、罠　『隠密補正』

『軽業師』
立体的な動きを得意とし、あらゆる場所での行動を可能にする
【使用可能武器】短剣　『身体操作補正』

『蒐集家』
戦闘にはまるで向かないどころか、戦闘時にステータスにマイナス補正がかかるかわりに採取系の行動時に大幅なボーナスがかかる
【使用可能武器】短剣　『蒐集補正』『戦闘時弱体化』
＝＝＝＝＝＝＝＝＝＝＝＝＝＝＝＝＝＝＝＝＝＝＝＝＝＝＝＝＝＝＝＝

加えて、ジョブによって数字に出ないステータス補正がかかるらしい。

この補正はプラスはあってもマイナスはないのでデメリットになることはない。

「どれにするか……結構悩むな」

狩人なんかは色々と幅広く出来そうだし面白そうだ。メインは狩人でいいか。

どうせ、あの二人は趣味全開で後先考えずジョブ選びそうだからな……。

一緒にプレイするならフォローは全部俺がするんだろうし、サブに神官入れとくか。

……いや、アイツらのサポートなら神官がメインの方がいいか？　よし、そうしよう。

次にＳＰ。ＳＰはステータスポイントの事で、レベルが１上昇する度に10ずつ、そしてレベルが10の倍数になる毎に50もらえ、初期ステータスポイントは50となっている。

ＨＰとＭＰは１ポイントで10上昇し、その他のステータスは普通に１ポイントで１上昇する。

ステータスの項目はそれぞれ以下の通り。

『ＨＰ』ゼロになると死亡。一定時間内に蘇生されないとデスペナルティが発動し、最後に訪れた町に戻される。『現在レベル×１００』が基礎値で、レベルが上がればＳＰを使わずとも増加する
『ＭＰ』魔法の発動に必要な項目。魔法以外にもＭＰを消費するスキルやアイテムが存在する
『ＳＴＲ』物理的な攻撃の威力に関係する。弓や投擲の威力や到達距離にも影響する
『ＶＩＴ』物理的な攻撃に対する防御力。毒などの継続ダメージにも影響する
『ＡＧＩ』継続的移動の最大速度に関係する。瞬間的な速度の場合はＳＴＲも関係してくる
『ＤＥＸ』細かい作業や遠距離攻撃の命中などの身体操作に関係。０だと現実と同じスペック
『ＩＮＴ』魔法的な攻撃の威力に関係する。攻撃以外の魔法の効果にも影響する
『ＭＮＤ』魔法的な攻撃に対する防御力。状態異常やデバフの抵抗もここ
『ＬＵＫ』アイテムのドロップ率や様々な細かい事象など小さな補正

ちなみに、デスペナルティは一時間の間ステータスと入手経験値が半減し、ＬＵＫが0になる。

俺のジョブは狩人と神官だから……ＤＥＸとＩＮＴとＭＰを上げるのは確定だな。

後は……保険としてＳＴＲとＡＧＩも欲しいな。後はＬＵＫなんかも面白そうだ。

……こうしていくと全部欲しくなるな。器用貧乏にならないようにしないとな。

次はスキル。スキルは初期スキルから5個選ぶらしい。

スキルは常時発動型と任意発動型の二つに分れている。

だが、初期スキルには任意発動型しかないようだ。

【武器スキル】
『剣術』『槍術』『盾術』『体術』『弓術』『棍術』『杖術』『罠術』
【魔法スキル】
『火魔法』『風魔法』『土魔法』『水魔法』『光魔法』『闇魔法』『回復魔法』『付与魔法』
【技能スキル】
『索敵』『隠蔽』『隠密』『見切り』『軽業』『投擲』『採掘』『夜目』『遠見』『咆哮』
【生産スキル】
『鍛冶』『裁縫』『料理』『錬金術』『加工』

とりあえず初期スキルはこんなものらしい。ここから五個選ぶ。ここで選ばなかったのも後で習得出来ないことは無いらしい。まぁ魔道士なのに剣術なんかとっても剣使えないけどな。
ちなみに剣でも大剣でも短剣でも全部『剣術』らしく、使用武器によって自動で切り替わるんだとか。凄いな。

武器用の『棍術』『弓術』にサポート用の『回復魔法』『付与魔法』は確定としてあと一つ。

候補としては短剣用の『剣術』か罠用の『罠術』『隠蔽』、『隠密』など『遠見』なんかも良さそうだ。二個のジョブで五つってのも悩ましいな。ジョブが一つの人はここら辺で有利になるのか。

……よし、決めた。『罠術』にしよう。他のスキルはプレイしながら取ればいい。

最後は外見だな。と言っても性別を変えられる訳ではないし、体格なんかもいじりすぎるとVR空間でも現実世界でも齟齬が出て危険だとかでそこまで派手にはいじれない。

変えられるのはせいぜい容姿だが、それも顔つきが変わりすぎると体格と同じ理由でそこまで派手にはいじれない。結局、変更できるのは髪色、目の色、肌の色の変更と髪を伸ばしたり短くしたり、顔にペイントを入れたりする程度だ。この程度の変化でも服装と合わせるとかなりイメージが変わりファンタジー感が増すらしい。

肌の色はリアルと同じ、髪色は色素が抜け落ちたような白髪《はくはつ》にして目の色は鮮やかな赤にした。これは、容姿を設定できる系のゲームをやっていた時にはいつも白髪赤目にしていたので、そのまま使うことにした。

最後にざっと見直しをしてＯＫボタンを押す。すると、どこからともなく声が聞こえてきた。

《キャラクターメイキングを終了します》

《このままゲーム開始まで待機していてください》

「ん？　まだ始まらないのか？」

てっきり、キャラメイクが終わったらさっさと始まると思っていたが……。

手持無沙汰になったので何とはなしに辺りをキョロキョロすると、視界の隅に現在時刻が表示されていることに気付いた。時刻は『9：56』。まだ開始していなかったらしい。

開始前でもキャラメイク出来たのかよ。

十時になるまで鏡で容姿の確認をしたり、軽く動いてみたりして時間を潰す。

顔立ちはリアルと同じだが、色素が完全に抜け落ちたような真っ白な白髪に、鮮やかな赤色の瞳が非現実感を醸し出している。髪と目の色が違うだけでここまで受ける印象が変わるのか。パッと見で現実の姿を連想するのは意外と難しいな。

「さて、あいつらはどんなキャラに仕上げたのか……ちょっと楽しみだな」

二人の幼馴染がどんな姿になっているのか想像しつつ待つこと数分。

遂にアナウンスが流れた。

《時間になりました。これよりEBO正式リリースを開始します》
《ログインしますか？　YES／NO》

迷う事なくYESを選択する。すると、足元に魔法陣が現れ光が溢れ出す。

結構演出が凝ってるな。

《プレイヤー『トーカ』。ＥＢＯの世界へようこそ》
《果て無き戦いの世界を心行くまでお楽しみください》

光に視界が埋め尽くされ、直後に一瞬の浮遊感が襲い来る。

そして俺の意識はゲームの世界へ飛び立って行った。

◇◇◇◇

目を開けると、そこはもうゲームの世界だった。

辺りを見渡せば、石畳の町並みと、正式リリースを今か今かと待ち構えていたプレイヤー達。

俺と同じように辺りを見回す者や、町へ駆け出す者がたくさんいる。

「とりあえずあいつらと合流しな……うおっと！」

あの二人を探すために立ち止まろうとするが、人の波に押し流されてしまい、初期地からどんどん離れてしまう。

「満足に動けないな……とりあえず安全地帯に行かないと」

人の波を躱しつつ、何とか路地裏へ逃げ込む。

流石に開始早々路地裏に向かうプレイヤーいなかったようで、閑散としている。

「ふぅー、ようやく一息つける。しかしこの路地裏結構入り組んでるな……よし、探検してみるか」

男子特有の冒険心を刺激された俺は、幼馴染二人を探すことなどすっかり忘れて路地裏へと進んでいく。どこか陰鬱な雰囲気を纏う路地裏を進みつつ、ステータスを呼び出す。

『トーカ』
ジョブ：神官　サブ：狩人　Lv：1
HP：100／100　MP：150／150
STR：5　VIT：0　AGI：5
DEX：15　INT：10　MND：0
LUK：10　SP：0

【パッシブ】
なし
【スキル】
『棍術LV：1』『弓術LV：1』『罠術LV：1』
『回復魔法LV：1』『付与魔法LV：1』
【称号】

なし
【装備】
武器『なし』　サブ武器『なし』
頭『なし』　上半身『ただのシャツ』　下半身『ただのズボン』
腕『なし』　足『ただの靴』
アクセサリー『なし』『なし』『なし』

キャラメイクの時と違い、装備欄も増えている。特に何の効果もない名前だけの装備だったが。
後はアイテムボックスに初期装備と思われる装備が二組。

『初心者の弓』『初心者の短剣』
『初心者のメイス』『初心者の杖』
『見習い狩人の服（上）』『見習い狩人の服（下）』
『見習い神官の服（上）』『見習い神官の服（下）』

装備欄が空っぽというのもさみしいし、とりあえずメイン装備に『初心者の弓』をサブ装備に『初心者の短剣』をセットし、服装も『見習い狩人の服』に変える。

すると服が瞬時に切り替わる。地味な色合いのフード付きマントに、要所要所を覆う皮製と思われる防具がついている。上手く表現出来ないが一目で狩人と分かる装備だ。

そして、今まで着ていたズボンとシャツはアイテム欄に無いので恐らく装備を着ていない時にだけ出てくる一種の限定品なのだろう。さらに、腰に短剣が、背中に弓が現れる。短剣は服のベルト部分に鞘が付いていて弓は背中に背負っているような状態だ。

「おぉ、俄然ゲーム感が出てきたな」

ステータスウィンドウにある装備フィギュアで自分の姿を見ながら呟く。

ただの服から、普段は着ないようなコスプレじみた狩人風の服装になることで、ゲームをやっているという実感がだんだん湧いてきた。

「さてそろそろ合流しないとな」

広場から人が捌けるまでの時間つぶしに路地裏をぶらぶらと歩く。嫌な予感がしたので奥には入り込まず浅い所だけにとどめておいたが、それでもかなり入り組んでいた。

何も考えずに奥に進んでたら絶対に迷うだろうことは想像に難くない。

と、そこで己のミスに気が付いた。瞬や明楽との待ち合わせ場所も決めていなかったのだ。

まだゲーム内での連絡手段は無いし、これじゃ合流できないぞ……？

んー、まぁ町の広場に行くか。広場にある噴水が目立つし、そこに行けば見つかるだろう。

そう考え大通りに出ようと路地裏を歩き出す。そして……。

「やっべ、迷った……」

盛大に迷子になった。

やべぇ、やらかした。ステータス見たり考え事しながら適当に歩いていたせいで、どこから来たか完全に分からなくなった。しかも、この路地裏は薄暗い上に妙に入り組んでいて、まるで迷路のようになっている。そこまで奥には行かないようにしていたが……それでも迷うとは。

「どうすっかな……って、なにか聞こえる……？」

どうしようもなくなって結局そのままうろうろ歩いていると、路地裏に不気味に反響する妙な音が響いていることに気が付いた。正直かなり不気味だが……他に手がかりもない。

覚悟を決め、音の聞こえる方へと足を向ける。その声を目指して歩くこと十数分。

やけに入り組んだ路地裏をなんども行ったり来たりしながら、少しずつ着実に音源へと向かって進み、ようやく少し開けた場所に出た。

ホッとしたのもつかの間。すすり泣くような不気味な音の発生源だと思われるこの場所に、蹲って泣いている8歳くらいの女の子の姿を発見した。

「こんなところに俺以外のプレイヤーが来るとは思えないし……NPCか？」

お、よく見ると頭上に何も表記が出ていないし、プレイヤーではないな。

となるとやはりNPCだが……こんな所にいるもんなのか？

ちなみに、プレイヤーだと頭の上の辺りにプレイヤーネームが見える。

これは設定で不可視にも出来るがそれでもHP・MPの表示は見えるので、何も出てないこの女の子がNPCだと分かったという訳だ。

「キミ、どうしたの？」

NPCとは言え、小さい子供が一人でこんな所にいるのを放置するのはさすがに気まずい。

「ひっく……えっぐ……お兄ちゃん、だれ？」

「あぁ、俺はまも……トーカだ」

「ひっく……カノンは……えっく、カノン、だよ……」

あぶないあぶない。危うく現実での名前を言ってしまう所だった。

現実とこっちの名前の違いにも慣れないとな。

「えっぐ……あのね、お父さんがね、ひっく……怪我しちゃってね。ひっく……お薬が必要なの。でもね、お薬の材料がね、町の外にいる怖い魔物からしか採れないんだって……」

子供特有のたどたどしい言い方に加え、泣いているので聞き取りづらかったが、要約すると少女の父親が怪我をしてしまい、それを治すための薬の素材がモンスターからしか採れなくて困っている……という事らしい。

＝＝＝＝＝＝＝＝＝＝＝＝＝＝＝＝＝＝＝＝＝＝＝＝＝＝＝＝＝＝
シークレットクエスト《カノンのお願い》
必要素材
綺麗な水（0／5）
上質な薬草（0／5）

ウサギの角（0／5）
亀の苔（0／1）
クエストを受けますか？　YES／NO

＝＝＝＝＝＝＝＝＝＝＝＝＝＝＝＝＝＝＝＝＝＝＝＝＝＝＝＝＝＝

突如目の前に現れたウィンドウに驚いて声を上げると、泣いていた少女……カノンに心配されてしまった。

「あ、あぁ何でもないよ」

「えっく……どうしたの？」

「うおっ！」

ウィンドウはNPCには見えない様でキョトンとしている。

シークレットと言うくらいだから相当レアなクエストなのだろう。受けて損は無いし、受けるとしよう。それに、泣いている女の子のお願い依頼を無下にするのも躊躇われる。

YESを押してカノンに声をかける。

「えっとカノンちゃん。それ、俺が採ってきてあげるよ」

「ほんとっ!?　ありがとうお兄ちゃん！」

了承の意を示すと、先程まで泣いていた少女が嬉しそうにお礼を言ってくる。

本当にお父さんが心配だったんだろうな……これは失敗出来ないぞ。

「ところでカノンちゃん。何でこんな所にいたんだ？」

泣き止んでくれたことだし、気になっていた事を聞いてみる。小さい女の子一人でこんな所にいる事が不自然に思えてずっと気になっていたのだ。

「えっとね、ここはカノンが見つけたカノンの秘密の場所なんだよ！」

「そうなのか、じゃあ俺も内緒にしないとな」

「うんっ！　約束だよ！」

俺も瞬と明楽と三人で秘密基地とか作ったっけ……懐かしいなぁ。

結構本気でやり込んだ記憶がある。

確かホームセンターで木材買ってきて柱作ったり、近所の畳屋の店先に出てるご自由にお取りくださいのござを簀子《すのこ》の上に敷いたり、竹やら葉っぱやらを編んで屋根を作ってみたり。そこら辺の土で見かけだけの竈《かまど》を作ってみたり、瞬が親父さんの工具勝手に持ってきてそれ使ったり。とにかく色々作ったな……親父さんに工具持ち出した事がバレてこっぴどく怒られたのもいい思い出だ。

作った秘密基地は確か小学校卒業の時に仲の良かった5年生達に譲ったんだっけな。

あの時の後輩達の喜び様と言ったら。

風の噂では、今でもあの秘密基地は残っていて、その年の6年生が改良して仲のいい5年生に譲るのが伝統になっているとかどうとか、一度学校側がやめさせようとして、生徒が猛反発して学年崩壊が起こりかけたとか。まぁ噂だから色々誇張されているんだろうけど。

ってそうじゃないそうじゃない。これって、俺が素材を持って来るまでカノンちゃんはずっとここにいるって事か？　いくらゲームのNPCとはいえ、さすがにそれはどうなんだ……？

「えっとね、カノン、いつもはお父さんのお店のお手伝いしてるんだ」

あぁなるほど、クエスト開始時だけここにいるってことか……あれ？　それって最初の一人しかクエスト受けられないって事じゃね？　……まぁいいか。シークレットだし。

「へぇー偉いな。じゃあ薬の材料はお店に持って行けばいいのかな？」

「うんっ！　お父さんは道具屋さんなんだよ！　今は怪我してるから、カノンとお母さんで頑張ってるんだ！」

「なら、早く持っていってあげないとな」

「うんっ！　お兄ちゃんありがとう！」

さて、早く素材を採ってきてやらないとな。そのためにも、早くここから脱出しないといけないんだが……。

「じゃあ、カノンお店に戻るねっ！」

「あっカノンちゃん。俺さ、今迷子なんだ……道教えて貰ってもいいかな？」

この年になって一回りどころか、十歳近く年が離れていそうな子供に道を聞く姿は何とも情けないが、道が分からないのだからしょうがない。駆け出そうとした少女の背中に声をかける。

「あはは、お兄ちゃん迷子だったの？　カノンも最初はよく迷子になったんだ」

「ここ来たのは初めてだったからな……」

少女の悪意の無い言葉が胸に刺さる……。

その後、カノンに案内してもらい何とか路地裏から抜け出すことが出来た。なんだこの路地裏、下手な迷路より入り組んでたぞ。何であの子はスイスイ進めるんだ……？

その後はカノンのお父さんが営んでいると言う道具屋で水の確保用のビンを5個500トラン（トランはこの世界のお金の名前）で買った。初期所持金の実に半分持ってかれたが、これから稼げばいい。

必要な素材は『綺麗な水』が5個『上質な薬草』が5個『ウサギの角』が5個『亀の苔』が1個。『上質な薬草』『ウサギの角』『亀の苔』の3つは大体どうすればいいか見当がつく。薬草は採取で角と苔はモンスターからのドロップだろう。

特に、必要な個数の少ない苔は恐らくレアドロップだと思われる。

ただの予想だから全然違うかもしれないけど。

この中でよく分からないのは水だ。一見簡単そうに見えるが、『綺麗な』と付くぐらいだし適当な所で採った水じゃダメだろう。恐らく湧き水とかを探さなきゃいけないはずだ。

うーん。水、ね……もしかして、噴水の水とかって採取出来たりするのかな。

でも、それだったらカノンちゃんでも採取出来るだろうし……いや、物は試しだって言うしやってみよう。

結果から言うと、採取は出来た。ただ『綺麗な』水になるかはランダムらしく、ビンを5個使って入手出来たのは『綺麗な水』が1個『水』が3個『聖水』が1個だった。

……………………聖水？

◇◇◇◇

えっ？　なに？　聖水って一番最初の町の噴水から採れるものなの？

何か、もっと最後の方のダンジョンとか重要なイベントとかで採れるもんじゃないの？

ま、まぁ、『綺麗な水』がここで採取できるのは分かった。なら、他の3つを採りに町の外に行くとしよう。武器も初心者用とはいえ一応あるし、敵と遭遇しても大丈夫なはずだ。というか倒せないと必要な素材が集められない。

確か武器による補正は短剣がSTR＋2、弓がDEX＋2だったはずだ。

STRはともかくDEXは20近くある。最初の町の周りなら十分だろう。……たぶん。

初めて敵のいる場所に行くということで、多少なりとも緊張しながら町の外へ出ると、そこには見晴らしのいい草原が広がっていた。『長閑な草原』という名前のフィールドのようだ。

辺りには、人の腰ほどまでありそうなイノシシや、角が生えたウサギなどがうろうろしていて、プレイヤーが戦っている所もちらほら見える。

しかし、出遅れたせいかそれらはすべて別のプレイヤーが相手をしており、フリーの敵はいなかった。間違いなくあの角ウサギが『ウサギの角』を落とす敵だろうし、戦いたいのだが……。

どうしたものかととりあえず奥に向かって歩いていると、ちょうど目の前で新しい角ウサギが出現する瞬間に遭遇した。

あちらは俺に気が付いていないようで、のんきにぴょんぴょんと飛び跳ねている。楽しそうなその姿に、若干申し訳ないと思いつつも、心を鬼にしてそこら辺で拾った石を全力で投げつける。

ビギナーズラックが働いたのか、あるいは俺に投擲の才能があったのか、俺が投擲した石は見事に角ウサギの胴体に命中し、HPを1割ほど削る。

さすがに害をこうむれば、角ウサギも俺に気付く。角ウサギは一瞬で俺に狙いを定めると、ウサギらしく発達した後ろ足で地面を蹴りつけ、一直線に突進してくる。

小型とはいえ鋭い角を持ったウサギの突進だ。俺もまだレベル1だし、当たればかなりのダメージを受けることだろう。当たれば。

そこそこ早いとはいえ、変化のない直線的な突進だ。当たる直前で真横に移動すれば簡単によけることが出来る。すると、あら不思議。目の前には無防備にもふもふのお尻を晒したウサちゃんが！

勢い余ってご自慢の角が地面に刺さってしまったようで、浮いた脚を必死にぱたぱたさせているところが愛らしい。

「そぉい！」

だが、所詮は敵対生物《モンスター》。かける慈悲はない。

わざわざしゃがんで短剣を突き刺すのもめんどくさいので、角ウサギの無防備なお尻を思いっきり蹴り飛ばす。ぼきりという嫌な音を立てて角ウサギ（角は折れて地面に残っているのでもはやただのウサギ）はぼんぼんと地面をバウンドしながら吹き飛んで行った。

飛んで行ったウサギのもとに向かうと、ＨＰが残り1割ほどまで削れた状態で動かなくなっていた。
よく見れば、ウサギのＨＰバーの横に、黄色いヒヨコがクルクル回ってるマークが付いてた。
少し考えて、スタン系状態異常を示すアイコンだろうと思い当たる。そんな動けないウサギにトドメを刺すべく、ここに来るまでに拾っておいた石を投げつける。

スコンッ！

「きゅうっ！」

動かない、否、動けないウサギの頭部に躊躇なく投げつけられた石が軽く硬質な音を立てて命中すると、ウサギは可愛らしい断末魔の叫びを上げてＨＰをゼロにした。
そして、光の粒をキラキラ撒き散らしながら空に溶けるように消えていく。
その様子を、初勝利の余韻と共に見送っていると、目の前にウィンドウが現れドロップ品を映し出す。

＝＝＝＝＝＝＝＝＝＝＝＝＝＝＝＝＝＝＝＝＝＝＝＝＝＝＝＝＝＝
・ウサギの角（1／5）
・ウサギの肉
＝＝＝＝＝＝＝＝＝＝＝＝＝＝＝＝＝＝＝＝＝＝＝＝＝＝＝＝＝＝

「やっぱ角はこいつのドロップか。まぁこいつから落ちなかったらどこで手に入れればいいか分からないし、そうだろうな」

その後は、フリーの角ウサギを見つけるたびに、『投擲→突進してくる→直前で避ける→ガラ空きの胴体を全力で蹴り飛ばす→スタン→トドメの投擲』というパターンに入ったので、効率よくウサギ狩りをすることが出来た。

今の所、そういったスキルは使ってないにもかかわらず確定でスタンしているし、スタンはスキル以外でも一撃で与えたダメージ量などによって発動するのだろうか？

その後も調子よく狩り続け5匹目の角ウサギを投擲で倒したとき、脳内にファンファーレが鳴り響いた。

《レベルが上昇しました》

「お！　レベル上がったか」

やっぱりレベルが上がると嬉しいのはどのゲームでも共通だな。

レベルアップでテンションが上がった俺は、その後も調子よくウサギを狩り続ける。

そして、そこからさらに十匹程ウサギを狩り続けた俺は、ゲームをやっていれば誰しも一度は経験するであろう分厚い壁にぶち当たっていた。

「何で！　角が！　落ちねぇ⁉」

そう、物欲センサーという名の、悪魔の妨害である。

しかも、腹立たしい事にウサギ肉はポンポン落ちる。一匹につき2個も3個も落ちやがる。

「あぁっ！　クソがっ！」

あまりの怒りに、普段はあまり吐かないような暴言を吐きながら全力で石を投げつける。

着弾音も心做しかいつもより鈍い様な気がする。すると脳内にアナウンスが聞こえてきた。

《スキル『投擲』を習得しました》

「おっ、なるほどスキルはこうやって取っていくの……かっ！」

そう呟きながら突進してきた角ウサギを回避してから全力で蹴り飛ばす。

《スキル『見切り』を習得しました》

《スキル『体術』を習得しました》

なぜか俺のジョブに合わないようなスキルが一気に二つも増えたぞ……？

俺って神官と狩人だし『体術』って使わないと思うんだが。

……とか思ったが、まさに今使っている最中だったわ。あれ、何で俺肉弾戦してんだ？

そんな事を考えながらも、慣れた動きでウサギに石を投げつけてトドメを刺し、ドロップ品を確認する。

「だぁぁぁ！　角をよこせよぉぉぉ！」

つい叫んでしまったがこれはしょうがないだろう。

何せ角は落ちない上におちょくるように『上質なウサギの肉』がドロップしてるのだから。

いや、嬉しいよ？　明らかにレアドロップっぽいのが落ちて嬉しいよ？

たださぁ、今はそんなもんより角が欲しいんだよ！　肉じゃねぇ！　角だ！　角をよこせ！

俺の叫び声が辺りに響き渡り、周囲のプレイヤーがギョッとした表情でこちらを見てくる。

恥ずかしい……しっかりと深呼吸をして落ちつ……

《スキル『咆哮』を習得しました》

「やかましいわっ！」

またしても周囲のプレイヤーに驚かれてしまい、俺は逃げるように狩場を変更した。

狩場を変えた後もひたすら角ウサギを狩り続ける。スキルを手に入れたおかげか、最初の投擲とキックだけでウサギを仕留められるようになり、更にペースが安定してきたところ。

《レベルが上昇しました》

《称号『ラビットキラー』を取得しました》
《称号『非道』を取得しました》

そんなアナウンスが聞こえてきた。

「なんだよ『非道』って……確かにやり方が酷い自覚はあるけど」

確かに、無防備なウサギの腹を思いっきり蹴り飛ばしてるけどさ。こんな称号はあんまりだよ！

「まぁ一応確認してみるか」

＝＝
『ラビットキラー』
ウサギ系の敵を連続で一定以上討伐し続けた証
ウサギ系の敵に与えるダメージと得られる経験値が１・２倍になる
＝＝
＝＝
『非道』
モンスターを非道な方法で討伐し続けた証
非道な攻撃のダメージが１・５倍になる
＝＝

「お、おう……」

何気に非道の効果が高いのがまたイラッと来るな……。

えーっと、この称号の補正を考えると……今までの攻撃のダメージに『1・2×1・5』倍だから、1・8倍か……ほぼ2倍ってのは嬉しいな。

「ただなぁ、称号の名前がなぁ……」

いや、もう気持ちを切り替えていこう。取っちゃったものはしょうがないじゃないか。

要は、どう活用するかって事だ。

「よっし！　ウサギ狩り再開だ！」

気持ちをごまかし、気合を入れ直すためにあえて声を張り上げる。

その声に反応して寄ってきた角ウサギが突進してくるので、これ幸いとばかりに避けてから蹴り飛ばす。すると、あら不思議。たった一発で倒せるじゃありませんか！

そして相変わらず角は落ちない。何ですか？　ウサギの骨って初めて見たアイテムなんですけど？　なに？　これもレアドロップなの？　ちくしょう！

その後は、蹴りの一発で倒せる事が分かったので、こっそり隠れながらウサちゃんを不意打ちキックで一発KOしてまわる。

すると……。

《スキル『不意打ち』を習得しました》

《『体術』のレベルが上昇しました》

「おっ、スキルレベル2の一番乗りは体術か。……俺って軽戦士だったっけ？　ついでになんか暗殺者っぽいスキルも習得したぞ」

自分のジョブがよく分からなくなってきたので、改めて自分のジョブを再確認しよう。

俺は狩人だ。神官がメインではあるけれど、今は装備的に狩人だ。

狩人と言ったら弓や短剣、そして罠師以外で唯一罠が使えるジョブだ。

そういや、瞬がなんか言ってたっけ、確か……。

「『現実で出来ることはほぼ何でも出来る』だったかな……なら、ちょっと試してみるか」

そして、今俺は思いついたことを実行するために草陰に隠れている。しかも結構長い時間。

それこそ『隠密』のスキルを習得するほどにずっと、草陰でじっと待機し続ける。

そして遂に待ちに待った瞬間がやって来た。

「きゅきゅっ⁉」

ウサギが罠にかかったのだ。そう。俺は、ようやく狩人本来の能力である罠を使う事にしたのだ。初期スキルで選んだ『罠術』を使って敵の動きを封じる罠を仕掛け、ウサギがかかるのをずっと待っていた。

何でも、罠の効果はＤＥＸに依存するらしいのでレベルアップで増えたＳＰを５振り分けた。ついでに角のドロップを祈ってＬＵＫに、狩りの効率を上げるためにＳＴＲにもそれぞれＳＰを割り振った。

「よーし、あいつの言ってた事が本当なら、これで角は採れるはずだ」

短剣を腰から引き抜き罠によって動けなくなっている角ウサギに近づいて行く。

角ウサギも俺に気がついた様で、突進しようともがいている。そんなウサちゃんの背中に、手を当てウサギの体をしっかりと固定する。

「さーて、これで……どうだっ！」

ザクッ！

ウサギの頭部、正確には角の生え際を、短剣で切り落とす。

普通のゲームならこんな事をしてもダメージが入るだけだろう。しかし、結果として今俺の前には切り落とされたウサギの角が転がっている。

それを拾うと『ウサギの角』を入手した旨のウィンドウが出現する。

「よっしゃぁぁ！　遂にゲットしたぞ！」

《『咆哮』のレベルが上昇しました》

何かアナウンス流れた気がするが、無視だ無視。

俺はそのまま短剣でウサギの首を落としてウサギにトドメを刺す。

＝＝＝＝＝＝＝＝＝＝＝＝＝＝＝＝＝＝＝＝＝＝＝＝＝＝＝＝＝＝＝
・ウサギの頭部（角無し）
・ウサギの肉×2
＝＝＝＝＝＝＝＝＝＝＝＝＝＝＝＝＝＝＝＝＝＝＝＝＝＝＝＝＝＝＝

「頭!?」

直後、目の前に現れたウィンドウに書かれているドロップアイテムにド肝を抜かれたが、何とか角は必要数が手に入った。後は薬草と苔だ。

まずは……そこら辺に生えてそうだし、薬草を探すか。

◇◇◇◇

薬草は……そこら辺の草を適当に引っこ抜けばいいのか？
「ふっ！」
ブチッ！（足元の草を引きちぎる音）
シュワァ（引きちぎった草が消える音）

「あぁ、うん。やっぱ、適当に引っこ抜くだけじゃダメだよな。薬草ってどこで採ればいいんだ？」

予想できていたとはいえ、薬草を手に入れられなかった俺は、うんうん唸りつつ辺りをうろうろして薬草を探すが、全く見つからない。

そもそも、薬草の見た目すら知らないのだから探しようがない。となると、これまたどこで採れるか分からない亀の苔なのだが……薬草なら草原の中を探せばあるんじゃないかと言う考えも捨てきれない。

「うーん、どうしたものか……これも違う、これも違う……」

今の俺は、ブツブツ言いながら草を引っこ抜いては「違う」と呟くという、相当頭おかしいヤツに見えることだろう。けどさ、マジで薬草ってどこにあんだよ……。

「あっ！　やっと見つけた！　すいませーん！」

「へっ？」

半分死んだ目をしながら草を引っこ抜き続けていると、不意に声をかけられた。

薬草探しという名の雑草むしりをしているときに声をかけられ、変な声が漏れてしまった。

視線を上げると、そこにはオレンジの短髪に明るい茶色の瞳をした小柄な少女が立っていた。

見た目カノンより少し大きいくらいだろうか。どう見ても小学生にしか見えない。

「あっと……俺に何か用かな？」

「はい、それであっ、ボクはメイって言います！　まだ始めたばかりの初心者です」

小学生は年齢制限でＶＲ機器の使用は不可だからただ小さいだけだろう。

そう考えていると、彼女は何かを言おうとして急に自己紹介を始めた。

これは俺も自己紹介した方がいいのかな？

「あぁ、ご丁寧にどうも。俺も初心者で名前はトーカだ。それと今日開始だからほぼみんな初心者だと思うぞ？　聞く限りではベータテストとかも募集枠相当すくなかったらしいし」

これは瞬が興奮気味に「ベータテスト募集百人ってすごくね!?」と言っていたのでたぶんそうなのだろう。ベータテスト募集枠が百人だとどう凄いのかはよく分からないけど。

「あっそっか。そりゃそうですよね、アハハ……」

恥ずかしかったのか、メイの目が泳いでいた。ここはスルーした方がいいだろう。

「それで何か俺に用か？」

「えっと、さっきからずっと変な方法でウサギ狩りをしてたのって、あなたですよね？」

……あれを見られてたのか。いや、結構プレイヤーもいたし、いろんな人に見られてそうだな。

これからやる時は人目を気にしないとだな。

「まぁ、変な狩り方をしてたのは確かに俺だけど」

「だったら、ウサギの骨って持ってませんか？」

「あぁ、それなら何個か持ってるぞ。角目当てで狩り続けてたのに全然落ちなくて、ヤケになって狩ってたから」

「やっぱり……それで、お願いがあるんです。ウサギの骨を譲って貰えませんか？」

うーん、別に今必要じゃないし譲っちゃっても構わないんだけど……。

「何で骨が欲しんだ？」

「ボクは、錬金術師なんですけど、作りたい物の材料にウサギの骨が必要で……しかも結構なレアドロップみたいで全然落ちないんですよ」

「錬金術師って事は……メイは生産職志望か？」

「はい、他のゲームでも生産職ばっかりやってて。名前の『メイ』もメイクから取ってるんです」

なるほど。確かにこのゲームは《エンドレスバトル》何て銘打ってる割には生産系も豊富らしいしな……っと、話が脱線したな。

「別に俺は使わないし、骨をあげるくらいは構わないぞ。何個必要なんだ？」

「あっと1個で大丈夫です」

「分かった。えっとウサギの骨は確か……」

「あ、でもさすがにただでもらっちゃうのは気が引けるので……代わりになにか、欲しいものとかあったりしますか？」

ウサギの骨を渡すために、とりあえずドロップアイテムを突っ込んだだけでまだろくに整理もされていないインベントリ内を探していると、メイが遠慮がちにそう言ってきた。

「欲しいものか……そうだ。メイって薬草の採取場所とか知ってたりするか？」

「薬草、ですか？　それなら、ボクが今まさに採取してきた帰りですよ」

「おっ！　ならその場所の情報とウサギの骨の交換にしよう」

「それくらいなら全然構いませんけど……どうせなら、余分に採ってきた分があるので、それと交換しましょうか？」

それを、メイが善意で言ってくれているのはわかる。

だが、俺はその提案に乗るわけにはいかない。

「いや、それはいいや。どうせなら自分の手で採取してみたいし」

「あっ！　それ凄く分かります！　あの手に入れた時の達成感が何とも……」

「おぉ！　メイもそういう人種か！」

「ってことはトーカさんも⁉」

思わぬところでメイと意気投合した俺は、その後少しの間採取談義を楽しんだ後に、『近くの池の周りに薬草が生えている』という情報を教えてもらい、こちらもウサギの骨を二つ渡した。

一つ多いのは、こんなに採取談義で盛り上がれたのは初めてだからそのお礼だ。瞬と明楽はこういった類の話はすぐに飽きるしな……。

そういった訳でメイとはかなり話が合い、盛り上がっているうちにメイの言葉づかいからも最初にあった初対面の相手との会話でのぎこちなさが消え、かなりフランクに話せるまでに打ち解けることが出来た。

「じゃあ、俺はこれで。そろそろ薬草採りに行きたいし」

「結構話し込んじゃったね。あ、あと、もう一つお願いしたいことがあるんだけど……」

「ん？　まだ何かあるのか？」

「いやっ、そんなたいしたことじゃないんだけど！　むしろ嫌だったら全然構わないんだけど！

そのっ、よかったらボクとフレンドになってくれないかなーって」

「フレンド？」

「うん。ここまで話が合う人も少ないし、ウサギの骨をくれたお礼も改めてしたいから」

「あぁ全然構わないぞ。むしろ、こっちからお願いしたいぐらいだ」

「本当⁉　ありがとうっ！」

こうして、俺はこのゲーム初のフレンドが出来たのだった。

しかも、別れ際にメイはもう一つ大きな情報をもたらしてくれた。

「あっ！　トーカさん！　さっき教えた池なんですけど、たまにすっごい硬い亀が出るんで気をつけて下さい！」

「なっ！　マジか！　サンキュー！」

「どういたしましてっ！」

メイがすごく嬉しそうに走り去って行ったんだけど……フレンドができたのがそんなに嬉しかったのだろうか？　まぁ、俺も嬉しかったし、同じような心境なんだろう。

メイに教わった通りに少し歩くと森に行き当たり、さらに進むと学校のプールより一回りくらい大きい池が見つかった。そのほとりには、明らかにその辺の草とは違う見た目の草が生えているのが確認できる。恐らく、それが薬草なのだろう。

「アレが薬草か。水のことも考えると上質なのと普通の薬草があるだろうなぁ。さて、物欲センサーに引っかからないといいけど……」

ウサギの角という若干のトラウマを抱きつつも、しばらくの間採取をしていく。

そうして採取出来たのは『薬草』が五十六本『上質な薬草』が二十八本『特上の薬草』が四本。

そして、『世界樹の葉』が一枚。


……………………世界樹の葉？


ってこのパターン二回目じゃん！　ちょっとそういうのどうかと思うぞ⁉　聖水やら世界樹の葉やらさぁ、絶対に序盤でゲット出来ていいものじゃないよね⁉

「落ち着け落ち着け。メイが何も言ってなかったってことは、相当確率が低いか特殊な条件があるかだろ。特殊な条件と言ったら……あれか？　シークレットクエスト受けてるかどうかとか？」

たぶんシークレットクエスト関係なんだろうなという気がする。

となると……ウサギの角や、まだ見ぬ亀の苔にもそういうのがあるのか？

そんなことを軽く考えていると、少し先で池から亀が這い上がって来るところを目撃した。

「アレが苔を落とす亀か？　まぁ、倒してみるか」

まずは安定の投擲。しかし、飛んでいった石は苔の生えた甲羅に当たり「カキン！」と硬質な音を立てて弾かれてしまった。

「あー、確かにこれは硬いな。ＨＰも減ってないし」

もうウサギの角みたいに直接苔を剥ぐか。動きも鈍いし、そっちのほうが早そうだ。

「よっと。捕まえた」

こちらからゆっくりと距離を取ろうとする亀を捕まえ、短剣で苔を剥いでみる。

最初は難しかったが、少しやるとコツをつかんだのか段々綺麗に剥げるようになってきて、5分程で甲羅に生えてる苔を全部剥ぎきることが出来た。

＝＝＝＝＝＝＝＝＝＝＝＝＝＝＝＝＝＝＝＝
亀の苔（1／1）
＝＝＝＝＝＝＝＝＝＝＝＝＝＝＝＝＝＝＝＝

「おおっ！　やっぱりこの方法いいな！」

要求数的にレアドロップだろうと思われる亀の苔を、とても簡単に手に入れられたことに気をよくした俺は、そのままジタバタしてる亀の首を短剣で切り落とし戦闘（？）を終了する。

ドロップアイテムは『亀の頭』と『亀の甲羅』か。頭はたぶんウサギと同じで切り落としたからだろう。甲羅は盾とかに出来そうだな。まぁ、今のところ使い道ないのだけれど。

亀の動きは鈍いので、簡単に苔が採れる。少し楽しくなってきた俺は今後も使うかもしれないと理由をつけては多くの亀から苔を剥いでは首を落としていく。

サクサク、サクサク。ストン。サクサク、サクサク。ストン。サクサク、サクサク。ストン。サクサク、サクサク。ストン。サクサク、サクサク。ストン。サクサク、サクサク。ストン。

「やっべぇ、これ超楽しい」

そのまま流れで何匹か亀を狩っていたら、『剣術』スキルが手に入った上に、俺自身のレベルが二つも上がった。

しかも、亀を捕まえるのは『体術』に分類されるらしく、『体術』のスキルレベルも上がる。

たぶん、ウサギより亀の方が経験値が多いんだろうな。

とりあえずSPはSTRとAGIに振っておく。

一応、5ポイントは残しておくか。今後何かに使いたくなるかもしれないし。

「さてそろそろ帰るか……って、あれは？」

ある程度亀を乱獲して満足した俺は、まだ見ぬ上位素材の可能性をすっかり忘れて帰路に就こうとする。その時に背後からひときわ大きい水音が聞こえたので振り返ってみると、そこには今まで狩っていた亀よりも巨大な亀が、草を踏み潰しながら池から這い上がって来ているところだった。

なかなかに迫力のある光景に、少し呆気にとられてしまう。

「おいおい……流石にデカすぎねぇか？」

大亀のあまり大きさに呆然としながら呟く。

今までの亀は片手でも持てる程度だったが、今まさに目の前に現れた大亀は、頭が俺の腰程まである。動きは相変わらず鈍いが、あの質量で押し潰されたら一溜りもないだろう。

「うーん。確か、初回ならデスペナは無いんだよな……よし！　あの巨大亀も狩ってみるか」

よく見ると、背中に苔が生えてるし……あれが『聖水』や『世界樹の葉』と同じ感じで上位のクエストアイテムなのだろうか？

まだ確証はないけど、これならウサギもそういうのありそうだな。

余裕があったら探してみるか？　まぁ、まずは目の前にいる大亀を何とかしなければいけないわけなのだが。

◇◇◇◇

と言っても大亀狩りの手順も結局のところ普通の亀と一緒だ。相手の背中の苔を剥いでから首を落とす。

だが、その為には気付かれずに背後に回らなくてはならない。

「さて、いっちょやりますか」

大亀はまだ俺には気づいていないようで、のんきに日向ぼっこをしている。

その隙に『隠密』を発動し、そのままゆっくりと巨大亀の後ろに回り込む。

相手はまだ気づいていない。そっと、甲羅の苔を剥ぐ作業に移ろうと短剣を取り出し、大亀の甲羅にへばりついた苔に軽く刃を入れる。

その瞬間。

『クゲェアァ!?』

俺の存在に気が付いた大亀が驚きながら思いっきり振り向く。

すると、当然尻尾も横薙ぎに振り抜かれるわけで。

「うぐぅっ！」

勢いよく薙ぎ払われた尻尾に弾き飛ばされ、数メートル先の巨木に思いっきり叩きつけられた。

かなりの衝撃に顔をしかめながらも何とか立ち上がると、大亀は丁度こちらに向かって歩いてきているところだった。その速度は普通の亀よりは全然速いがそれでも鈍いことには変わりない。

もしこれで角ウサギと同じくらいの速さだったら追撃を食らってやられるところだった。

焦る気持ちを深呼吸で落ち着かせて、大亀から距離を取る。

今の俺でアイツと正面から戦うのは難しい。

なら、今まで使ってこなかった力を使えばいい。

俺は、今の今まで使ってこなかった神官要素その1『回復魔法』を発動し、一撃で8割近く持っていかれたHPを回復させる。防御にSPを振ってない紙装甲だから一発が痛い！

「くっそ、痛ってぇな。【ヒール】！」

予想外のダメージに悪態をつきながら、『回復魔法Lv：1』から使える【ヒール】を発動する。

最初から使える効果の低い魔法ではあるが、俺も一応神官だし……ということで、INTにもSPを割り振っていたのと、HPが基礎値のままだったこともあって、HPが5割まで回復する。

「油断したな……今までが楽勝だったからって、これからもそうとは限らないだろうが」

鈍重な動きで追ってくる大亀から距離を取りつつ、改めて『隠密』を発動する。

大亀は俺のことを一瞬見失った様だが、『隠密』のレベルが低くなおかつ俺が大亀の目の前にいたためすぐに再び見つかってしまい、時間稼ぎにもならなかった。

「落ち着け、俺。体勢を立て直せ。まずは現状確認だ」

自分に言い聞かせるように呟きながら深呼吸をする。森特有の土と草木の香りと、水辺特有の香りが混ざり合った空気を吸い込み、ゆっくりと吐き出す。すると、少し冷静になれた気がした。

「取りあえず、上げられるだけＩＮＴを上げよう」

この窮地を脱するため、残しておいた５ポイントをＩＮＴに注ぎ込む。

これによって、俺のＩＮＴは15になった。

そして、神官要素その２、『付与魔法』を発動する。『付与魔法Ｌｖ：１』で使えるのは、ＳＴＲを上げる【アタックアップ】と、ＶＩＴを上げる【ディフェンスアップ】の二種類。

「【アタックアップ】【ディフェンスアップ】」

出し惜しみはなしだ。当然、両方とも使用する。

さらに、小さな短剣や弓矢ではあの大亀には見るからに堅そうな甲羅どころか皮膚に攻撃しても大したダメージは見込めないので、武器を今持っている中で一番大亀に効きそうなメイスに変更する。

すると、背中の弓が消えて腰にメイスが現れる。

弓とメイスを入れ替えたのは、短剣には僅かとはいえＳＴＲへの補正があるからだ。

「もう苔を剥ぐとか言ってる余裕はないな。ドロップに期待する！」

普通に要求されている『亀の苔』は必要数をかなりオーバーして集め終わっているし、欲張ってやられてしまっては元も子もない。ちょっとだけ振ったＬＵＫに期待するとしよう。

覚悟を決めた俺は、辺りに生えている背丈が高い草を利用して大亀の真横に回り込む。

そのときについでとばかりに『隠密』を使ったり解除したりして気配に緩急をつけて混乱させる。

その過程で隠密のレベルが上がったのは嬉しい誤算だ。

大亀にそんな小手先の攪乱が効くか分からなかったが、目論見が上手くいったようだ。

大亀はすっかり俺を見失い、キョロキョロと視線をさまよわせ始めた。


俺を見失い、やみくもに辺りを見回している大亀が、ちょうど俺の潜んでいる位置と逆方向を向いたタイミングで、極力静かに、しかし今の俺が出せる最速の動きで草むらから飛び出す。

大丈夫だ、まだ気づかれてない。

「食らえ！【スマッシュ】！」

『オオォォォンンッ！』

そのまま大亀のすぐ側まで駆け寄り、右前脚を思いっきり殴りつける。

何気に初使用の『棍術』アーツである【スマッシュ】を乗せた一撃は、『不意打ち』に加え、人間でいう弁慶の泣き所を殴りつけるという血も涙もない攻撃に対する『非道』のボーナスにより、間違ってもレベル5のプレイヤーが出してはいけないような威力となって大亀の右前脚に叩き込まれる。

ちなみに『非道』の効果でダメージが1・5倍になっている上に、『不意打ち』の相手に気づかれていない状態での攻撃のダメージが2倍になるという効果が発動しているので、通常の【スマッシュ】の実に3倍のダメージだ。

それに加えて、俺のＳＴＲは【アタックアップ】によって底上げされている。

この一撃によって、大亀のＨＰバーが３割近く削れた上に足にバツのマークが付いたアイコンも出ていた。

恐らくは移動不能、または部位欠損のアイコンだろう。

《『棍術』のレベルが上昇しました》

さらに、とてつもないダメージを叩き出したためか、一発で『棍術』のレベルが上がった。

「おっ、丁度いい。少し調子に乗ってた俺に現実を見せてくれたし、お礼をしないとな。今しがた上がったばっかりの『棍術』でタコ殴りにしてやるよ」

自分はガッツリ不意打ちした癖に不意打ちを食らって地味にキレていた俺は、メイスを肩に担ぎながら普段はしないような凶悪な笑みを浮かべ、大亀に宣言する。

大亀の瞳が潤んでいるように感じたのは気のせいだろう。

池から出てきたんだし、潤んでてもおかしくないよな。

その後は、動けない大亀を背後からメイスで殴り続けるだけの単純な作業だった。

たださすが亀というべきか、ＶＩＴもＨＰも高く、それなりに時間がかかってしまった。

結局、大亀がその身を光の粒に変えたのは殴り始めてから十分後の事だった。

キラキラと撒き散らされるエフェクトを見ながら達成感を噛み締めていると、脳内にファンファーレが鳴り響く。

《レベルが上昇しました》
《レベルが上昇しました》
《レベルが上昇しました》
《称号『ジャイアントキリング』を取得しました》
《称号『非道』が『外道』に昇格しました》

「ふぅ、やっとくたばったか。硬い上にＨＰが馬鹿みたいに多いし、最初の一撃で動けなくしてなかったら大変だったな。まぁそのおかげで『棍術』のレベルが更に上がったたし、『不意打ち』狙いでずっと『隠密』も使ってたからそっちもレベルが上がったし、収穫はあったか」

さて、ドロップアイテムの確認だ。えっ称号？　何それ美味しいの？

＝＝＝＝＝＝＝＝＝＝＝＝＝＝＝＝＝＝＝＝＝＝＝＝＝＝＝＝

・大亀の甲羅
・大亀の尻尾
・大亀の万年苔
・大亀の爪×４

・亀肝
・亀甲棍《きっこうこん》
・亀のお守り

＝＝＝＝＝＝＝＝＝＝＝＝＝＝＝＝＝＝＝＝＝＝＝＝＝＝＝＝＝＝＝＝＝＝

「おっ、苔が落ちてる！　やっぱり上位のアイテムがあるっぽいな。これは、角の上位素材もあるのはほぼ確定か。でもなぁ……ウサギの角は正直トラウマなんだけどなぁ……」

少し期待してみたが、やはりと言うかなんというか、頭はドロップしなかった。

やはり、あれは頭を落とさないと落ちないのかな？　だとしたらどんな入手法だよ。

さらに、ドロップアイテム群の中に装備品らしき名前があったのを俺は見逃さなかった。

『亀甲棍』と『亀のお守り』をインベントリから取り出し、詳細を確認する。


＝＝＝＝＝＝＝＝＝＝＝＝＝＝＝＝＝＝＝＝＝＝＝＝＝＝＝＝＝＝＝＝＝＝

『亀甲棍』
大亀の甲羅を基にした戦棍
ＬＵＫ％の確率で攻撃に水属性が追加される
ただし亀の呪いなのか、動きが鈍《のろ》くなる
ＳＴＲ＋30　ＡＧＩ－5

＝＝＝＝＝＝＝＝＝＝＝＝＝＝＝＝＝＝＝＝＝＝＝＝＝＝＝＝＝＝＝

＝＝＝＝＝＝＝＝＝＝＝＝＝＝＝＝＝＝＝＝＝＝＝＝＝＝＝＝＝＝＝

『亀のお守り』
亀の甲羅を模したお守り
身につけると災いから守ってくれると言われている
ＶＩＴ＋10
水属性攻撃で与えるダメージが１・１倍になる

＝＝＝＝＝＝＝＝＝＝＝＝＝＝＝＝＝＝＝＝＝＝＝＝＝＝＝＝＝＝＝

これはまた強いな。ＳＴＲの補正数値が暴力的なまでに高い。補正値だけで素の値より高いぞ。
だが、ＡＧＩが下がるのか……いや、レベルが上がったしＡＧＩを成長させればマイナス分は気にならないか？　それに、デメリットを考慮してもＳＴＲ＋30は破格の値だ。
亀甲棍と亀のお守りの相性も何気に良いし、これはいいものを手に入れたな。

……………やっぱ、称号も確認しないとダメか？　ダメだよなぁ……はぁ。

＝＝＝＝＝＝＝＝＝＝＝＝＝＝＝＝＝＝＝＝＝＝＝＝＝＝＝＝＝＝＝

『ジャイアントキリング』

自分よりレベルが10以上高く、なおかつ二つ以上のステータスが
自身より10倍以上高い相手を単独で撃破した証
自分よりレベルが高い相手との戦闘時ステータスが1・5倍になる
＝＝＝＝＝＝＝＝＝＝＝＝＝＝＝＝＝＝＝＝＝＝＝＝＝＝＝＝＝＝＝

これは普通に有能だな。特にレベル差が開きやすいであろうボス戦とかでは重宝しそうだ。

いや、もともとこっちにはそこまで心配していない。問題はもう一つの方だ。

……よし。覚悟を決めよう。勝つためとはいえ、結構エグい事をやってた自覚はあるんだ。素直に受け入れようじゃないか。

＝＝＝＝＝＝＝＝＝＝＝＝＝＝＝＝＝＝＝＝＝＝＝＝＝＝＝＝＝＝＝
『外道』
非道と言われてもなおその道を突き進んだ証
外道な攻撃のダメージが2倍になる
＝＝＝＝＝＝＝＝＝＝＝＝＝＝＝＝＝＝＝＝＝＝＝＝＝＝＝＝＝＝＝

「ッ……。覚悟してても、心に来るな……」

しかも、効果は有能なのがまたイラッとくる。『外道な攻撃』という不明瞭な条件があるとはいえ、デメリットなしでダメージ2倍は強いなんてものじゃない。

称号の名前に関してても、そういうロールプレイをしてる人ならむしろ嬉しいんだろうが、生憎と俺はそんなロールプレイをするつもりはない。

何か、俺ってゲーム内だと性格が若干危ない感じに変わってないか？

まぁ、あれだ。強くなったからよしとするか。（遠い目）

「次は……ここまで来たら角も狙いたいよなぁ。今回のパターンから察するに、大兎でも倒すのか？」

視界の端に浮かんでいる現在時刻を確認すると十一時半を少し過ぎている。

「昼飯の事を考えると……遅くても十二時にはログアウトしたいしな。……よし、50分まで探して、それでも大兎が見つからなかったら諦めよう」

制限時間も決めたことだし、ステータスポイントを割り振ってから存在するのかも不確かな大兎を探すとしよう。

『トーカ』
ジョブ：神官　サブ：狩人　Lv：8
HP：800／800　MP：150／150
STR：30（＋30）　VIT：5（＋14）　AGI：20（－5）
DEX：20（＋2）　INT：20（＋20）　MND：0（＋0）

ＬＵＫ：20（＋0）　ＳＰ：0
【パッシブ】
『不意打ち』
【スキル】
『棍術Ｌｖ：3』『弓術Ｌｖ：1』『罠術Ｌｖ：1』
『回復魔法Ｌｖ：1』『付与魔法Ｌｖ：1』
『投擲Ｌｖ：1』『見切りＬｖ：1』『体術Ｌｖ：3』
『咆哮Ｌｖ：2』『隠密Ｌｖ：3』『剣術Ｌｖ：1』
【称号】
『ラビットキラー』『外道』『ジャイアントキリング』
【装備】
メイン『亀甲棍』サブ『初心者の短剣』
頭『なし』　上半身『見習い狩人の服（上）』　下半身『見習い狩人の服（下）』
腕『なし』　足『ただの靴』
アクセサリー『亀のお守り』『なし』『なし』『なし』

◇◇◇◇

「うーん。そもそも大兎って実在するのか？」

大兎探索からはや十五分。森の中をやみくもに歩き回りつつ、出会ったウサギを蹴ったり亀甲棍で殴ったり罠で動けなくしてゴルフしてみたり弓使ってみたり色々したが、特に上位アイテムと思われるものは落ちなかったし、落とすだろう大兎にも遭遇していない。

大兎探索の過程でレベルが二つ上がり、遂にレベルが10になったりもしたが、特に目新しいものは得られていない。強いて言うなら、亀甲棍が相当強いと言う事を実感したくらいだ。

デメリットであるＡＧＩの減少もＳＰを割り振ることで相殺したので、使用に関して不都合はない。不満点を強いてあげるなら、亀の甲羅の模様がある部分を二つ組み合わせ、中心に棒を挿したような、遠目からだと棒付きキャンディにしか見えない形状をしていていまいちかっこよくない程度だ。

そして、必要数集まってからの角のドロップ率には叫ばずにはいられなかった。

おかしいだろ！　ぽんぽん落ちやがって！　そんで肉はなんでそんな落ちる！

最初からずっと変わらない肉のドロップ率には、軽く恐怖すら覚える。

「見つかんねぇな。大亀の時は池から這い上がって来るのを偶然見つけただけだったし。なんか条件があるとか、そういう感じなのか？」

時間も残り5分しか無いし、もう切り上げるかと思い始めた頃。

森の奥に入ってから初めて、開けた場所に出た。

そこは、目算直径十メートル程度の円形に開けた場所で、周りより生えている草が低い。

「お？　この辺りは草が少し低いな」

他のところでは膝辺りまであったのに、ここの草は足首にも届いていない。

これは……自然になったとは考えにくいし、食べられてるとかか？

ようやく訪れた変化に俺は心躍らせながら、ここら辺を少し調べることにした。とは言ってもあまり広くはないし全て調べるのにさしたる時間はかからなかった。

結論から言うと特に目立つものは見つからなかった。強いて言うなら端っこの方に穴が空いていたという事だけだ。

「怪しいのはこの穴だけだな。ぱっと見何かの巣穴っぽいけど」

角ウサギの巣だとしてもかなり大きく、五匹くらいなら横に並んで入れそうなサイズだ。

これは……もしかして、もしかするんじゃないか？

「とりあえず、穴の前に罠を仕掛けておくか」

今回使うのはトラバサミ。『罠術Ｌｖ：１』で使える２つの罠のうち、凶悪な方だ。

ちなみに、もう片方はダメージを一切与えない拘束性の高い罠だ。

詳しくはわからないが、ダメージありとダメージなしでは用途が違うのだろう。

「さて、罠は仕掛け終わったし、後は誘き出すだけだが……どうするかな」

罠を仕掛け終わったが、その後の事を何も考えてなかったので、自分のステータスを眺めながら考える。普段はもう少し考えてから行動しているのだが……初めてのＶＲゲームでテンションが上がっているのだろう。

そのまま少し考え込み、ひとついい案を思いついた。

「このスキルなら行けるんじゃないか？」

俺が目を付けたのはステータスに記載されている一つのスキル。

そのスキルとは、ウサギ狩りの中で手に入れた『咆哮』だ。

物欲センサーのせいで入手したと言っても過言ではないこのスキルだが、入手過程に反して効果はかなり有能だ。


＝＝＝＝＝＝＝＝＝＝＝＝＝＝＝＝＝＝＝＝＝＝＝＝＝＝＝＝＝＝

『咆哮』
叫ぶ事によってモンスターの意識を自身に集める
非戦闘状態の時に使用すると、モンスターが寄ってくる
叫ぶ必要があるため、少し恥ずかしいし非常にうるさい

＝＝＝＝＝＝＝＝＝＝＝＝＝＝＝＝＝＝＝＝＝＝＝＝＝＝＝＝＝＝

つまり、ここで咆哮を使えば中にモンスターがいるなら出てくるのではないかと考えた訳だ。

最後の一文は無視だ無視。ここなら辺りにプレイヤーの影はないし、叫んでも平気だろう。

さらに言えばここに来るまでに結構な量のウサギを狩ったから辺りのウサギも少ないハズだ。

「さて、早速試してみるか。あ～あ～……よしっ」

VR空間なのであまり意味はないが、気分的に何度か発声して喉の調子を確かめてから、思いっきり息を吸い込む。

すぅ〜〜

『アァァァァァァァァァァッ！！！！！』

諸々のストレスなど込めて思いっきり叫ぶ。かなりすっきりするな。

だが、想像以上に音が大きい。あまりの大きさに、自分で叫んだにも拘わらず、思わず耳を塞いでしまったほどだ。スキルレベル2でこの音量とか、凄すぎないか？

「耳がキーンとする……」

自分で出した声だが、あまりの大音量に耳がよく聞こえなくなってしまった。

これ、最大の『咆哮Lv：10』を町でやったら軽いテロだぞ。

「っと、忘れるところだった。『隠密』っと」

あまりの声量に忘れかけていた『隠密』を発動し、穴から距離を取る。

それから少しすると、巣穴から何かがのっそりと姿を現す。

よく見れば、そのシルエットはこのゲームで一番馴染みのある角ウサギだった。

しかし、その大きさは普通の角ウサギの三倍以上はあるだろう。もしかしたら四倍に達しているかもしれない。少なくとも、男子高校生としては平均ちょい上くらいの体格である俺がうずくまった状態よりも、一回りも二回りも大きいことは間違いない。

「ビンゴッ！　やっぱいたのか！」

探し求めていた大兎は、そのまま巣穴から外に出ようと歩みを進める。

そして、俺の仕掛けた罠が牙を剥く。

ガチィン！

『ピギュァ⁉』

大兎は見事にトラバサミを踏み抜き、左後脚にトラバサミをくいこませている。

ＨＰバーを見ると2％ほど削れた上にＨＰが少量ずつじわじわと削れていっている。

「おぉ、トラバサミすげぇな」

トラバサミの威力に感心しながら、俺は音を立てないようにゆっくりと横に回り込む。

大亀にも打ち込んだ、不意打ちアタックを再び繰り出すために。

自分に【アタックアップ】をかけたら、準備は完了。『隠密』を発動した上でトラバサミに注意を引き付けられている大兎は、俺の存在に全く気付いていていない。

そのまま近付いて、大兎の発達した右後脚を思いっきり殴り付ける。

貴様を探す過程で進化した我が一撃受けてみよ！

「【インパクトショット】ッ‼」

ドゴシャッ！　と鈍い音を立てて大兎の右後脚に亀甲棍がめり込む。

今回使用したのは、棍術レベル3で使用可能になるアーツ【インパクトショット】。

このアーツは、特に特殊な効果はない代わりに一発の威力が高いタイプのアーツだ。

また、その攻撃にどの効果が発動したかを視界に浮かぶアイコンで確認できるシステムがあるのだが、その機能によると『外道』も『不意打ち』もしっかりと発動したらしい。

ついでに、亀甲棍の効果で水属性も発動している。

よって、ダメージは『外道』で2倍。『不意打ち』で2倍。『ラビットキラー』で1・2倍。

さらに、大兎は水属性に弱かったらしく、弱点属性ボーナスで2倍。そして攻撃が水属性になったことで発動した『亀のお守り』の効果で1・1倍。

合計10・56倍という、とてつもないダメージ倍率を叩き出したことになる。

大亀に叩き込んだ攻撃より、倍率だけ見ても約3倍の威力が出ている事になる。

しかも、大亀戦の時よりも俺自身のＳＴＲも上昇しているし、装備も比べ物にならないくらいよくなっている。そもそも、使っているアーツも上位の……高火力のものになっている。

さらに、大亀戦の時にはなかった『ジャイアントキリング』もしっかり発動している。

つまり、数字上の倍率以上に実際のダメージ差は大きいということだ。

『グギャピッ⁉』

そんな超高火力の一撃を、トラバサミに気を取られて完全に無防備な状態で受けた大兎は、トラバサミごと吹き飛ばされ少し離れた場所に生えている大木に叩きつけられた。

図らずも、俺が大亀にやられたことを大兎にやり返した形だ。

大兎からしてみれば理不尽もいいところだろう。

大兎のＨＰはこの一撃でゼロになり、断末魔の叫びをあげると光の粒となって空に溶けて消えた。

苦戦することもなく、そもそも戦いにすらなっていない一撃必殺に、俺自身若干引いていた。

大亀の時のような事がないように気を張っていた事もあり、少々呆気にとられてしまう。

「…………」

自分で叩き出した予想外のダメージと一撃決着という結果に、呆然とその場に立ち尽くしながら口をぱくぱくさせていると、脳内にファンファーレが鳴り響き、ドロップ品が表示される。

《レベルが上昇しました》
《レベルが上昇しました》
《『罠術』のレベルが上昇しました》
《称号『一撃粉砕』を取得しました》
《称号『ラビットキラー』が『ウサギの天敵』に変化しました》

＝＝＝＝＝＝＝＝＝＝＝＝＝＝＝＝＝＝＝＝

・大兎の肉×13
・大兎の脚
・大兎の堅角《けんかく》
・大兎の前歯
・兎脚靴《ときゃくぐつ》
・兎のお守り

＝＝＝＝＝＝＝＝＝＝＝＝＝＝＝＝＝＝＝＝＝＝＝＝＝＝＝＝＝＝

「っし！　角落ちた！」

他にも色々と気になるものはあるが、今は角が落ちた事以上に重要なことはない。

やっぱり、あの角が異常に落ちない事件は例外だったんだ！

さて、これでクエストで必要なアイテムは上位素材も含めて全部手に入ったな。

素材集め《やること》も終わったし、残りの戦利品の確認といこう。

ウサギは多く狩ってきたが初めて見る前歯やおそらくあの発達した後脚であろう『脚』などの限定っぽいドロップアイテムもだが、大亀の時と同じく装備品だと思われる物がドロップしていたので、恐らく大兎や大亀は小ボス的な扱いなのではないだろうか。

だとしたら挑むのが早すぎた気がするが、それは済んだ話だ。

勝てたのだから問題ない。

「さぁて、性能確認だ」

そんな済んだ話よりも、大兎からのドロップアイテムである二つの装備品のほうが気になる。

大亀からドロップした装備品の性能がかなり良かったので、自然と期待も高まるというものだ。


＝＝＝＝＝＝＝＝＝＝＝＝＝＝＝＝＝＝＝＝＝＝＝＝＝＝＝＝＝＝

『兎脚靴』

大兎の脚の構造を模倣した靴
LUK％の確率で脚での攻撃に風属性が追加される
装備している間はスキルに『跳躍』が追加される
AGI＋15
＝＝
＝＝
『兎のお守り』
大兎の姿が描かれたお守り
身につけると動きが素早くなると言われている
AGI＋10
風属性攻撃で与えるダメージが1・1倍になる
＝＝

「おぉ、亀甲棍のデメリット分を相殺してもかなりAGIが上がるな」

実際に装備してみると、兎脚靴はうっすらとピンク色が混じった白いブーツだった。

真っ白なのは髪色に合っているのかもしれないが、狩人の森に紛れるような色合いの服とはミスマッチ過ぎて明らかに浮いている。神官服になら色合い的にも合うんだろうが……。

まぁ、このごちゃごちゃ感もゲーム序盤の醍醐味か。

そして、兎脚靴と一緒にドロップした兎のお守りは腕輪型だった。

ウサギがぴょんぴょん飛び跳ねて、腕輪を一周しているようなデザインになっている。

こちらも大兎がモデルらしいが、とてもコミカルになっていて可愛い。

一撃で爆散した大兎がモデルとは思えないな。やったの俺だけどさ。

ちなみに、大亀からドロップした亀のお守りはペンダント型だ。

これも亀甲棍と同じく甲羅がモチーフになっていて、亀甲棍と違ってなかなかいいデザインだ。


お次は称号。

不穏な響きの物も混ざっていたが、すでに『外道』を取得してしまった俺に怖いものは無い。

さぁ、なんでも来い！

＝＝＝＝＝＝＝＝＝＝＝＝＝＝＝＝＝＝＝＝＝＝＝＝＝＝＝＝
『ウサギの天敵』
ウサギ系の敵を一定数以上討伐し更に大兎を討伐した証
ウサギ系の敵に与えるダメージと得られる経験値が１・５倍になる
＝＝＝＝＝＝＝＝＝＝＝＝＝＝＝＝＝＝＝＝＝＝＝＝＝＝＝＝

これは純粋にキラーの強化っぽいな。特に経験値１・５倍は大きいぞ。

＝＝＝＝＝＝＝＝＝＝＝＝＝＝＝＝＝＝＝＝＝＝＝＝＝＝＝＝＝＝＝＝＝＝

『一撃粉砕』

強敵を一撃で討伐した証

自身の攻撃のダメージが初撃のみ2倍になる

＝＝＝＝＝＝＝＝＝＝＝＝＝＝＝＝＝＝＝＝＝＝＝＝＝＝＝＝＝＝＝＝＝＝

シンプル。それでいてめちゃくちゃ強い。初撃2倍とか強すぎるだろ。

最後に、これは後から知ったことだが、ドロップした装備内容的に風属性である大兎に有利不利関係のない水属性がなぜ二倍のダメージを与えたのかというと、大兎の持つ魔法的でない属性である獣属性が関係していた。これは、属性というよりは種族というべきか。

獣属性は物理的な能力が高い代わりに魔法的能力に弱く、特に火属性と水属性に弱いらしい。

この二つの属性に弱いのは、獣は火を怖がるという一般認識と、陸上生物だからだろうか。

と、ここまで確認してからそういえばと時間を確認すると、既に十二時を回っていた。

そろそろログアウトして昼食の用意をしないといけない時間だ。

「さて、ログアウトするか。あ、でもこれって、このままログアウトしていいもんなのか？

確か、町の中かセーフティゾーンでしか即時ログアウトが出来ないとか言ってた気が……」

記憶が確かなら、即時ログアウト可能エリア以外でログアウトすると、五分だか十分だかの間その場にアバターが残って無防備な状態を晒すことになるとか何とか、待機時間に読んだ電子説明書に書いてあった気がする。

うーん、どうしたものかな。

いっその事、木に登ってそこでログアウトするか。木の上なら敵にも見つからないだろうし。

木に登って来る敵がいたらご愁傷様だ。諦めよう。

「えーっと、この木なんか良さそうだな。登りやすそうだし、枝もしっかりしてる。

この上でログアウトするか」

辺りを見回し、いい感じの木を見つくろうと早速木登りを開始する。

だが、これが以外と難しく、何回か落ちてしまいその度にダメージを受けてしまった。

その都度【ヒール】を使っていたので、『回復魔法』のレベルが上がった。だからこの行動は無駄ではなかったということにしよう。戦闘よりよっぽど多く『回復魔法』使ってるな……。

結局、木に登る事が出来たのは十数度目の挑戦の時に『軽業』を入手してからだった。

『軽業』を手に入れてからは、今までの苦戦はなんだったのかというレベルでスイスイと登ることが出来た。やっぱり、レベル1でもスキルの有無は大きいな。

◇◇◇◇

木登りに苦戦したせいで予定より少し遅くゲームを終了した俺は、ゴーグル型とチョーカー型のマシンを外すとベッドから起き上がり、ほうっと息を吐く。

「毛嫌いしてたけど、結構楽しいもんだな。まぁMMOらしい他人との触れ合いがメイとカノンしか無かったけど」

しかも片方はNPCだ。プレイヤーという意味なら、メイしかいない。

体はずっと寝ていたはずだが、軽い運動後の心地よい疲労感を感じる。それだけ脳が疲れているということだろうか。何とも不思議な感覚だ。

「さてと、昼飯何作ろうか。うーん、炒飯でいいか」

軽く体をほぐしてからベッドから起き上がり、ドアノブに手をかける。

すると、丁度視線の先に来る位置にメモ用紙が二枚、無造作に貼り付けてある。

それぞれのメモ用紙には、力強い筆跡でたった一言、こう書いてある。


『ログアウトしたら俺の部屋来い』

『ログアウトしたら瞬の部屋行け』


「へっ？　あっ、やっべ……完全に忘れてた」

三人でゲームやろうって話だったのに、完全に忘れて一人で楽しんでたわ。

これは悪い事したな……。

多分あいつらの事だ。最初の町を探し回って見つからなかったから、一旦ログアウトして俺の部屋に来たんだろう。それで、俺がしっかりゲームやってるのを確認してからメモを扉に貼り付けた……ってところか。

「昨日、パーティーの買い出しのついでに買ったジュースとお菓子持ってくか」

リビングに降りて黒い方のコーラとポテトチップスを数袋取り出す。

ちなみに、赤い方のコーラじゃなくて黒い方のコーラなのは単純に俺が黒派だからだ。

控えめな甘さが美味しいんだよなぁ。

部屋に戻り、橋（小四（ｒｙ）を使って瞬の家のベランダに移動する。

窓をコンコンコンッとノックすると、中から「鍵は開いてる。入れ」と平坦な声が返ってくる。

「うわぁ、完全に拗ねてるな……まぁ、俺が悪いんだけど」

一応「入るぞー」と声をかけてから中に入る。すると、案の定暗い雰囲気を醸し出しながら瞬と明楽が正座でジィーっとこちらを見つめていた。

睨むわけでもなくただ、単にじっと見つめてるだけ。

地味に心にくる攻撃だ。

「ホントすまんかった。今回ばかりは全面的に俺が悪い」

ガラランッと窓を閉めながら、未だ無言で視線をぶつけてくる二人に謝る。

色々あったとはいえ、忘れてたのは完全に俺が悪い。謝る以外に出来ることはないだろう。

「お詫びの印としてコーラとポテチ持ってきたから許してくれよ」

「……………………………………………味は？」

お詫びの品を伝えると、いつもは騒がしいのに珍しく黙っていた明楽が味を訊ねてくる。

こいつはポテチの味にはうるさいからな。だが俺に抜かりはない。

「安心しろ。しっかりとお前の好きなバター味だ。なんならガーリックもあるぞ」

「なっ⁉　ガーリック味まで⁉」

もちろん、明楽の大好きな味をチョイスして持ってきた。こいつはのり塩やコンソメなどの定番には目もくれず、バター味とガーリック味に突撃するほどこの味が好きだからな。

どんよりとした雰囲気から一転、幸せそうに「開けていいか⁉」と聞いてくる明楽に「お詫びだし好きに食べていいぞ」と返す。すると、まだどんよりしてる瞬がぼそっと聞いてくる。

「なぁ、コンソメは？」

「…………アハハ」

「くそぅくそぅ……俺はほったらかしかよ……」

「冗談だよ。しっかりあるぞ」

「ヨッシャ！　さすが護ぅ！」

少しからかってから、コンソメ味を渡してやる。

こいつはこいつで超がつくほどのコンソメ好きだ。のり塩に砕いたコンソメキューブ振りかけてコンソメ味を作ろうとする程のコンソメバカだ。流石にそれはやめさせたが。

ポテチですっかり機嫌を直した二人の前に持参した紙コップに注いだ黒コーラを置く。

すると、既にポテチを開けてパリポリ食べていた明楽がすぐに飲み始める。

「んぐっんぐっんぐっ、ぷはぁ！　美味いっ！」

「相変わらずの飲みっぷりだな」

「ホント変わんねぇよな。こいつ」

お詫びの品のお蔭で重苦しい空気は霧散してくれたのでよかった。

流石に、あの雰囲気の中で事情を説明するのは少し辛いものがあったし、これなら大丈夫だろう。

少ししてからポテチを齧ってる明楽が話を切り出す。

「それで、護はどこにいたんだ？　町中を探し回ったが、全然見つからなかったぞ？」

「町中探し回っても見つからないからログインして無いのかと思ったけど、しっかりログインしてるっぽかったし」

やっぱり探し回ってたのか。本当に楽しみにしてたっぽいし、罪悪感が凄いな……。

「それなんだけど……」

俺は、ログインした後に人の波から避難して入った路地裏で迷子になって、たまたま見つけたNPCからクエストを受け、それを進めていたとその後の経緯も含めて素直に話した。

「そんなことしてたのか。そりゃ見つからねぇよ」

「ふむ……？　そんなに路地裏は入り組んでるのか？」

大笑いしてる瞬を他所に、明楽が質問をしてきた。

その瞳はキラキラと輝いており、その瞳が雄弁に「探索したい！」と語っている。

「あぁ、そりゃぁもう凄かったぞ。下手な迷路より断然入り組んでるんだ。俺もカノンに出会わなかったらずっと迷ってたかもな」

「へぇー。始まりの町にそんなところがあるのか。面白そうだな……ってカノンって誰だ？」

「ん？　あぁカノンってのは、ほら、さっき言ったNPCだよ」

「へぇ。でも何でまたカノンってNPCはそんな入り組んだ路地裏にいたんだ？」

うーん、これを言っちゃうとカノンとの約束を破る事になるしな……。

人によっては所詮NPCとの約束と言われるかもしれないが、あの世界では間違いなく彼女達は生きているんだ。約束は守らないとな。

「さぁ？　特別なクエストのNPCだから見つかりづらくする為じゃないか？」

「うーん、まぁそんな所だろうな」

約束をすっぽかしてしまった上に嘘をつくのは心苦しいが、仕方ない。

今度、二人にはなにか埋め合わせするとしよう。

その後は、少し雑談してから昼食がまだだった事を思い出したので、解散する事になった。

まだ袋を開けていなかったガーリック味のポテチを明楽に渡して自分の部屋に戻る。

「さて、昼飯作りますか」

「シェフ、今日のメニューは？」

「取り敢えず炒飯を……って、何でいるんだ？」

聞こえるはずのない声に返事をしてから違和感に気付き、後ろを振り返る。

そこには、先ほど別れたはずの瞬と明楽が付いてきていた。昼食を集る気満々な顔をしている。

「いやぁ、俺の家も明楽の家も今日誰もいないし……一人で楽しんだ罰として、俺達の昼食も作って貰おうかと」

「護ーお腹すいたぞー！」

「そういわれると弱いな……炒飯だけどいいか？」

「構わんっ！」

俺しかいない静かな家が、急に騒がしくなったな。

まぁ、静かすぎるよりこちらの方が断然いい。

それに、自業自得ってやつだ。午後はしっかりと合流できるようにしないとな。


にぎやかな昼食を終えると、合流するための会議が始まった。

炒飯を三杯もおかわりした明楽は幸せそうにお腹をさすっており、瞬も瞬でマンガにでも影響されたのかわざとらしく爪楊枝で歯の隙間をちょこちょことしてる。

「それで、護は今どこにいるんだ？」

「そうだぞ。場所がわからなかったら合流が出来ないではないか」

歯をシーシーしている瞬と、お腹をさすってる明楽が聞いてくる。

確かに、現在地は教えとかないとな。

確か、ログアウトしたのは大兎戦が終って戦利品を確認した後だったから……。

「木の上、だな」

「そうか。木の上か。……木の上？」

「そう。木の上」

二人ともポカンとしている。まぁ、普通は木の上でログアウトなんかしないだろうしな。

俺だって木の上でログアウトするなんて夢にも思わなかったよ。

「俺は今、森の奥の方にいるから戻るのも少し時間かかるんだよな。時間で待ち合わせでいいか?」

「森? 何でまた森なんかに」

「クエストに必要なアイテムが全然落ちなくてな……」

「うむ……辛いな、それは」

明楽が同情の視線を向けてくる。やはりこいつも悪魔の装置の被害者だったか。

「えーっと、今が十二時四十五分だから……一時からゲーム再開として、始まりの町の噴水広場に一時半集合でいいか?」

「むぅ、遅くないか?」

「森から町までだとそこそこ時間かかるから、瞬の言う時間の方が助かる」

「うーむ。それもそうか……だが……」

よほど早く合流したいのだろう。明楽が少し渋る。

確かに、こいつは待つのがあんまり好きな性格じゃないし……どうしたものか。

「あっ、そうだ」

「どうした?」

「ほら、俺はクエストやってて戦闘もしてるから、レベルが少し上がってるんだよ。

でもお前らはまだレベル1だろ？」

「あぁ、お前を探してたからな」

「それは本当にすまん。まぁそれで一時半までレベル上げしてるってのはどうだ？」

「あぁ！　それはいいな！」

どうにか明楽の了承も得られた。明楽はやる気全開で、テンションも上がってる様だ。

「よしっ！　こうなったら瞬！　すぐ行くぞ！　護に負けてられん！」

「よっしゃ！　ガンガンレベル上げるぞ！」

「鎮まれ二人とも。食後すぐのログインは危険だからやめろって説明書に書いてあるだろ？」

「「うっ！」」

完全に現実から意識が切り離される弊害で、食後すぐにゲームを開始すると、戻ってきたときに生理機能の仕事次第で悲惨な事になるらしい。

他にも、冷たい水をガブ飲みした直後だったり、体調不良時だとかは危険らしい。

一応、トイレに駆け込む時間があるぐらいには余裕を持ってゲームが強制終了されるらしいが。

「一時まではしっかり休んどけよ」

「「はーい……」」

その後はトランプで大富豪をやって時間を潰した。

瞬が考えなしに前半から強いカードをポンポン出し、後半になってガス欠で手も足も出ないという考えなしのパターンで全て終わった。何でいつも最後まで4を取っとくかな……。

第四回大富豪でもボロ負けし、連敗記録を更新した瞬が「また負けたぁぁぁぁ！」と言いながら机に突っ伏していると、明楽が時計を見上げ声をあげる。

「おっ！　もう一時だぞ！　もう大丈夫だな⁉」

「あぁ、十五分も休めば充分だろ。ただし、しっかり夕飯の時間はログアウトすること。明文さんが泣くぞ？」

「モチロンダオトウサンニナカレタクハナイカラナ」

「嘘つくなら俺の目を見てその棒読みをやめてから嘘つけよ」

「相変わらず明楽は嘘つくのヘタだな」

俺と瞬が指摘すると、明楽は逃げるように家を飛び出して行った。

図星をつかれると逃げる癖も相変わらずだ。

本人曰く、本当に親しい人間からしか逃げないらしいが。いや、親しい奴から逃げるなよ。

「明楽も逃げた事だし、俺も現実から逃げるとするか」

「おう！　……間違っても麻薬には手を出すなよ？」

「やらんわ！」

冗談を叩き合いながら瞬が自分の部屋に戻るのを見送る。

もちろんベランダから帰っていった。玄関使えよ。

いや、俺もあいつらの部屋に行くときは玄関使わないけどさ。

「さてと、俺も再開するかな」

食器はちゃんと洗っておいたし、やる事もしっかり片付け終わっている。

あいつらもちょっとくらい手伝ってくれても……と思ったが、これも罰ということにしておこう。

「さてと。今度こそしっかり合流しないとな」

最終確認を終え、ＴＲを装着してベッドに横たわる。

廃ゲーマー【上級者】は起動時に「超越！」とか叫ぶらしいが、俺にその度胸は無い。

「夕食の準備もあるし六時半までにはログアウトしたいな。ま、それはおいといて、二度目の仮想世界に行くとしますかね」

ＴＲを起動すると、ウィィンという起動音と共にゴーグルの端に付いたランプが明滅し、意識が遠退いていく。この感覚は慣れるまで苦労しそうだな……なんてことを考えているうちに、意識は現実世界から飛び立った。

◇◇◇◇

「っ……ふぅ。このログイン、ログアウト時の変な感覚どうにかなんないかねぇ……」

ジェットコースターが落下する時の様な、内臓がふわっと浮き上がるような感覚に愚痴を漏らす。

ジェットコースターは好きだが、あの感覚だけは未だ慣れない。

「町の方角は……どっちだ？」

あっれぇ？　完全に道を見失ってるぞ？　確かに池からは適当に歩いたしな……。

うーむ。何とかなんないかね？　取り敢えず、打開策を探すためにメニューを開く。

項目は上から『ステータス』『アイテム』『フレンド』『マップ』『オプション』『ログアウト』

「なんだ、マップあるじゃん」

思いのほかすぐに解決策が見つかったことに安堵しつつ、メニューを操作してマップを開く。

すると、自分の現在地、今いるフィールドの名前などが記載されたウィンドウが出現する。

このゲームのマップはマッピング式らしく、今までに訪れたことのある所だけが明るく、それ以外は灰色に染まっている。それはつまり、ほとんどマップが埋まっていない今ならば、マップを見ればどう動いたか分かる訳で。

「おぉ、こう見ると結構ぐちゃぐちゃに進んで来てるんだな……ん？何かアイコンがあるな」

感慨深げにマップを眺めていると、フィールドの所々に小さなアイコンがあることに気が付いた。

具体的には、明るくなってるところの内、２箇所ほどにアイコンが浮き上がっている。

「何だこれ？　まぁ見てみるか」

＝＝＝＝＝＝＝＝＝＝＝＝＝＝＝＝＝＝＝＝＝＝＝＝＝＝＝
『兎の巣』
兎達が住み着く巣穴
近くで大きな音を立てると大きな兎が出てくることがある
＝＝＝＝＝＝＝＝＝＝＝＝＝＝＝＝＝＝＝＝＝＝＝＝＝＝＝
＝＝＝＝＝＝＝＝＝＝＝＝＝＝＝＝＝＝＝＝＝＝＝＝＝＝＝

『亀池』
亀達が住み着く池
甲羅を乾かす為に、大きな亀が池から出てくることがある

＝＝＝＝＝＝＝＝＝＝＝＝＝＝＝＝＝＝＝＝＝＝＝＝＝＝＝＝＝＝

「なるほど。大きい敵はこういう場所で遭遇できるのか……ってうおっ！」

マップで足跡を振り返るのが案外楽しく、木の上に居る事をすっかり忘れて普通に立ち上がろうとした結果、虚空に手をつこうとしてバランスを崩してしまい、木から落下してしまった。

「いてて……うわ、HP半分くらい減ってるよ。高所落下怖ぇ……」

一発で半減し、黄色くなっているHPバーを眺めながら【ヒール】を発動する。

すると、HPがみるみる回復していき、完全に回復した。

これで無様な落下の証拠は隠滅でき……

《『回復魔法』のレベルが上昇しました》

なかった。

「おっ回復魔法も上がったか。ただなぁ何か少し理由が残念だな……」

仕方がないので、隠滅しようとしたことを最初からなかったことにした。

そもそも目撃者がいないので、この件は俺以外誰も知る余地がないのだが。

ドジで木から落ちたダメージの回復でレベルアップとか、少し虚しい。

どうせなら戦闘で受けたダメージを回復したりしてレベルアップさせたかった。

「さて、道も分かったことだし、早く帰るか。これで遅れたら何言われるか分かったもんじゃない。

今度こそ完全に拗ねかねないからな」

装備品込みでＡＧＩは40もある。せっかくだし、走って帰ってみるか。

敵は目の前にいたら亀甲棍でぶん殴る。いなかったら無視の方針で。さぁ行くぞ！

◇◇◇◇

場所は少し変わって始まりの町のすぐ外の草原フィールド。

そこで、角ウサギやイノシシを追い掛け回しているプレイヤーがいた。

「うっし！　レベル5になったぞ！　これでアイツには勝っただろうな」

どうやら、誰かとレベル上げで競っているようだ。

少しの間レベルアップの喜びに浸った後に、片手剣を構え直し狩りを再開する。

「でもアイツの事だしな……レベル6、いや7までは上げとくか。さーて、次の獲物どこだ～」

ガタイのいいスキンヘッドの青年が辺りを見回すのはなかなかに世紀末だろう。

しかし、それも一種のロールプレイだ。誰も責めることではない。

「おっイノシシ発見、逃さなあだぁッ⁉」

少し遠くに見つけた、角ウサギよりも経験値効率のいいイノシシに向かって駆け出そうとした青年の、ツルツルの無防備な頭に彼方より飛来した何かがぶつかる。

ダメージ自体は発生しなかったが、完全な不意打ちだったために結構な衝撃を受けたようだ。

「なんだこれ……？　って、角ウサギじゃねぇか！　危ねぇ！」

青年のツルツルの頭部に命中したのは、この初心者フィールドではお馴染みの角ウサギだった。

しかし、角ウサギが頭上まで飛び跳ねるなんて事は今まで一度も無かった。

跳んでもせいぜい腰辺りまでの高さまでしか届かないはずだ。そんな角ウサギが、立っている人間の頭部にぶつかってくるなんて有り得ない。しかも、そのウサギのＨＰが後ほんの数ドットにまで減っているということを考えると、どこかから吹き飛ばされて来たのだろう。

「雑魚ウサギとはいえ、吹き飛ばすってどんな馬鹿力だよ。どこの誰がやりや……が……何じゃありゃぁ!?」

角ウサギがぶつかった箇所を撫でながら、犯人を探そうとした青年は辺りを見渡す。

そして、目に入った光景に理解が追いつかなくなり叫ぶしか出来なかった。

だが、そんな反応しかできないのも無理はない。

なにせ、真っ白な髪をした狩人装備のプレイヤーが物凄い速度で草原を駆け抜け、偶然目の前にいただけの哀れなウサギが白髪狩人の手に持った武器で吹き飛ばされているのだから。

「ホントになんだあれ……」

ツルツルの青年は怒りも忘れて呆然と疾走白髪狩人を見送る事しか出来なかった。

なお、足元でスタンしていたウサギは無事青年の経験値に転生を果たした。

この青年と『誰か』のレベリング対決はどうなったのか。

それは、白髪狩人を見た青年が十分ほどフリーズしていたという事実から察せるだろう。

初心者フィールドとは言え十分のアドバンテージは大きいのだ。

◇◇◇◇

「おらよっと！」

『ピギュ⁉』

走り始めてから約十五分。現実なら十五分も全力疾走し続けるなんて不可能だが、ここはゲームの中。多少の疲れはあれど、意外と走り続けることが出来た。

途中何かアナウンスが流れた様な気もしなくも無いが気のせいだろう。

きっと気のせいだ、だから俺は『通り魔』なんて物騒な称号はゲットしてない。

現実逃避をしながら走り続け、進行方向にいる角ウサギは亀甲棍ですくい上げるようにして吹き飛ばす。『外道』『一撃粉砕』『不意打ち』『ウサギの天敵』が毎回必ず発動するので、常時9倍のダメージという頭の悪い威力になっている。けど、この攻撃って言うほど『外道』か？

ただ、体勢が悪いのと走りながらなので微妙に当て方が安定せず、うまくかみ合えば亀甲棍が触れた瞬間に角ウサギは光の粒になる。逆に、タイミングが合わないと討ち漏らしも出てくる。

まぁ、そいつらは吹き飛んで行くし大体がスタンする。

しなくても、無視して走り抜ければ追随範囲を抜けるらしく追っては来ない。

「おっ！　町が見えてきたな」

そんな感じで走り続け、前方に町を発見。そこから五分程走ったところで停止する。

そして、軽く辺りを見回そうとして、止める。

瞬と明楽が見つからないかな？　と思ったが、この世界でのあいつらの容姿を知らないため見つけるのは難しいだろうと思ったからだ。じっくり見るならばまだしも、遠目からではさすがにわからない。

そのままラストスパートをかけ、町への到着時間は一時二十三分。

あと少しだけ時間があるので、綺麗な水を確保しようと町の道具屋でビンを十個ほど購入。

タイミングが悪かったのか、カノンとは会えなかった。

ウサギ肉が1個100トランで売れたので、20個ほど売却。これで手持ちは1500トランだ。

「物欲センサー、今回は出てくるなよ」

そう呟きながら噴水から水をビンですくって採取する。

『水』『水』『綺麗な水』『水』『綺麗な水』『五十トラン』『聖水』『水』『綺麗な水』『綺麗な水』

「よしっ！　綺麗な水も達成！」

ウサギの角のトラウマで最初は少し不安になったが、物欲センサーが働かなかった様でしっかりと綺麗な水も必要個数揃った。ただ、2個目の聖水はどうかと思う。そんな簡単に出ていいのか？

ちなみに、50トランは噴水からビンで水を採取したら液体の代わりにコインが入っていた。

現実でも噴水に硬貨を投げ込むのはたまに見かけるし何もおかしくは無いだろう。

「あれっ？　トーカだ。さっきぶり！」

噴水の前で軽くガッツポーズをしていると、見知った顔が声を掛けてきた。

薬草を探している時に出会った薬草と亀の情報をくれた少女、メイだ。

「ん？　あぁメイか。ちょっと水を汲みにな」

「へっ？　ここは町中だよ？」

「ここの噴水でビンを使うと水が汲めるんだよ」

「へぇ～……ってそれ凄くない!?」

噴水で水を汲んでいると言うとメイが驚いていた。

なんでも、『水』系のアイテムは草原の所々にある水溜りから採れる『湧き水』と亀池から採れる『池の水』しか今の所見つかってないそうだ。

ちなみに、湧き水が採れる所から綺麗な水も採れるらしい。本来はそこから取ってくるのだろう。

「うわぁ、まさか町の噴水で水が採れるとは思わなかったなぁ。思い込みって怖いや」

「まぁ何事も挑戦だしな。ところで、メイは何してるんだ？」

「依頼された物が作れたから依頼完了の報告をしてきたところ。あっ！　トーカから貰った骨のお蔭で無事依頼完了出来たよ！　その節は本当にありがとうございました！」

「気にしなくていいよ。別れ際にメイが亀が出るって教えてくれただろ？　その情報がめちゃくちゃ役にたったからな」

「あれ、そうなの？」

「あぁ、亀の苔ってアイテムが必要でな」

「なるほど。役に立てたみたいで良かったよ」

実際、薬草の採取場所に亀の出現場所という俺が必要としていた情報をピンポイントで教えてくれたからな。メイ様々だ。

あの情報が無ければ、俺は今もまだ亀を探して森をさ迷っていただろう。

「あっ、今更だけど、ウサギの骨2個も貰っちゃって良かったの？」

「あぁ、メイとの採取談義は楽しかったしな」

「あれはボクも楽しかった！　あんなに採取談義が弾んだのはトーカが初めてだよ！

リーちゃんはすぐ飽きたって言って付き合ってくれないし……」

あぁ、メイもそう思ってくれてたのか。何か、嬉しいな。

その後も、世間話がてら採取談義で盛り上がっていると、騒がしい二人組が広場に入ってきた。

「カレット！　お前は俺がいるのにポンポン魔法撃ってくるんじゃねぇよ！　危うく燃える所だったぞ！」

「そんなこと言ったらリクルスだってちょこまかするのかしないのかしっかり決めてくれ！　動いたり動かなかったり分からんぞ！」

「俺はちょこまかと不動を切り替えるスタイルなんだよ！」

「なら私だって魔法を撃つスタイルだ！」

「「ぐぬぬぬ！」」

なにか、嫌な予感と言うか既視感に襲われてチラリとそちらに視線を向ける。

すると、やはりというべきか髪や瞳の色は違えどよく見知った幼馴染二人の姿がそこにはあった。

お互い相手を罵り合いながら、まるで二人三脚のように息の合った歩調でこちらに向かって早足で歩いて来ている。

そんな二人に声をかけるか他人のふりをするか迷っていると、こちらの視線に二人も気がついた様で、バッ！　とやはり息の合った動きでこちらを向く。

次いで、驚いた顔をしながら突撃してきた。

「「ああっ！　やっと見つけた！」」

「カレットが！」「リクルスが！」

「「俺（私）じゃなくてお前だ！」」

それでも、喧嘩《じゃれあい》は続いている。

隣にいるメイが状況を飲み込めずポカンとしているが、取り敢えず合流は出来た。

まぁ、話を進める前にあの二人の喧嘩《じゃれあい》を止めないとだな。

◇◇◇◇

目の前でぎゃいぎゃい騒いでいる幼馴染（仮）に、表情筋が引き攣る。

こいつら、さっきリアルの方であった時は普通だったよな？

何でこんな短時間でこんなことになってるんだ……？

メイを見てみろよ、完全に混乱してるぞ。

「あっと……この人達はトーカの知り合い……なの？」

「多分、そうだと思う。違ってほしいけど」

まぁ、この二人は仲良いけどしょっちゅう喧嘩《じゃれあい》をしているし、今回もそれだろう。

だとしても早すぎるとは思うが。何があったんだよ。

「はいはい。落ち着いて、落ち着いて」

「なぁなぁ、リクルスがぁ～」

「分かった分かった。まずは落ち着け。話はしっかりと聞いてやるから」

「護ぅ～聞いてくれよ～」

「ちゃんと聞いてやるから。あとリアルの名前をこっちで出すな」

ゴンッ！

「ふごぉッ⁉」

「むぅぅ～」

まるで先生に泣きつく園児のようにじわじわとにじり寄ってくる明楽の頭をポンポンと撫でて動きを止め、リアルでの名前を出しやがった瞬にはゲンコツを落とす。ネットリテラシーどこ行った。

メイがポカンとしたままなので、早めに何とかせねば。

「落ち着いたか？」

「「はーい……」」

「んじゃ……」

って、俺この二人のこっちでの名前知らないし、二人は俺の名前知らないじゃん。

昼飯の時に教えてもらっとけばよかった。

「まず先に自己紹介といくか。このままだと不便だし」

「ま……お前相手に自己紹介って変な気分だな。俺はリクルスだ」

「なんだかむず痒いな……私はカレットだぞ」

見た感じ初期装備だと思われる皮鎧と剣を装備した、少し長めの紫がかった黒髪を後ろで縛り首元まで垂らしている金眼の人物が瞬ことリクルスで、これまた初期装備感満載のローブと杖を装備した、腰まで伸びた鮮やかな緋色の髪と同色の瞳をした人物が明楽ことカレットか。

二人も、俺と同じく別のゲームで使っている名前をそのまま使っているようだ。

「リクルスにカレットだな。俺はトーカだ」

「ほーい、了解。ところで、そこでアタフタしてるお嬢さんは何者？」

「トーカ、こいつは誰だ？」

自己紹介を終えると、二人の興味が状況に置いてけぼりにされているメイに向けられる。

メイは、一瞬ビクッとした後にこちらを見てくる。突然の注目に混乱しているのだろう。

「フレンドのメイだ。さっき話したクエスト受けてる時にフレンドになったんだ」

「へぇ、んじゃやメイちゃん、オレはリクルス。よろしくな！」

「私はカレットだ！　これからもよろしくお願いするぞ！」

「あっ、えっと、先ほどトーカから紹介されましたメイです。こちらこそよろしくお願いしますリクルスさん、カレットさん」

二人がメイに名乗りメイも二人に名乗る。

なんだろうな、初めてあった時の俺への対応と少し違って、テンパっているようにも見える。

こういうのが苦手なのか？　とも思ったが、俺の時は普通に話してたしな……。

「あーメイちゃんや、ゲーム内だしそんなかたっくるしい感じじゃなくて、もっとラフな感じで行こうぜ！」

「確かにそれでは少し堅苦しいしな、楽に行こうぞ！」

「えっと、じゃあ……これからよろしく？」

「おう！　よろしくな！」

「うむ！　よろしくだ！」

二人とメイの自己紹介も終わり、リクルスとカレットとのフレンド登録も済ませた。

ちなみにリクルスとカレットもメイとフレンドになったようだ。二人が押し切ったともいう。

メイはこの後に別の依頼報告があるということで、フレンド登録を終えてすぐに別れた。

「さて、これからどうするかだが……」

「『レベル上げ！』」

「だよな。ちなみに、二人はどれくらいレベル上げたんだ？」

「俺は3だな」

「私はまだ2だ」

俺が確か12だったから、大体10の差が付いてしまったのか……。

これは、お詫びとして二人のレベル上げを手伝うべきだな。

「そうか、じゃあしばらくは二人のレベリングだな。俺も手伝うよ」

「それはありがたいけど、お前は今何レベなんだ？」

「いろいろあって結構高いと思うぞ？　12だ」

「「高ぁっ!?」」

本当に色々あったからな……ウサギ狩りとか亀狩りとか通り魔とか。

ちなみに、認めたくなかった称号だが、以下の二つが手に入った。

＝＝＝＝＝＝＝＝＝＝＝＝＝＝＝＝＝＝＝＝＝＝＝＝＝＝＝＝＝＝＝
『通り魔』
戦闘するでもなく、ただ大量のモンスターにダメージを与えた証
＝＝＝＝＝＝＝＝＝＝＝＝＝＝＝＝＝＝＝＝＝＝＝＝＝＝＝＝＝＝＝
『峰打ち』の取得
＝＝＝＝＝＝＝＝＝＝＝＝＝＝＝＝＝＝＝＝＝＝＝＝＝＝＝＝＝＝＝
『飛ばし屋』
自分の攻撃によってモンスターを吹き飛ばし続けた証

ノックバック効果上昇

＝＝＝＝＝＝＝＝＝＝＝＝＝＝＝＝＝＝＝＝＝＝＝＝＝＝＝＝＝＝＝＝

加えて、スキルも新しく二つ手に入れた。

称号効果での『峰打ち』と、走り続けたからだろう『疾走』の二つだ。

『峰打ち』は敵のHPが必ず1残るようになるパッシブスキル。

ON／OFFの切り替えは意識するだけなので簡単だ。

『疾走』は走行中のAGIが『1・スキルレベル倍』になるスキルだ。

どちらも便利そうなスキルだ。ジョブに合っているかは知らない。

『飛ばし屋』の意味も違う気がするが、追及すると面倒くさそうなので無視することにした。


「負けてばかりはいられん！　こうなったら、今日中にレベル10までは行くぞ！」

「あぁ！　カレットの言うとおりだ。むしろ、追い抜いてやる！」

二人のやる気が満ち溢れている。

「そうか、それなら俺は補佐に回ろうかな。ちなみに、二人のジョブは？」

「あぁ、俺は重戦士と軽戦士だな」

「それ、ただの戦士じゃね？」

重い戦士と軽い戦士を足したら、お互いの利点を食い合ってただの戦士になりそうだ。

まぁ、瞬も日本国民だし、職業選択の自由はあるんだけどな……。

いや。それは少し違うか、自己決定権かな？　まぁいいか。

「何でまた、そんなお互いの個性を殺しかねないジョブを選んだ？」

「そりゃお前あれだよ。臨機応変に常に前衛で戦えるだろ？」

「本当に臨機応変に戦えたらな」

「そこは……トーカ！　指示は任せた！」

「お前バカだろ……いや、バカだったわ」

「否定出来ないのが辛い！」

もういいや。慣れれば大丈夫だろ。瞬は飲み込みだけは早いからな。

「次、カレットは？」

「私は火の魔道士と軽戦士だな」

こいつもまた、何で遠距離型の魔道士と近距離型の軽戦士を合わせた……。

魔道士はＩＮＴとＭＰにＤＥＸ、軽戦士はＳＴＲとＡＧＩ、場合によってはＶＩＴを上げる必要があるから、器用貧乏になりやすい組み合わせだな……。

まぁ俺もあんまり人のこと言えないし、別にいいか。

「何でそうしたか聞いてもいいか？」

「あぁ！　遠距離から魔法をバンバン撃って、近寄れば大丈夫と考えた相手が近づいてきたら返り討ちにしたいからだ！」

「あっはい。もうそれでいいです頑張ってください」

「流されたⁱ⁉」

うん。そういやこいつらはそういう奴らだったわ。

これは神官取っといて良かったな、サポートが大変そうだ。

「トーカはジョブ何にしたんだ？」

「俺は神官と狩人だな」

「おい。お前も変な構成じゃねぇか」

「お前等のフォロー用に神官取ったんだよ。まぁ、すでに役立ってるけどさ」

特にメイスが。俺の今のメイン武器からしてメイスの亀甲棍だし。

神官ってなんだっけ？　前衛職だっけ？

「あっそうだ。レベル上げの前にクエスト終了報告をしてきたいんだが、いいか？」

「あぁ、お前が俺達を放置して進めてたクエストか。別にいいぞ」

「いやに言い方にトゲがあるな」

「べっつにぃ～？」

「なぁんでもないよぉ～？」

リクルスとカレットが間延びした声とジト目で俺に精神的ダメージを与えてくる。

そろそろ許してくれないかな……。

「じゃあ、少し行ってくる。それとも、ついてくるか？」

「んー俺はいいや。町の探検してるから、終わったらメッセージよろしく」

「私も大丈夫だ。トーカが言っていた路地裏の探検をしてみたいからな」

「了解。でも、路地裏はマジで気を付けろよ？　迷ったら本当に出られなくなるかも知れないぞ？　あんな場所で迷ったら出られなくなってエンドレス路地裏オンラインになるぞ」

「うっわ、何それ怖い」

「えっ？　そんな入り組んでるのか？」

「それはもう、どこに力入れてんだよ運営！　って言いたくなるぐらいだな。

もうね、俺もカノンに会わなかったら今頃まだ迷ってたかもしれないレベルだ」

ちなみに、マップで町を見たら路地裏だけは霧がかかった様に見えなくなっている。

ただ、一部見えるようになっている箇所もあり、そのルートは『カノンの裏道』、その中でも少し開けた場所が、『カノンの秘密基地』となっている。

初めてあったあの場所だろう。システムにも認められた秘密基地だったらしい。

「うぐっ……それは……」

「まぁ、俺は多少なら大丈夫だからさ、どうしても探検したいなら今度行くか？」

「おぉ！　じゃあ今度一緒に行くぞ！」

しょんぼりしたり目をキラッキラさせたり、感情がころころ変わって忙しい奴だな。

そんなに探検したいのか？

「よし、町を見て回るか！」

「路地裏がダメなら私もリクルスと一緒に町を探検するとしよう」

「どうせ初期資金しか無いんだから無駄遣いするなよー」

「へーい」

「了解だ！」

喧嘩していたことなど、すっかり忘れたらしい二人を見送ってから、俺も道具屋に向かう。

カノンは普段は道具屋にいるって言ってたし、そこに行けば会えるだろう。

ただ、さっきビンを買った時は見当たらなかったからそこが不安ではある。

もしいなかったら『秘密基地』にでも行ってみればいいか。

掲示板回①

【果てなき】《ＥＢＯ》総合スレＮｏ：４【戦いへ！】

ここはＥｎｄｌｅｓｓ Ｂａｔｔｌｅ Ｏｎｌｉｎｅ。通称《ＥＢＯ》の情報を収集交換するスレだ。

次スレは９５０を踏んだ奴が宣言して立ててくれ。

まだ始まったばかりで色々ごちゃまぜだから注意な！

そのうち色々専スレが出てくるだろうから我慢してくれ。

４３２．名無しのプレイヤー
うがぁぁぁ！

兎狩り飽きたぁぁぁ！
４３３．名無しのプレイヤー
＞＞４３２
おちつけもちつけ
まぁ、気持ちは分からんでもないが

４３４．名無しのプレイヤー
草原民が荒れてるなぁ
４３５．名無しのプレイヤー
＞＞４３４
お前もだろｗｗｗ
４３６．名無しのプレイヤー
な、なんのことかなぁ～（汗）
４３７．名無しのプレイヤー
でも実際＞＞４３６の言う通りだよな
イノシシは個体数少ないから奪い合いになる
４３８．名無しのプレイヤー
んで、争奪戦に負けて兎狩りしか無くなると
４３９．名無しのプレイヤー
ホントそれ
フィールド自体もまだ全然少ないし
確か草原と森しか見つかってないはず
４４０．名無しのプレイヤー
＞＞４３９の言う通り草原と森だけ

で、その森にもウサギしか居ないと
狼とかは定番っぽいけどまだ見つかってないな
441．名無しのプレイヤー
まぁ初日はこんなもんじゃね？
442．名無しのプレイヤー
え？　俺森で亀見つけたぞ？
443．名無しのプレイヤー
えっ？
444．名無しのプレイヤー
それマジ？
445．名無しのプレイヤー
ちょ、それもっと詳しく
446．名無しのプレイヤー
いや、普通に森で狩りしてたら亀がいたんだよ
だいたい片手で持てるぐらいの大きさの
447．名無しのプレイヤー
森かぁ……
大剣だと戦いにくそうでなぁ

448．名無しのプレイヤー
確かに大剣だと攻撃しにくそうだな
逆に、軽戦士とか軽業師は得意そう
449．名無しのプレイヤー
……あんま軽業師に夢見ない方がいいぞ
450．名無しのプレイヤー
＞＞449
どゆこと？　どゆこと？
451．名無しのプレイヤー
いやな？
確かに身軽にはなるんだけどさ
『軽業』スキルってお前らが思ってる様なもんじゃないぜ？
452．名無しのプレイヤー
木々の間をぴょんぴょんしたり出来るんじゃないの？
453．名無しのプレイヤー
＞＞452
それどこの忍者w
でも実際そんなイメージだよな

454．名無しのプレイヤー
軽業師ってもスキルありきだし
肝心の『軽業』もレベル1じゃせいぜい木登りしやすくなる程度
木々の間をぴょんぴょんなんて夢のまた夢
455．名無しのプレイヤー
へぇ、そうなんだ（棒）
456．名無しのプレイヤー
で、将来的にはできそうなん？
457．名無しのプレイヤー
＞＞455
棒読みやめーや
＞＞456
レベル上げてけばできそうかもとしかまだ言えないな
458．名無しのプレイヤー
ちょい話戻すけど亀ってどんな感じ？
459．名無しのプレイヤー
どうって言われてもな……
普通の亀だったわ。背中に苔生えてたけど

460．名無しのプレイヤー
なるなる
亀ってくらいだから硬いのか？
461．名無しのプレイヤー
＞＞460
甲羅に刃物はやめた方がいい
アーツですらまともにダメージ入んなかった
でも四肢や首なら剣でもいけた
462．名無しのプレイヤー
ただ、動きは鈍いし攻撃力もあんまないっぽい
甲羅が異常に硬いから刃物じゃ苦戦必至だけど
463．名無しのプレイヤー
経験値とかドロップアイテムは？
ウサギと比較して
464．名無しのプレイヤー
経験値自体はそんな差はないな
亀の方がちょい上かな？　ってレベル
ドロップの方は甲羅と苔が落ちたな

465．名無しのプレイヤー
ほむほむ、甲羅は防具として……苔は調合系？
466．名無しのプレイヤー
まぁそんな所じゃね？
んで、その亀って打撃はどうなん？　効くの
467．名無しのプレイヤー
さぁ？
468．名無しのプレイヤー
＞＞467
さぁ？　ってw
469．名無しのプレイヤー
いや、実際知らないし……
とりあえず、普通の剣じゃダメだった
470．名無しのプレイヤー
まぁここら辺は情報待ちかな
471．名無しのプレイヤー
あ、そういや亀を見かけた辺りで女の子見かけたぞ
472．名無しのプレイヤー

ガタッ
473．名無しのプレイヤー
ガタッ
474．名無しのプレイヤー
ガタッ
475．名無しのプレイヤー
ガタッ、ガタッ、ゴシャッ
476．名無しのプレイヤー
＞＞472＞＞473＞＞474
鎮まれ変態共
＞＞475
大丈夫か？
477．名無しのプレイヤー
返事が無い、ただの屍のようだ
478．名無しのプレイヤー
＞＞477
生きとるわ！
＞＞476

ご心配どうも、無事でした
（リアルでもコケたなんて言えない……）
479．名無しのプレイヤー
＞＞478
マジで大丈夫かよｗ
＞＞471
んで？　そのロリっ子とは？
480．名無しのプレイヤー
＞＞479
ロリっ子と決めつけるなｗ
まぁロリっ子だったが
481．名無しのプレイヤー
ガタッ
482．名無しのプレイヤー
ガタッ
483．名無しのプレイヤー
しつけぇよｗ
484．名無しのプレイヤー

（´・ε・｀）
485．名無しのプレイヤー
（´・ε・｀）
486．名無しのプレイヤー
＞＞484＞＞485
そんな目で見るなよw仲良しかよ
487．名無しのプレイヤー
＞＞480
それで？　そのロリっ子は？
488．名無しのプレイヤー
＞＞487
ワイに見知らぬ少女に話しかけろと？
489．名無しのプレイヤー
その……すまん
涙拭けよ
490．名無しのプレイヤー
＞＞489
ありがとう……

見た感じはなんか採取してるみたいだった
んでその少女が去った後にそこ見たら薬草が見つかったぜ！

４９１．名無しのプレイヤー
おっ！　薬草！

４９２．名無しのプレイヤー
森にあったんか

４９３．名無しのプレイヤー
ようやく、ようやく助かった……
ろ、路地裏怖ぃ(((；゜Д゜)))
もう二度と行かねぇ

４９４．名無しのプレイヤー
路地裏の犠牲者がまた

４９５．名無しのプレイヤー
＞＞４９４
犠牲者ってどゆこと？

４９６．名無しのプレイヤー
＞＞４９５
前の方でもあったけど……

一言で言うと始まりの町の路地裏は魔境なんだよ
497．名無しのプレイヤー
……？　分からん。そんな怖いの？
498．名無しのプレイヤー
まぁ現在分かってるだけでも
・路地裏ではマップが機能しない
・路地裏ではメッセージ使用不可
・掲示板へのアクセスができない
・下手な迷路より入り組んでいて薄暗い
・啜り泣く声が聞こえる
とかだな。まぁ最後は噂程度だが
499．名無しのプレイヤー
何それ怖い……
迷ったら終わりじゃねぇか
500．名無しのプレイヤー
俺は軽く三時間は閉じ込められたぞ
なんかさ、マップ見ても路地裏だけ霧がかったみたいになって……
マジで俺の《EBO》ライフは終わったと思った

人生で初めて心から神に縋ったわ……

５０１．名無しのプレイヤー
うわぁ……

５０２．名無しのプレイヤー
予想以上に傷が深そう……
本当に怖かった……
お前ら！　間違っても恐いもの見たさで行くんじゃねぇぞ！
マジでトラウマになるから！

５０３．名無しのプレイヤー
流石経験者の言葉の重みは違うな
そういや、路地裏とは関係ないけど面白いプレイヤー見かけたぞ

５０４．名無しのプレイヤー
へぇ、どんな奴？

５０５．名無しのプレイヤー
二人組の男女ペアなんだけど

５０６．名無しのプレイヤー
男女ペア……だと!?

５０７．名無しのプレイヤー

さてはリア充か!?
皆の衆武器をもてぃ！
508．名無しのプレイヤー
リア充死すべし慈悲はない
509．名無しのプレイヤー
非リアは帰って、どうぞ
510．名無しのプレイヤー
んじゃ帰りまーす
511．名無しのプレイヤー
俺も帰りまーす
512．名無しのプレイヤー
ワイも帰りまーす
513．名無しのプレイヤー
私も帰りまーす
514．名無しのプレイヤー
帰りまーす
515．名無しのプレイヤー
一気に帰りすぎだろｗｗｗ

516．名無しのプレイヤー
話戻すぞー帰ってこーい
517．名無しのプレイヤー
おなしゃす
518．名無しのプレイヤー
なんかな、見てて面白かった
女の子の方が火の魔道士、野郎が軽戦士だった
519．名無しのプレイヤー
ほー
そして言葉に嫉妬が見え隠れしますなぁ
520．名無しのプレイヤー
うっせーやい！
そんでだ異常なほどフレンドリーファイアが多いんだ
もうね、わざとじゃないかってほど被弾するんだよ
521．名無しのプレイヤー
えっ？　何それ下手くそ？
522．名無しのプレイヤー
いや、そんなレベルじゃなかった

女の子が火魔法を撃ったルートに男の方が突っ込んでく
それだけなら男が悪いで済むんだがな
男が攻撃してる所にも面白いように魔法が飛んでく

523．名無しのプレイヤー
結局どゆこと？

524．名無しのプレイヤー
色々ヤバイってのは分かったんだけど……
女の子が魔法撃つと男が射線に入る
男が動くとそこに魔法が飛んでく
とこんな感じでコンビネーション最悪だった

525．名無しのプレイヤー
《EBO》ってフレンドリーファイアの判定ってあったっけ？

526．名無しのプレイヤー
《EBO》はFF無いな
というかプレイヤーはプレイヤーにダメージ与えらんない
ただ、衝撃とかはあるっぽいから混戦時は厄介

527．名無しのプレイヤー
そういや面白いプレイヤーなら俺も見かけたぞ

528．名無しのプレイヤー
>>527
ほう、話を聞こう
529．名無しのプレイヤー
>>527
おう、話してみろ
530．名無しのプレイヤー
>>527
ほら、カツ丼食うか？
531．名無しのプレイヤー
>>530
いつの間にか取り調べになってるだと？
532．名無しのプレイヤー
>>530
俺、うな重がいい
533．名無しのプレイヤー
厚かましいなお前ｗｗｗ
534．名無しのプレイヤー

＞＞533
厚かましい位が丁度いいんや
確か、あれは俺が草原で兎狩りをしてた時だった……
535．名無しのプレイヤー
なんか急に語り始めたぞ
536．名無しのプレイヤー
＞＞535
まぁ聞いてやろうじゃないか
537．名無しのプレイヤー
兎狩り中の俺は運良く猪を見つけたんで狩りに行こうとした
その瞬間だった、頭部に何かがぶつかったんだ
何かと思ってみてみたら……HPがレッドになってスタンしてるウサギだった
538．名無しのプレイヤー
本日の天気は晴れ時々ウサギw
539．名無しのプレイヤー
最近のゲームはウサギが降るのかw
とか言ってみたけど、それってさ
誰かがウサギ吹き飛ばしたって事だろ？

５４０．名無しのプレイヤー
確かに……
ウサギとは言え仮にもモンスターだろ？
簡単に吹き飛ばせるもんなのか？
５４１．名無しのプレイヤー
どうなんだろ……
吹き飛ばしたって事は打撃系だろうけど……
打撃武器って持てんの今んとこ神官だけだろ？
そんなこと出来んの？
５４２．名無しのプレイヤー
そこはもう誰かが検証してくれるのを待つしかない
誰かやってくれないかな～チラッチラッ
５４３．名無しのプレイヤー
自分でやれよ
＞＞５４２
５４４．名無しのプレイヤー
ひどぅい。まぁいいや
それで不審に思って飛んできた方向を見てみたんだ

そしたら……狩人の服を着た白髪のプレイヤーが走り去っていく所だった

545．名無しのプレイヤー
ごめん何言ってるかわからない
そもそもそれってＭＰＫにならないか？

546．名無しのプレイヤー
＞＞545俺も自分で何言ってるかわからない
けどこれが事実なんだ……
※ウサギ（経験値）はスタッフが美味しくいただきました
スタンしてるからエサでしかなかった件
ＭＰＫされたって騒いでる奴もいないから平気じゃね？

547．名無しのプレイヤー
イノシシは？

548．名無しのプレイヤー
＞＞547
他のプレイヤーに美味しく頂かれました……

549．名無しのプレイヤー
ドンマイw

550．名無しのプレイヤー

元気出せよｗ

５５１．名無しのプレイヤー

イノシシごちっす

５５２．名無しのプレイヤー

＞＞５５１

テメェか！　俺のイノシシ返せっ！

５５３．名無しのプレイヤー

ドンマイとしか言えねぇわｗｗｗ

（その後も掲示板は雑談で盛り上がっていく）

第二章　死闘と決闘と戦闘と

「……覚悟はいいか？」

辺りに何も無いだだっ広い草原で、『彼』は確かな殺気を伴って俺を睨み付けている。

『彼』の手にした弓は、相当に使い込まれていると見えて尋常ではないオーラを放ち、対面にいる俺に明確な死の恐怖を与えていた。

しかし、真に恐ろしいのは弓の方ではない。腰から下げられている一振りの短剣。

鞘から抜かれてすらいないというのに、短剣から明確な死の香りが漂ってくる。

そんな武器を構えた『彼』を前に、脳が危険信号を出し続けている。

いくら業物とはいえ、武器単体ではそこまでの威圧を放つことは無いだろう。

しかし、『彼』らを相棒として長年戦ってきた『彼』が持つことで、そこにあるだけで死を覚悟させるほどの存在感を放っていた。素人でも分かる。『彼』は強い。

「……ええ」

乾いた喉を鳴らしながら、どうにか一言答える。俺が手に持っているのは亀甲棍。

大亀のドロップアイテムで、初日に手に入れていいとは思えないほどの強さを持っている。

武器の性能なら、決して負けていない。

亀甲棍を握りしめ相対する『彼』を真正面から見据える。

俺が答えた瞬間、スッと『彼』が纏う雰囲気が変わったのが分かった。

相手を試すような殺意から、相手を殺そうとする本気の殺意へと切り替わる。

「…………」

『彼』はもう、何も言わない。既に、手に持った弓に矢を番え引き絞っている。

少しでも動こうものならその瞬間に射貫かれる。

それを、本能レベルで理解させられた俺は、恐らくこの世で一番恐ろしいであろう相手。

『娘を守る暴走した父親』と言うバケモノを前にたった一言、掻き消えるような声で呟く。

「どうしてこうなった……」

◇◇◇◇

時は少し遡る。

リクルスとカレットの二人と別れた俺は、クエスト終了報告をするために道具屋に訪れていた。

道具屋は十数人のプレイヤーで賑わっており、カウンターで会計をしている店員の中に混ざっているカノンの姿もあった。背の低いカノンはそのままではカウンターの陰に隠れてしまいそうなものだが、台の上に立っているのだろうか。

カウンターからぴょっこりと顔を出して会計をしている姿は、とても微笑ましい。

微笑ましいのだが、彼女が接客している列だけ他の列の2～3倍は人が並んでいてちょっと怖い。

そして、たった今会計が終わったプレイヤーがそのままの流れでもう一度カノンの列に並び始めた。

何してんだよ。動きがスムーズ過ぎて一瞬気が付かなかったぞ。

「あっ！　すいません、お会計は隣でお願いします！」

そんな光景に絶句していたが、カノンは声をかけるまでもなく俺を見つけたようだ。

今まさに会計しようとしていたプレイヤーに断りを入れて、カウンターから飛び出す。

その時ちょうど会計しようとしていたプレイヤーの表情が絶望に染まった。

それどころか、カノンの列に並んでいたプレイヤー全員が同じ表情になっている。

なんなんだこいつら……。

「お兄ちゃん！　もう全部見つけたの⁉」

俺の方に駆け寄ってくるカノンを目で追い、俺に気付いた周りのプレイヤー達に物凄い形相で睨まれて居心地が悪いが、ここは無視一択だ。気付いていないふりをしろ……！

「あぁ、しっかり集めてきたよ」

「わぁ！　ありがとうお兄ちゃん！　じゃあ、こっち来て！」

集めた事を伝えると、カノンはパァっと顔を輝かせ、俺の手を引っ張る。

カノンに店のバックヤードに連れ込まれる俺を見て、プレイヤー達《ロリコン》は歯軋りの音を道具屋に響かせ、血走った目で俺を睨みつけてくる。これが殺気か……。

殺気を極力無視しながらカノンの案内について行くと、道具屋の後ろに併設された家屋の、作業部屋と思われる部屋に連れていかれた。

道具屋の中にある扉を通る時に、一瞬の抵抗と「ぽーん」と言う軽い音が聞こえたので、本来は入れない場所の様だ。恐らく、クエストを受けてないと通れない仕様なのだろう。

「お兄ちゃん持ってきてくれるの凄い早かったね！」

「あぁ頑張ったからな。それで、持ってきた素材はどこに置けばいいのかな？」

「わぁ！　ありがとう！　ここに置いてね！」

カノンが目の前の机を指さすと、同時に目の前にウィンドウが出現する。

＝＝＝＝＝＝＝＝＝＝＝＝＝＝＝＝＝＝＝＝＝＝＝＝＝
綺麗な水（5／5）『聖水』✓
上質な薬草（28／5）『世界樹の葉』✓
ウサギの角（23／5）『大兎の堅角』✓
亀の苔（8／1）『大亀の万年苔』✓
特殊素材（4／4）
＝＝＝＝＝＝＝＝＝＝＝＝＝＝＝＝＝＝＝＝＝＝＝＝＝

やはり、『聖水』やら何やらはクエスト用の特殊な素材だったらしい。

これは、集めてなかったらさぞモヤモヤしたことだろう。集めて良かった。

普通の素材と特殊素材のどちらも取り出し、指定された場所に置く。

「わぁ！　凄い！」

カノンが俺の出した素材を見て驚きの声を上げる。

見た目は普通の素材とほとんど変わらないが、特殊な素材だと分かるのだろうか？

「違いが分かるのか？」

「うん！　お兄ちゃんにお願いしたやつはね、前にお父さんに見せてもらったことがあるの。

でもね、こんなに立派じゃなかったんだよ！」

さすが道具屋の娘。俺には同じに見える素材だが、彼女にはとても立派な物に見えるらしい。

あるいは、生産職《メイ》ならこれらの素材の違いも分かったりするのだろうか。

「へぇ、そうなんだ。それは頑張った甲斐があったな」

「うん！　これならお父さんの怪我もすぐ治っちゃうよ！」

そう言うと、カノンが戸棚から醸造台を取り出してきた。

道具屋だし、醸造台があってもおかしくないだろう。

商品にもポーションとかの薬品があったし。

「じゃーん！　これでお薬を作るんだよ」

「そうなのか。でも、どうやって作るんだ？」

「えっとね。こうして……」

カノンが醸造台を少し弄ると、目の前にウィンドウが現れる。

そのウィンドウには、『どの素材』を『どのように』に組み合わせるかや、『特殊素材』を使うかどうかを決める画面が表示されていた。

集めたけど使わない、なんてこともできるのか。

「うおっ。これは……どうすればいいんだ？」

「えっとね。お父さんが前に作った時はね、角をガンガンって砕いて、そしたら苔と薬草と一緒にゴリゴリってして、それをお水でグツグツって煮込んでたよ！」

『どのように』という項目があるということは正しい手順があるのだろう。

それが分からずに唸っていると、カノンがたどたどしくも教えてくれた。

なので、それに従ってまずは『ウサギの角』５本と『大兎の堅角』を粉状にする作業を行う。

ウィンドウをタップすると、机の上に置かれていた計六本の角が光に包まれた。

そして、次の瞬間には角は粉末状になって小鉢に盛られていた。なんというお手軽仕様。

ガンガンと言っていたから金槌か何かで叩く作業が入るのかと思ったが、そんなことはなかった。

次は、荒い粉末になった角と苔と薬草を混ぜ合わせる作業だ。

ウィンドウ上の『合成する』と書かれた箇所をタップすると、目の前に大きめのすり鉢とすりこぎが出現する。

『亀の苔』と『大亀の万年苔』に『上質な薬草』と『世界樹の葉』。そして、先程粉末にした角粉を入れ、ゴリゴリと擦り合わせる。こっちは手作業なのか。基準が分からん。

だが、この作業は懐かしい。中学の時に理科の実験で使った時以来だ。

瞬が思いっきり掻き回して、案の定中身をぶちまけて先生にめっちゃ怒られたことがあった。

「俺の全力を見せてやる！」とか言って撒き散らしたんだっけ……。

普段温厚な人が怒ると怖いというのは本当だと、そのときに身を以て知った。

「わぁー！　お兄ちゃん、カノンもこれやりたい！」

「やりたいのか？　いいけど間違ってもこぼさないようにな？」

「うん！」

俺がトラウマと戦いながら素材を擦り合わせていると、カノンがやりたいと言い出した。せっかくなのでカノンと交代し、作業が完了するまではカノンが中身をこぼさないように注意を向けつつ、まだ割り振っていなかったSPの割り振りをする事にした。

このゲームでは、レベルアップするだけではステータスは上がらない仕様なので、忘れないようにちょくちょく上げておく必要がある。

俺のステータスは『神官&狩人』というジョブ構成からすると、STRが一番高いことや持っているスキルや称号がおかしいが、そこは気にしない方針で行く。

成り行きでこうなってしまったのだから仕方がない。

これからは神官としてのサポートがメインになるだろうし、MPとINTを上げよう。

どうせ、回復やバフは俺の仕事になるんだ。アイツらのジョブ構成からもそれが窺える。

『トーカ』

ジョブ：神官　サブ：狩人　Lv：12
HP：1200／1200　MP：300／300
STR：30（＋30）　VIT：10（＋14）
AGI：20（＋20）　DEX：30（＋2）
INT：50（＋0）　MND：0（＋0）
LUK：20　SP：0
【パッシブ】
『不意打ち』『峰打ち』
【スキル】
『棍術Lv：3』『弓術Lv：1』『罠術Lv：2』
『回復魔法Lv：3』『付与魔法Lv：2』
『投擲Lv：2』『見切りLv：2』『体術Lv：3』『咆哮Lv：2』
『隠密Lv：3』『剣術Lv：1』『軽業Lv：1』『疾走Lv：1』
『跳躍Lv：1（装備スキル）』
【称号】
『ウサギの天敵』『外道』『ジャイアントキリング』
『一撃粉砕』『通り魔』『飛ばし屋』

そして、上げたステータスがこれだ。

MPとINTに30ポイントずつSPを割り振り、それ以外にもちょこちょこと割り振る。

俺はこれから後衛でのサポートがメインになるだろうし、防御面はあまり振らなくてもいいか。

「お兄ちゃん！　ゴリゴリ終わった！」

SPの割り振りが終わったタイミングで丁度カノンの作業も終わったようだ。

カノンと立ち位置を交換し、すり鉢の中を覗き込む。すり鉢の中には、角粉が苔や薬草の汁を吸ってある程度まとまったことで出来上がったであろう濃緑の半個体の物質が入っていた。

最後に、今作ったこの団子状の濃緑の物体を『綺麗な水』と『聖水』で煮込んでいく作業だ。

すり鉢の中の濃緑団子を取り出し、醸造台に付いているビーカーのような形のビンに入れる。

そして、それに『綺麗な水』と『聖水』を注ぎ、醸造台付属のランプで煮込んでいく。

ちなみに、備え付けられていたランプは、今はもう懐かしきアルコールランプだった。

どことなく懐かしさを感じながら、底の部分が焦げ付かないように時折かき混ぜ、煮込み始めたタイミングでビンの上に出現したゲージが満タンになるまで煮込み続ける。これも手作業だ。

またもやりたいと言い出したカノンと途中で交代しつつ、かれこれ十分はビンの中身を掻き混ぜていただろう。遂に、ゲージが満タンになる。

すると、「ぽーん」と言う軽い音が響き一本のビンが出現した。

なぜか煮るときに使用したビーカー型ではなくフラスコ型のビンに変わっているが、そこはもうゲームだからと割り切るしかないだろう。

「お兄ちゃん、お薬出来た!?」

「ちょっと待ってね。今確認するから」

＝＝＝＝＝＝＝＝＝＝＝＝＝＝＝＝＝＝＝＝＝＝＝＝＝＝

『カノン印の最高の治療薬』

通常の素材に加えて特殊な素材を全て使用した治療薬

普通の治療薬とは一線を画す性能を誇る、最高級の逸品

『愛娘のお手製』という要素によって、特定の人物にのみ本来以上の性能を発揮する

作成時に介入したであろう『誰かの手伝い』という要素を彼は認識しない

・条件

『特殊素材の使用（4／4）』

『カノンのお手伝い（混ぜ合わせ）』✓

『カノンのお手伝い（煮込み）』✓

＝＝＝＝＝＝＝＝＝＝＝＝＝＝＝＝＝＝＝＝＝＝＝＝＝＝

……………よし。フレーバーテキストは見なかったことにしよう。

「あぁ、大成功だ。カノンが手伝ってくれたからだな」

「本当!? やったぁ！」

その言葉に、カノンはぴょんぴょんと飛び跳ね全身で喜びを表現している。

とても嬉しそうなその姿は大変微笑ましいが、決して広くはない作業室でそんなに動かれると危なっかしくて見ていてハラハラする。

だが、事実として『カノン印の最高の治療薬』を作成するにはカノンに手伝って貰う必要があったし、何より誰もいない路地裏で一人すすり泣いているほど心配していた父親の怪我を治す薬が手に入ったのだ。その喜びに水をさすのは気が引ける。

父親にとって一番の薬は、その『愛娘の愛情』なのだろう。

あぁ、なるほど。ショートカットされなかった作業はカノンのお手伝いポイントだったのか。

だから『角を砕く』っていう小さい子には危険な作業だけはショートカットになったと。

「お兄ちゃん！　早速お父さんにお薬あげに行こう！」

「そうだな。カノンが手伝ったって知ったら、お父さんもきっと喜ぶぞ」

「うんっ！」

満面の笑みを浮かべるカノンに連れられて作業室を後にする。

そして連れて行かれた部屋の中には、身体中に包帯を巻きベッドに横たわっている男性が居た。

この人がカノンの父親だろう。その姿は、見間違えようもないほどに『重傷人』だ。

「お父さん！　お薬持ってきたよ！」

「な、に……？　材料、は。切らし、ていた……はず、だが……」

カノンが駆け寄ると男性は痛みに眉を顰めながら上半身を起こし、カノンから薬を受け取る。

包帯の所々に血が滲み、たった一言を発するのも辛そうだ。相当な大怪我だと窺える。

「うん、だけどね！　このお兄ちゃんが採ってきてくれたの！」

「ほ、ぉ？　おま、えさん、が……？」

カノンの説明に、カノンの父親はこちらをじっくりと観察するように睨《ね》め付けてくる。

数秒後。フッと軽く吐息を漏らし顔を緩めると、カノンから受け取った薬を一気に飲み干す。

結構量があったと思ったが三回ほど喉を鳴らすだけで飲み干してしまった。

すると突然父親の体が発光しすぐに収まる。見かけ上の変化は無いが果たして……。

「こいつは……」

「ど、どうしました？」

カノンの父親は、一言呟くと空になったビンを見つめて黙りこくってしまった。

何かあったのかと不安になりながら訊ねても、彼は何も言わずにただ空きビンを眺めているだけだ。

少しして、カノンの父親が顔を上げた。

「まずは礼を言わねぇとだな。助かったぜ。森で狩りをしてる途中でちょいと怪我《へま》しちまってな。

薬を作ろうにも材料がねぇって事で困ってたんだ」

「え、えっと。それは、大変でしたね。」

そういいながらも睨め付けてくるカノンの父親の瞳に、感謝以外の感情が多分に込められている気がしてならない。

そして、それっきりカノンの父親は黙りこくってしまう。沈黙が怖い。

「え、えっと？」

「この薬……俺が普段使っているのよりも相当効力が強いな。かなりいい素材を使った様だが……」

「えぇ、一応」

独り言の様に呟かれた言葉だが一応返事をしておく。特殊素材という名の『聖水』やら『世界樹の葉』やらというとんでも素材を使っているので肯定する。沈黙超怖い。

「お前さん、名前は？」

「あっ、遅くなりました。トーカといいます」

「そうか。するとトーカ。お前さんは大兎や大亀を狩れるって事か？」

「そう、ですね。と言っても正面からの真剣勝負ではなく不意打ちや罠を使ってですが」

「そりゃそうだ。狩りってのは戦いじゃねぇ。どんな事をしようが仕留めれば勝ちなんだ」

そう言うと彼は再び値踏みするような、あるいは睨み付けてくる様な視線をこちらに向けてくる。

視線に込められた圧に、思わず一歩後ずさる。なんだこの人。めちゃくちゃ怖い。

「むぅ～！　お父さん！　お兄ちゃん睨んだらダメでしょ！」

「いっ、いや。別にお父さんは彼を睨んでた訳じゃないんだぞ？　ただ、彼が本当に大亀や大兎を狩れるだけの奴なのかをだな……」

「言い訳はダメっ！」

カノン的には父親の反応はダメだったようで、俺の前に立って父親にお説教をしている。

治療薬のフレーバーテキストから分かるように、カノンの父親はカノンには弱いらしい。

さっきまではあんなに怖かったカノンの父親が、急に怖くなくなった。

「カノン、随分とトーカに懐いてるんだな？」

「お兄ちゃんはね、お父さんが怪我しちゃって、お薬も無くてカノンが泣いてたらね、お薬の材料を採ってきてくれるって言ってくれて、本当に採ってきてくれた優しいお兄ちゃんなんだよ！」

「そうか……じゃあ、彼にお礼をしないとな。カノンは、お母さんにお父さんが治ったって伝えてきてくれ」

「分かった！」

「あぁそれと。今夜は怪我が治ったお祝いをしたいから、お仕事が早く終わるようにお母さんを手伝ってやってな」

「うん！　カノン、お手伝いしてくる！」

父親に言われて、カノンは嬉しそうに部屋から飛び出していく。父親の怪我が治って本当にうれしいのだろう。

《シークレットクエスト『カノンのお願い』を完全攻略《パーフェクトクリア》しました》
《スキル『調合』を習得しました》
《経験値が加算されます》

《称号『少女の救世主《ヒーロー》』を取得しました》

どうやら、カノンからの依頼《クエスト》もこれで達成できたようだ。

完全攻略というのは『カノン印の最高の治療薬』を作成できたからだろうか。

救世主《ヒーロー》って、なんかむず痒いな。

カノンの父親は、去っていくカノンを優しげな瞳で見送った後、こちらに向き直った。

「てめぇ……俺の可愛いカノンを随分詛《たぶら》かしてくれたみたいだなぁ、えぇ？」

そしてベッドから立ち上がり先程の値踏みするような視線ではないガチ睨みを浴びせてきた。

うん。なんとなく分かってた。カノンが俺を庇ってから、俺に向けてガンガン殺気を飛ばしてきてたし。とはいえ、あまりの迫力に俺の体は無意識に数歩後ずさる。

「テメェもあれか？　俺の天使を狙ってるのか？　あぁ⁉」

少し前まで体を起こすのも精一杯だったとは思えないほどの速度で詰め寄られた。

「なんだこのオッサン怖ぇ！」

「テメェにその資格があるか俺が確かめてやる。付いてこい」

「えっ、ちょっ。えっ⁉」

そのまま、彼に手首を捕まれ、有無を言わさず引きずられていく。

どうしよう。会話が成立しない。ちょっ！　カノンちゃん戻って来て！

《条件を満たしたため、特殊クエストが発生しました》

＝＝＝＝＝＝＝＝＝＝＝＝＝＝＝＝＝＝＝＝＝＝＝＝＝＝

シークレットクエスト《父親の試練》

クリア条件

ルガンに実力を認めさせる

クエストを受けろ　YES／はい

＝＝＝＝＝＝＝＝＝＝＝＝＝＝＝＝＝＝＝＝＝＝＝＝＝＝

「んなっ⁉　なんだこれ！　強制かよ！」

「つべこべ言ってねぇで付いてこい！　そんな腰抜け野郎が良くもまぁ俺の天使《カノン》に手ぇ出そうとしたなぁ⁉　あぁ⁉」

「手を出そうとかしてませんけど⁉」

「あぁ？　それはあれか？　カノンに魅力がねぇって言いてぇのか？」

「うわこいつめんどくせぇ！」

面倒臭いカノンの父親……ルガンに無理矢理引きずられて扉を越える（作業部屋に行く時のような軽い抵抗感と電子音はあったが、正直それどころじゃなかった）

すると、そこは既に家の中ではなかった。

それどころか、町中ですらない、だだっ広い草原だった。

「カノンに手ぇ出そうってんならよぉ、俺の屍越えてけや！」

「だから手を出そうとはしてないって言ってるでしょうが！」

「それはカノンに（ｒｙ」

「もうやだコイツ！」

完全に狂戦士状態のカノンの父親にはもう何を言っても無駄だろう。

そう頭では分かっていても、嘆かずにはいられなかった。

そんなトーカの悲痛な叫びは、二人の他には誰もいない草原に飲み込まれて消えた。

◇◇◇◇

「さて、トーカ。武器を構えろ」

「いや、あの、本当にやるんですか？」

いつの間に持ち出したのか、弓と短剣を装備したルガンから発せられるオーラは、先程までの娘を溺愛している父親から、獲物を見据える狩人のソレへと変化している。

「俺の可愛い可愛い天使を誑かした奴をぶっ殺すってのも理由の十二割なんだが」

「それ、全部通り越してるよな？」

「大亀や大兎を狩れるっていうお前さんの実力を確かめたいってのも本音だ」

「本音の比率マイナスじゃねぇか」

思わずツッコミを入れるトーカだが、ルガンはそれに取り合う気は無いようだ。

空気がピリッと張り詰める。深く考えなくても分かる。

彼は相当な強者だろう。それこそ、大亀や大兎なんて目じゃない程の。

「大亀や大兎はな、そこいらにいるような小亀や小兎とは格が違う。小兎を余裕で狩れるからって、調子に乗って大兎に挑んで屍をさらしたバカを俺は何人も見てきた。大亀も同じだ」

「……確かに、俺も大亀を他の亀と一緒に考えて痛い目見ましたよ」

「そうだろう。けど、その服を見たところお前さんは狩りを始めたのは極最近のはずだ。下手したら、昨日今日が初めてなんじゃないのか？」

確かにゲームのサービス開始自体が今日からだし、それに間違いない。

ただ、ＮＰＣである彼にとっては、この世界はずっと前から続いているはずだ。

つまり、彼は俺の服装と佇まい。加えて、彼の経験から判断したのだろう。

「そう、ですね。確かに、狩りは今日が初めてです」

「やはりか。そして、お前さんは初めての狩りで大亀と大兎の二体を倒せる程の実力者って事だ。一狩人として、お前さんの力量を確かめたいと思うのはおかしくねぇだろ？」

彼の言葉の中に、彼なりの矜持を感じ、それ以上何も言えなくなってしまう。

「……分かりました。受けて立ちましょう」

俺がそう答えると、彼は何も言わず距離を取る。

そして、明確な殺意を言葉に込めて、俺に問うた。

「……覚悟はいいか？」

「えぇ」

彼から言葉はなかった。無言で引き絞られた弓が彼からの返事だ。

キリキリという、微かな弦の鳴き声だけが俺の耳に届く。

視界の端には『ジャイアントキリング』の発動を示すアイコン。つまり、相手は格上。

だが、それは分かり切っていたことだ。亀甲棍を取り出し、深く息を吐く。

相手が行動を起こしたらすぐに動ける様に最大限の警戒を相手の手元に向けつつ、自分に『付与魔法Ｌｖ：２』で使えるようになった【マジックアップ】を使用し、ＩＮＴを強化する。

さらに【アタックアップ《ＳＴＲの強化》】【ガードアップ《ＶＩＴの強化》】をかけ、ステータスの底上げを行う。

『付与魔法』は魔法なので、その効果はＩＮＴに影響される。そのため、素で使うよりもＩＮＴを強化してから強化するとＳＴＲとＶＩＴへの補正値が大きくなる、ちょっとした小技だ。

「さて、これで……ッ！」

自身に強化をかけた一瞬の隙に眉間、左太股、右肩の三か所目掛けて矢が飛んでくる。

ルガンの手元には最大限の注意を向けていたはずだが、動き出しが全く見えなかった。

辛うじてそれを認識できたのは、すでに矢が放たれた後だった。

飛んで来る三本の矢を、倒れこむように転がることで何とか回避する。

そのまま転がる勢いを利用して瞬時に立ち上がると、それを予測していたのだろう。目の前に、四本目の矢が迫って来ていた。それを、咄嗟に亀甲棍を盾に防ぐ。

「クソッ！」

悪態を吐きながら、多少の被弾は覚悟してルガンに駆け寄る。

恐ろしい速度で連射される矢をある程度は亀甲棍で叩き落としながら突き進んでいく。

（『一撃粉砕』の乗る初撃はきっちりと決めたいな……）

欲を出し過ぎない様にと気を付けてはいるが、やはりダメージ倍は欲が出る。

的確に放たれる矢を処理しながら走り続ける。しかし、相手もしっかりと距離を保つように動き回るためなかなか距離が縮まらない。少し方針を変更し、距離を空け武器を弓に切り替える。

俺の動きが緩んだ瞬間を的確に狙って何発もの矢が飛んで来る。

とっさに飛び退くことで、直接俺を狙って来た矢は回避できたが、そうでないいくつかは躱しきれず肩や太股や腕に矢が突き刺さる。

「ッ！　軽減されてるってても、やっぱ不快な感覚だな……」

エンドレスバトルなんていう、名前からして切った張った前提のゲームだ。

当然、痛みを100％ダイレクトに伝えたりなんてしない。プレイヤー側でもある程度設定可能だが、デフォルトの設定ではどんなに大きなダメージを受けても痺れたような不快感を感じるだけで痛みは発生しないようになっている。この痺れが微妙に痛く感じるのは、ある種の錯覚なのだろう。

動きに支障をきたしそうな左肩の矢を引き抜き【ヒール】をかける。

二割ほど減っていたＨＰが回復し、左肩の痺れも消える。ほかの箇所は未だ矢が刺さったままなので不快な痺れは消えないが、すべての矢を抜いている余裕なんてない。

そのままバックステップで数歩後ろに下がり、弓に矢を番え狙いもそこそこに放つ。

しかし、リアルで弓を使った経験などない素人が『弓術Ｌｖ：１』の小さな補正だけで大した狙いも付けずに放った矢だ。当然、動く相手に当たる訳がない。

「やっぱレベル１じゃダメか……」

大亀にもやった様に『隠密』をちょこちょこ切り替えながら相手の認識を逸らそうとしてみる。

しかし、やはりというかそんな小細工は全く効かないとばかりにルガンの瞳は俺を見失わない。

仕方ないと思考を切り替える。そして弓に矢を番えしっかりと狙いを定める。

もちろんそんな事をすれば彼は正確に狙いを定め、矢を放ってくる。しかも技量は彼の方が圧倒的に上。瞬時に飛んでくる四本の矢は、回避せずに【ディフェンスアップ】をかけ直し根性で耐える。

左右の足に一本ずつ、胴体に一本。そして、右目に一本。

視界の半分が削れ、四本の矢が刺さっただけだというのにＨＰの大半が消し飛んだ。このゲームに当たり場所によってはダメージに関係なく即死する、みたいな仕様がなくて本当に良かった。

それでも、彼の放った矢は的確に機動力と視覚を奪い、ＨＰも基礎値でＶＩＴもほとんど振ってない上に、当たった箇所が悪いとはいえ、数本の矢で半分が持っていかれた。

やはり、彼はかなりの猛者だ。だが、だからと言って素直に負けてやるつもりはない。

欠けた視界を記憶で補い、ＨＰの大半を犠牲にして放った矢は、狙い違わずルガンの心臓目掛けて飛んでいく。流石に、飛んで来る矢を無視して矢を放ってくるとは思わなかったのだろう。

ルガンは驚愕の色を浮かべ、横に飛び矢を回避する。

その隙に、体に刺さった残りの矢を引き抜き【ヒール】を掛けてＨＰを回復させる。

俺はＩＮＴを上げていて、かつＨＰは基礎値そのままなので【ヒール】でもＨＰは全回復する。

《『弓術』のレベルが上昇しました》
《『見切り』のレベルが上昇しました》
《『軽業』のレベルが上昇しました》
《『疾走』のレベルが上昇しました》
《『付与魔法』のレベルが上昇しました》

「うおっ、一気に来たな」

『回復魔法』によりＨＰと視界が回復した瞬間、堰《せき》を切ったようにアナウンスが流れる。

この一連の攻防で、それだけ多数のスキルを同時に使ったということだろう。

「肝が据わっていると言うべきか、危機感の足りないバカと言うべきか迷うな」

「前者でお願いしたいところです、ねっ！」

驚いた様子ではあるが、既に冷静さを取り戻したルガンが呟いた独り言に言葉を返しながら矢を放つ。しかし、彼はそれを難無く避け、そのまま正確に矢を放ってくる。

「クッ！」

その矢を亀甲棍で弾き距離を保つ。これ以上距離が空いたら一方的に撃たれ続けるだけだ。

『付与魔法Ｌｖ：３』になったことで、【アジリティアップ】《ＡＧＩの強化》が使用可能になったので、さっそく使用してＡＧＩを強化する。そうして駆け出せば、先程よりも体が素早く動く。

急激な速度変化のせいで足が縺れそうになるのを必死に堪えながら彼に近づいていく。

しかし、ルガンが矢を構え放つ方が幾分か早いだろう。

「クソッ、間に合わない！」

矢に貫かれる未来を幻視しながら、半ばやけくそで全力の一歩を踏み出す。

その瞬間。何かが聞こえると同時に、景色がパッと切り替わる。

まるで、移動している時間を切り取ったかの様に。

そして、目の前には驚愕に目を見開き、矢を取りこぼすルガンの姿。

俺も状況が分かっていないが、このチャンスを逃す術はないと気を引き締め、全身全霊の力を込めてルガンの顔面に亀甲棍を叩きつける。

「食らえッ！【インパクトショット】！」

「なっ、ぐぼぁっ！」

持てる力すべてを注ぎ込んだ全身全霊の【インパクトショット】は、『一撃粉砕』の効果で二倍。

顔面に打ち込んだ事で発動した『外道』の効果で二倍。謎の瞬間移動の影響で発動した『不意打ち』の効果で二倍。計八倍という、大兎にぶち込んだときよりは属性の補正がない分低いが、それでも十分に頭のおかしい倍率の攻撃となりルガンの側頭部に叩き込まれた。

ゴキリ、という生々しい手ごたえと共に吹き飛んだルガンは数回地面をバウンドしながら二メートル程も転がって、ようやく停止した。

しかし彼のＨＰバーは八割程しか減っておらず、すぐに立ち上がると口元を拭い、矢を放ってくる。

倍率だけ見ても八倍、実際のダメージならさらに酷い威力の攻撃を食らってなおＨＰが二割も残るルガンに、俺は引き攣った苦笑を浮かべながら飛んでくる矢を回避する。

「今のは、なかなか、効いたぞ」

「なんでアレ食らって二割も残ってるんだよ！」

今更ながら、こんな威力の一撃を食らって普通に耐える彼が、何故ベッドから動けないほどの大怪我をしたのか……異常に気になり始めた。普段はどんな化け物を相手にしているんだ……？

「これは、俺も本気を出さないと辛いか」

「はあっ⁉」

恐ろしい事実を口走りながら、ルガンが弓を投げ捨て、一気に加速する。

接近してくる彼の手には、あの短剣が握られている。ゾワリと肌が粟立つ。これは、ヤバい。

「ハッ！」

「クッソ！　近接攻撃もバケモンかよ！」

一瞬で短剣の攻撃範囲まで接近したルガンは、的確に肩や肘などの関節を狙って短剣を振るう。

恐ろしい程に洗練されたその動きで繰り出された攻撃を回避出来たのは、単なる偶然。

「よく避けたな！　だが、これでは終わらんぞ！」

彼が繰り出す攻撃を、一度は運良く回避出来たが、奇跡は何度も続かない。

当然の様に何度も切り裂かれ、体中に不快な痺れがたまっていく。ＨＰも一瞬で残り二割まで削られた。

まだ生きているのは短剣特有の威力の低さがあってこそだ。もしこれが短剣ではなく普通の剣なら。きっと三発も耐えられないだろう。彼が普通の剣を使えない狩人《ジョブ》でよかった。

「いい動きだ。最初からこうまで動ける奴はそういないぞ」

「そりゃどうもッ！」

「っおぅ……！」

心底感心しているような声音に、不思議と心がささくれ立った俺は衝動のままにルガンの顔面に頭突きを叩き込む。短剣が体に食い込むのもお構いなしに放たれた頭突きに、さすがの彼も不意を衝かれたようで、鼻を押さえながら後退する。

「つぶねぇ！　【ヒール】！」

その隙に【ヒール】を掛けＨＰを回復する。ついでに【マジックアップ】【アタックアップ】【ディフェンスアップ】【アジリティアップ】を掛け直す。さっきから、ぼろぼろになりながら隙を作っては息継ぎをする様に回復や強化を挟むという形になってしまい、せっかく作った隙に追撃を掛けられずにいる。一撃の威力だけは俺の方が高いが、それ以外はすべてにおいてルガンの方が上だ。

「いいぞ。まさか切り裂かれながらも頭突きをしてくるとは思わなかった」

「…………」

当然と言えば当然だが、どうにも子供扱いされているようで、素直に喜べない。

ルガンの呆れともつかない賞賛に無言を返しながら注意深く観察する。

しかし、隙がまるで見つからない。呼吸一つ取っても平常時と何も変わらない。

気負った所がない……か。

一撃でＨＰの八割を持ってかれても動揺しないとか、本当に頭おかしいだろ。

これはもう、待ちの姿勢じゃ勝てないな。こっちから攻めて行かないと勝ち目がないぞ。

俺は覚悟を決めるとルガンの呼吸に合わせ、彼が息を吐ききった瞬間を狙って駆け出す。

あまりお互いの距離が空いていなかった事もあり、一瞬でルガンの目の前に辿り着く。

「オラッ！」

「ほぅ、先程の攻撃を見て、なお接近戦を挑むか」

「逃げてちゃ勝ち目なんか無いからなッ！」

必死で亀甲棍を振るいながら、相手の攻撃を少しでも避けようと体を動かす。

『見切り』と慣れのお蔭で、集中すれば少しずつだが攻撃を躱せるようにはなり始めた。

だが、こちらが振るう亀甲棍は全くと言っていいほど当たらない。

「当たんねぇッ！」

「どうした、攻撃が雑になっているぞ」

こちらの攻撃は総べて躱すか逸らされるかされてしまい、逆にルガンの振るう短剣は鋭く体を切り裂いてくる。せっかく回復したＨＰがゴリゴリと削られていく。

状況に焦り、攻撃が単調になる。

単調な攻撃は簡単に弾かれてしまい、当らない。

それに焦り、さらに攻撃が単調に雑になる。

そんな負の連鎖に陥ってしまい、どんどん戦況が悪化していく。そして、亀甲棍の振り下ろしを受け流されがら空きの胴体に彼の鋭い蹴りが突き刺さる。しかも、鳩尾を蹴られた。

「ぐう……っ！」

吹き飛ばされた俺は、これまでで一番大きな痺れに襲われ、地面に蹲ったままその場から動けずにいる。ルガンは最初、近寄り様のカウンターを警戒していたようだが、十秒経っても俺が動かないのを見て、短剣を構え近づいてくる。

そして、手に持った短剣を俺の首に突き立てようと、最後の一歩を踏み出した、その瞬間。

「なっ⁉」

彼の足が、まるで沼に飲み込まれるように地面に沈み込んでいく。

普通の地面に足が沈み込むという現象に、一瞬ルガンの動きが硬直する。

「今だ！　【スタンショット】！」

ルガンの足が地面に沈みこんだことで生まれた、一瞬の硬直。その隙を逃さず、倒れこんでいた俺は素早く起き上がると、再び亀甲棍を全力でルガンに叩きつける。

俺が今使った【スタンショット】は『棍術Lv：2』で使用可能になるアーツで、威力は低いが相手に短時間のスタンを与える効果を持つ。隙を作るには持って来いなアーツだ。

さらに言えば、ルガンの足が地面に沈みこんだのも俺のスキルによるものだ。

『罠術Lv：2』で使えるようになった罠の中に、地面を一時的に沼の様にする効果がある。

戦闘中に仕掛ける余裕なんて無かったが、蹴り飛ばされたおかげで距離を取りつつ地面に倒れ込めたので罠を張る為の条件である『一定時間接地面に触れ続ける』を気取らせずに達成することが出来た。この判定は別に手じゃなくてもいいのだが、たとえ足で判定したとしてもルガン相手にほんの数秒でも動きを止めるのは自殺行為だ。

とは言え、ルガン程の強者が罠に気付かないか、それ以前にトドメのために俺に隙を見せる覚悟で弓を拾わないかは賭けだったが……何とか上手くいったようだ。

あるいは、一撃でHPの殆どを削られたことで態度に出さずとも動揺し、決着を急いだのか。

どちらにせよ、俺は賭けに勝った。

「ぐうッ！」

「更に食らえっ！【インパクトショット】！」

【スタンショット】の影響で、ほんの一瞬だがルガンの動きが硬直する。

その隙を見逃さず、再びルガンの頭部に全力の【インパクトショット】を叩き込む。

しっかりと外道が発動したので威力は通常の二倍だ。

最初に放った一撃よりは『不意打ち』や『一撃粉砕』が乗っていない分低威力ではあるが、それでもルガンの残りＨＰを削りきるには充分だったらしい。

「しゃおらぁぁぁぁぁぁぁッ！」

ギリギリで掴んだ勝利に、思わず勝鬨を上げる。

その横で、ＨＰがゼロになったルガンからモンスターが消える時の光が体から出ていた。

「ってやりすぎたぁぁぁ!? やっべぇ！ 【ヒール】！ 【ヒール】！ 【ヒール】ぅぅぅ!!」

今にも昇天しそうなルガンに向けて【ヒール】をかけまくる。

本来なら一度使用した魔法やアーツなどは一定時間使用不可なはずだが、そういうイベントだからだろうか。普通に連続して発動できた。

《『回復魔法』のレベルが上昇しました》

「うぉぉぉ！ ナイス！ タイミング！ 【ヒール】【ヒール】【ヒール】!!」

丁度いいタイミングでレベルアップした『回復魔法』でさらに【ヒール】をかける。

残っていたＭＰを使い果たしたところで、ようやくルガンのＨＰが満タンになる。

すると、彼から光の放出が止まり、首をコキコキと鳴らしながら起き上がる。

……首、大丈夫ですか？

「トーカ……お前、いい攻撃持《も》ってんじゃねぇか……」

「いや、マジすんません。割とマジで、大丈夫ですか？」

「はっはっは、気にすんな気にすんな。ただ死にかけただけだ。いやー怪我が治ってすぐに死にかけるとは思わなんだ。お前さん、魔法の心得もあったのか」

「いや、それ、シャレになってないです」

せっかく薬を作って回復させたのに、そのあとで殴り殺しましたとか後味が悪すぎる。

というか、カノンにどんな顔して会えばいいんだよ。頼まれた材料を使って一緒に作ったお薬で元気になったお父さんを殴り殺したよ！　とか言える訳ねぇだろ。

「ふむ。実力はまぁ、充分か……。経験はともかく、一発の火力や咄嗟の機転は充分にある」

彼が呟いた瞬間、辺りが光に包まれ俺達は元の部屋に戻ってきていた。

恐らく、戦闘終了という事で元の場所に帰されたのだろう。行くときは扉をくぐったはずだが、出た先の草原に扉はなかったし、どう帰るのかと思ったら、最初からそういう仕様だったのか。

死なばもろともの流刑とかじゃなかったらしい。本当に良かった。

元の部屋に帰ってきてすぐに、ルガンが口を開く。

「トーカ。お前が相当な実力者だという事が分かった。それこそ……いや、何でもない」

「えっ？　何それ、超気になるんだけど」

「まぁ、アレだ。お前さんの事を、認めてやる」

《シークレットクエスト『父親の試練』を完全攻略《パーフェクトクリア》しました》

《経験値が加算されます》

《レベルが上昇しました》
《称号『認められた者』を取得しました》

ルガンは俺の言葉をガン無視してそう言うと、クエストクリアが告げられ、経験値が加算される。

それと同時にレベルも上がった様だ。カノンの方と同じく称号も付いてきた。

「だが、アレだ。認めるってもそれはお前の実力であって、俺の天使に手を出したらマジ殺すからな？　そんときゃ命に換えてでも殺すからな？　覚悟しとけよ？」

「もうヤダこのオッサン！」

実力を認めてくれようが、最後までブレない親バカだった。

しかし、彼は先ほどから俺の言葉には全く反応せず、会話を続けようとする。

ちくしょう！　こんな時だけＮＰＣっぽく振る舞いやがって！

◇◇◇◇

ＮＰＣの利点を使いこなし、俺の叫びを一切無視してルガンが語り始める。

「ふむ……お前さんになら、これを託してもいいかもな……」

「えっ？」

「ちょっと待ってろ」

先程の親バカから一転、何か意味深な言葉を発したままどこかへ向かうルガンを、混乱しながら見送るしか出来なかった。話題の緩急が激しすぎてついて行けないんだけど。

数分ほどして戻ってきた彼が持っていたのは、漆黒の鞘に収められた一本の短剣だった。

鞘に収められているというのにも拘わらず、『ソレ』は凄まじい威圧感を放っている。

ルガンの持っていた短剣から感じる圧と似ているが、それよりも圧倒的に濃い。

「これは……？」

「これは俺が出会った中で一番ヤバい奴の牙から作った短剣だ。とは言っても、ソイツを狩った訳じゃない。アレと遭遇した時にゃ俺以外にも仲間がいたが、まるで勝てる気がしなかった。

激しい戦いの末……とは言っても、死なない様に必死だっただけだがな。意識を失った俺が全身ズタボロで目覚めて、同じようにボロボロになっていた仲間と生き残った奇跡を噛み締めていた時に落ちていたのを見つけて、そのまま拾って来ただけのことだ」

語り終わった彼は、とてもすっきりした満足そうな顔でその曰く付きの短剣を押し付けてきた。

明らかにヤバそうな短剣だったので少しビビッて返そうとしたが、受け取って貰えなかった。

彼曰く、彼ではこの短剣を使いこなす事が出来ずずっと保管したままになっていたそうだ。

不意打ちや罠などの搦め手でなんとか倒せたとは言え、彼の実力は本物だ。

それこそ真正面から戦ったら手も足も出なかったであろう程に。

「いやいや、あなたに使いこなせない武器とか渡されても……」

だからこそ俺としてはこう言う他ない。

「はっはっはっ！　まぁお前さんなら大丈夫だろう。お礼として受け取ってくれ！」

追加で皮袋も押し付けられ、部屋から退出もとい追い出される。

するると、丁度カノンが部屋に入ろうとしていた所だった。

「あっ、お兄ちゃん！　もう帰るの？」

「あぁ、お父さんとの戦闘《お話》も終わったからね」

「大丈夫だった？　お父さんに怖いことされなかった？」

殺し合いしてました。とは、言わない方がいいだろう。適当に言葉を濁しながら退散しようとすると、カノンが手に持った短剣に気付き、声をあげる。

「あれ？　それ……お父さんの宝物だ！　お兄ちゃん、どうして持ってるの？」

カノンが可愛らしく首をかしげる。その瞳には、純粋な疑問の色が浮かんでいた。

というかコレ宝物なのかよ。マジで貰っていい物なのか？

「あぁ、これはね、お父さんがくれたんだ。俺なら使いこなせるだろうって」

正直、貰っても困る。というのはやめておく。カノンに言ってもしょうがない。

「へぇ！　お兄ちゃん凄い！」

「えっ？　凄いってどういうことだ？」

宝物を貰うと何が凄いのかよく分からなかったので聞き返す。

確かに人の宝物を貰うというのは相当な事だろうけど、何か別の意味がありそうな気がしたのだ。

「お父さんはね、それはお父さんが本当に認めた人にしかあげないって言ってたんだよ」

「そうなのか……じゃあ、俺はカノンちゃんのお父さんに認めて貰えたのかな？」

「きっとそうだよ！　でもね、お父さんって凄い強くてね、昔は『リュウカリゾク』？　って言うところにいたんだって！　そんなお父さんに認めてもらえるなんてお兄ちゃんすごーい！」

「リュウカリゾク？」

竜狩族……か？　聞いたことない単語だ。しかも、名前からして明らかにやばい雰囲気を纏っている。

なんなの？　本当に、始まりの町に居ていい人じゃないでしょ彼。

というか、名前からして明らかに強そうな集団が手も足も出ない化け物の牙を使った、ソイツらでも使いこなせない短剣とか怖すぎるんだが。

今からでも返却できないかな……。でも、カノンの話聞いちゃうと無下にすることもできないし……。

「よく知らないけど、凄い強い人がいっぱいいる所だって言ってたよ！　そこにお父さんもいたんだって！　だからお父さんは狩りがすごい上手なんだ！」

「そ、そうなんだ……」

若干頬を引き攣らせながらも、何とか笑みを浮かべ返事を返す。

ゲーム内で汗が流れるのかは分からないが、現実だったら冷や汗ダラダラだっただろう。

つまりあれか。ルガンクラスの人達が沢山居るって事だよな？　そして更にそれを一方的に壊滅させる化け物も存在するってことだろ？　いつか、そんなヤツと戦う日が来るのか？　勝てなくね？

「じゃあお兄ちゃん！　それ、大切にしてね！」

「あぁ、もちろん。大切にさせてもらうよ」

「うんっ！　それと、カノンのお願い聞いてくれてありがとう！　すっごく嬉しかった！」

「どういたしまして」

そう言うと、カノンは奥の部屋に駆けていく。ルガンに会いに来たのだろう。

ここから先は親子水入らずだ。部外者は去るとしよう。

来た道を逆にたどり、プレイヤー達《ロリコン共》の視線《殺気》を浴びせられながら道具屋を後にする。

そして、そのままの足で噴水広場に向かう。リクルスとカレットに噴水広場で待ってるとメッセージを送った後は、色々と確認する作業だ。

気になる称号も貰ったし、なんかやばそうな武器も含めて一度確認したい。

貰った状況から考えると、称号はシークレットクエストをクリアすると貰えるのか？

ただ、完全攻略《パーフェクトクリア》ってのも気になる。完全というからには、そうじゃないクリアもあるのだろう。

さてと、まずは称号。

貰ったのは『少女の救世主《ヒーロー》』と『認められた者』の二つ。


＝＝＝＝＝＝＝＝＝＝＝＝＝＝＝＝＝＝＝＝＝＝＝＝＝＝＝＝＝＝

『認められた者』

『父親の試練』を完全攻略し、ルガンに認められた証

＝＝＝＝＝＝＝＝＝＝＝＝＝＝＝＝＝＝＝＝＝＝＝＝＝＝＝＝＝＝

＝＝＝＝＝＝＝＝＝＝＝＝＝＝＝＝＝＝＝＝＝＝＝＝＝＝＝＝＝＝＝＝＝＝

『少女の救世主《ヒーロー》』

『カノンのお願い』を完全攻略し、カノンの救世主《ヒーロー》になった証

＝＝＝＝＝＝＝＝＝＝＝＝＝＝＝＝＝＝＝＝＝＝＝＝＝＝＝＝＝＝＝＝＝＝

「やっぱり、称号はシークレットクエストを攻略したからか。でも完全って書いてある所を見ると特殊条件をクリアしないと貰えないのか？」

ちなみにルガンから貰った皮袋の中身はお金だった。カノンのはあくまで『お願い』であって彼女から物質的な報酬は貰っていない（元から貰うつもりもなかったが）から、これがいわゆる依頼料なのだろう。

気にしなくてもいい……と言いたいが、物資が不足している序盤でまとまったお金がもらえたのは正直に言ってうれしかった。

「カノンの方は『カノン印の最高の治療薬』を作ったからだろうってのは分かるけど、ルガンの方は全く分からないな……特に心当たりも無いし。まぁ、いいか」

『父親の試練』の完全攻略条件が『カノンのお願い』の完全攻略とルガンに勝つことであり、完全攻略してしまったが故に例の短剣を押し付けられることになったという事を彼は知らない。

次は、半ば強引に押し付けられた短剣を調べてみよう。

ルガンが使いこなせないって時点で嫌な予感しかしないが、そのままアイテムボックスの肥やし

にするのは俺の実力を認め、託してくれた彼に悪い。覚悟を決めて見るとしよう。

その短剣は、艶のある美しい漆黒の革鞘に収められていた。

柄は一転して一切の曇りのない純白。鞘と柄で正反対の印象を与えてくる。

鞘から抜いてみると、刀身も柄と同じ材質なのか純白の輝きを放っていた。

というより、短剣本体はひとつの素材（ルガンは牙と言っていた）から削り出されたようだ。

外観も本質も、何物にも染まらない。それ一つで完結した完成品。

そんな印象を受ける程に、雑じりけの無い白い刀身、そして柄だった。

「これは……」

その存在感に気圧されながらも詳細を開く。


＝＝＝＝＝＝＝＝＝＝＝＝＝＝＝＝＝＝＝＝＝＝＝＝

『？？？の短剣』
？？？の牙を使った純白の短剣
この武器は？種の素材を糧とすることで成長していく
また、この武器は使用者の実力に応じて力が解放される
【解放段階《壱》】
STR＋30　DEX＋20
『斬撃強化』『破壊不可』

『?族特効Ｌｖ：１』
【強化０】
＝＝＝＝＝＝＝＝＝＝＝＝＝＝＝＝＝＝＝＝＝＝＝＝＝＝＝＝＝＝＝＝＝＝＝＝＝＝
『斬撃強化』
この武器の所有者の斬撃攻撃が強化される
『?族特効Ｌｖ：１』
この武器によって『?族』に与えるダメージが１・１倍になる
『破壊不可』
このスキルが付与された装備は破損しなくなる
ただし、素材に変換する事も出来なくなる
＝＝＝＝＝＝＝＝＝＝＝＝＝＝＝＝＝＝＝＝＝＝＝＝＝＝＝＝＝＝＝＝＝＝＝＝＝＝

「なんじゃこりゃ⁉」

何このチート武器。デメリット無しで亀甲棍《デメリット有り》以上の補正が掛かるし、壊れないし、持ってるだけで斬撃全般が強化されるし、なんらかの種族に特効掛かってるし、これでも最弱の状態だし、それとは別枠で成長するらしいし、名前すら正確に分からないし。

え？　これって亀甲棍以上に初日に手に入っていい物じゃないでしょ。

あんまりな性能に、思わず大声を出してしまう。

何人かのプレイヤーに変なものを見るような目をされてしまった。

《フレンドメッセージを受信しました》
《フレンドメッセージを受信しました》

「お、あいつらからだな」

とりあえず短剣の性能を確認できたところでメッセージが来たので、両方とも開く。

「おい、そこのお前」


＝＝＝＝＝＝＝＝＝＝＝＝＝＝＝＝＝＝＝＝＝＝＝＝＝＝＝＝＝＝

《リクルス》
やっとクエスト終わったのか
報告だけじゃなかったっけ？　まぁいいか
じゃあ俺もそろそろそっち向かうわ
ＰＳ　頼むから今度はしっかり居ろよ？
ＰＳ②　カレットとは別行動中

＝＝＝＝＝＝＝＝＝＝＝＝＝＝＝＝＝＝＝＝＝＝＝＝＝＝＝＝＝＝

あぁ、やっぱりシークレットクエスト父親の暴走で結構な時間を食ったのか。

それにPSが心に刺さる……本当にごめんなさい。

「おい！　お前！　聞いてんのか⁉」

もう一つの方は……。


＝＝＝＝＝＝＝＝＝＝＝＝＝＝＝＝＝＝＝＝＝＝＝＝＝＝＝＝＝＝＝＝＝＝

《カレット》
報告だけの割には遅かったな？
そろそろ飽きてきた所だしすぐ行くぞ！
PS　今度はちゃんと居るよな？
ロジウラコワイ

＝＝＝＝＝＝＝＝＝＝＝＝＝＝＝＝＝＝＝＝＝＝＝＝＝＝＝＝＝＝＝＝＝＝

やっぱり心に刺さるPS。後どれぐらいこの話を掘り返されるんだろう……。

っていうか、カレット路地裏行ったのか。やめとけって言ったのに……。

「テメェ！　無視してんじゃねぇぞ！」

えっと、返信はした方がいいよな？

＝＝＝＝＝＝＝＝＝＝＝＝＝＝＝＝＝＝＝＝＝＝＝＝＝＝＝＝＝＝＝＝＝
《トーカ》
スマン。報告だけかと思ったら色々あって長引いた
PS　しっかり噴水広場にいるんでもう許してください
PSpart2　なんか面白い物貰った
＝＝＝＝＝＝＝＝＝＝＝＝＝＝＝＝＝＝＝＝＝＝＝＝＝＝＝＝＝＝＝＝＝

っと、こんな内容でいいか。

全く同じ内容二回書くのはちょっとめんどくさいな……と思っていたら、一括送信なる項目を見つけたので、一括リストからリクルスとカレットを選択して送信する。

「いい加減にしろよテメェ！」

「うおっ⁉」

メッセージを送信して一息ついていると、突然肩を掴まれた。

顔を上げれば、金髪のプレイヤーが怒りに顔を染めてこちらを睨みつけていた。

なんだこいつ、いきなり人の肩を掴んで来るとか常識がないのか？

ゲーム内とはいえ、最低限のマナーは守るべきだろ。

「……何の用だ？」

結構イラッと来た俺は、普段より五割増しの低い声で返事を返す。別に返事を返す義理は無いのだが、無視してもウザったいだけで何の生産性も無いだろうしな……。

「この俺を無視するとはいい度胸だなぁ！」

「いや、誰だよ。お前なんか知らねぇよ」

普段の初対面の人相手よりも対応にトゲがあっても仕方ないよね。

いきなり肩掴んできて俺のことを無視するなだの何だの言う奴に払う礼儀なんかない。

「ハッ！　これだから雑魚は。まぁいい、俺様はβテスターだ。その武器よこしな」

「…………は？」

えっ？　何この人。いきなり高圧的に話しかけてきて、βテスターだかなんだか知らないけど武器よこせとか……頭沸いてんじゃねぇのか？　うん、こういう奴は無視が一番だな。

「ようやく分かったか。ほら、早くソレよこしな」

「…………」

それにしても、この『???の短剣』の『???』って何なんだろう。

【解放段階】とやらが上がってけば分かるようになるのか？

「また無視かこの野郎！　いい加減にしろよ！」

「…………」

それに、特効対象の『?種』ってなんだろうな？　多分この短剣の素材になった牙の持ち主の種族か、その種族が天敵な種とかだろうか。前者だとしたらどうしようも無い気がするんだが……。

下位種族とかじゃないとまず間違いなく無理だぞ？

「オイッ！　テメェ！　無視してんじゃねぇぞ！」

……無視に徹して来たが、いい加減うざくなってきたな。

「しつこいぞ。せっかく聞かなかったことにしてやってんだから突っかかってくんなよ。βテスターだから武器よこせとか本気で通じると思ってるのか？　だとしたら、相当可哀想な頭してると言わざるを得ないが」

「あぁ!?　てめぇみてぇな雑魚よりβテスターの俺のほうがいい武器を使うのは当然だろ!?」

「いや、当然じゃねぇよ」

本当に何なんだコイツ。害悪ってレベルじゃねぇぞ。GMコールした方がいいか？

「もういい！　俺様と決闘しろ！　そして無様に負けて俺様にその武器差し出せ！」

═══════════════════════
《決闘申請》
『リガンド』から決闘が申し込まれました
受諾しますか？　YES／NO
ルール：デスマッチ
═══════════════════════

ホントなんなのコイツ。見た感じ、装備は初期装備よりも結構いいヤツっぽいから、さんざん言ってたβテスター様の特典かなんかなんだろうとは推測出来るが……。

辺りを見回せば、いつの間にか野次馬の人集りが辺りに出来ていた。見世物じゃねぇぞー。

「なぁ、なんでこれ俺が決闘受けると思ってんだ？　受ける訳ないだろ」

「ハッ！　この腰抜けが！　怖ぇならそれ置いてとっとと逃げな！」

うわぁ……βテスターって全員がこんな感じの奴じゃないよな？

コイツが格段に頭沸いてるだけなんだよな？

どっちにしろこの頭沸いてる害悪金髪に絡まれてることに変わりはないし……。

ここで決闘断っても、ずっとまとわりついてきそうだしな……。

というか、装備は良い物っぽいがこいつ自身からは全然強そうな気配がしない。

小ボス達しかりルガンしかり、強い相手ってのはそれだけでなんとなくそういった気配があるもんだが……コイツからはそれを感じない。ここまで激昂してて力量を隠せるとも思えないし。

それなのに決闘を仕掛けてきたってことは、その装備に相当自信があるのか？

……そうだ。いいこと思い付いた。

「受けてやってもいいけど、俺が勝ったら何貰えるんだ？」

「はぁ？　βテスターの俺がそれを使ってやるって言ってるんだぞ？　それ以上になんかあるのか？」

人間は話し合う生き物だって誰かが言ってたけど、無理だわ。コイツ、話が通じない。

なんて言うか、色々めんどくさいタイプだ。なので良心が全く痛まないから金髪にふっかけてみる事にした。上手くいけば向こうから諦めさせられるかもしれないし。

「じゃあお前が負けたら全財産寄越せよ」

「はぁ？　何言ってんだ？　テメェ頭沸いてんのか？」

なんだコイツ。本当になんなんだ。コイツの思考回路が分からない。まぁいいや。煽ろう。

「えっ？　怖いんですか？　自分でさんざん雑魚って言った奴に万が一にも負けて全財産取られんのが怖いんですか？　そんな覚悟もないくせにβテスターってだけでイキってたんですか？　そんな無様晒して恥ずかしくないんですか？　あぁ恥ずかしいって感じられる感性があったらこんな乞食の下位互換みたいなことを大勢人がいる前で自信満々にやれるわけないですもんね。あなた程度の奴に期待しすぎましたごめんなさいね。恥知らずの臆病者ですもんね。そんなことまで気が回るわけなかったですよね。あれ？　まだいるんですか？　これ以上生き恥塗り重ねる前に帰ったらどうですか？　今ならまだちょっと勘違いしちゃった可哀想な恥さらしですみますよ？　それとも帰り道がわかんないんですか？　メニューから地図開けるの知ってます？　同じようにメニューからログアウトできますから今日はもう帰ったらどうですか？　たくさん恥を曝して疲れたでしょう？」

「あぁぁん!?　いい度胸じゃねぇか！　万が一にもお前が俺に勝ったら俺の全財産やるよ！　まぁ無理だけどなぁ！」

釣れた。とりあえず延々煽ってみたら我慢の限界が来たようで、顔を真っ赤にして乗ってきた。

自分で煽っといてなんだけど、コイツ頭悪過ぎだろ。βテスターって肩書きを過信しすぎてる。

βテスターだから偉い、βテスターだから強いって訳でもねぇだろうに。

まぁ、多少は有利にゲームを始められるのかもしれないけどさ。

「はぁ……」

「はっ！　今更怖気付いても遅いぜ！」

俺の溜息を何と勘違いしたのかバカは更に調子に乗り出す。

「はいはい、こわいこわい」

適当に流しながら決闘を受諾する。

《決闘が成立しました》

決闘が成立すると、決闘用の専用フィィールドに飛ばされる。さっきの草原とほぼ同じ感じだ。

町中で決闘したらスペースの都合上めんどくさい事になるから妥当っちゃ妥当か。

お互いの立ち位置の中間で浮いている一分のカウントが進むのを確認してから亀甲棍を構える。

害悪金髪は勝利を確信したような顔でニヤニヤと俺を見て嗤っている。

剣を腰に下げているからたぶん近接型。開始後すぐに寄ってくるだろうから、そこでカウンターだな。そんな風に当たりをつけながら時間が過ぎるのを待つ。

カウントが三十秒を切ったが、相手の金髪は腰に下げた剣も抜かずにこちらを侮る様な視線を投げつけてきている。完全にこちらを舐め切っているようだ。勝つ気あるのか？

（はぁ、俺もなんか言えるほど強くはないけど……アイツはガチャプレイしかしないタイプなんだ

ろうな）

　とは言え油断はよくない。今出来る事を探してみるか。

「【マジックアップ】【アタックアップ】【ディフェンスアップ】【アジリティアップ】」

　物は試しの精神でカウント中に『付与魔法』を使ってみたがしっかり発動したようだ。

　って事はカウント中は直接攻撃以外なら出来るのか？　ふつうこういうのは開始までは何もできないはずだが……。

　後ほど知ったことだが、カウント開始の時点でのスキル発動は『デスマッチ《なんでもあり》』形式に限りできるそうだ。基本的にはそういったことが出来ない『プレーン《正々堂々》』形式で決闘は行われる。

　害悪金髪も、この時点で何らかの強化を発動していた可能性がある。やることがこすっからい。

「付与魔法はいけたって事は……アレもいけるか？」

　だが、現時点ではそんなことは全く知らない俺は、その後もいくつかの小細工を試す。

　そして、カウントが残り五秒を切るころには丁度準備も終わっていた。

　さて、βテスター様はどれぐらい強いのだろうか？

　深呼吸を一つして、前を見据える。

　カウントが０になり、決闘開始が告げられた瞬間。

　俺は、金髪目掛けて駆け出した。

◇◇◇◇

亀甲棍を構えたトーカが害悪金髪に向かって駆け出す。

自分はβテスターだと驕り、トーカを舐め腐っていた金髪テスターは全く反応が出来ていなかった。

「なっ⁉」

「え、これに反応出来ないのかよ。まぁいいや。食らえ【スタンショット】」

今出来る全力の強化を掛けた【スタンショット】を害悪金髪に打ち込む。『一撃粉砕』やその他もろもろの強化が掛かった一撃が、全く反応できていない害悪金髪の顔面を正確に捉える。

「がはっ！」

さらに、【スタンショット】の効果によって追い討ちのスタンが害悪金髪の身を縛る。

顔面を殴られた衝撃とスタンによる硬直によって害悪金髪が呻いている隙に、後ろに回り込む。

害悪金髪は俺の動きに気を配る余裕が無かったらしく、完全に俺を見失ったようだ。

「クソッ！　ってアイツどこ行きや……」

「後ろだバカ野郎。【スマッシュ】！」

「なっ⁉　うし……ガッ⁉」

害悪金髪の頭部に【スマッシュ】をお見舞いする。

頭部という、生物共通の弱点への攻撃によってしっかりと発動した『外道』と『不意打ち』により、通常の四倍の威力の【スマッシュ】が炸裂し、害悪金髪を吹き飛ばす。

なんかもう、普通に『外道』が発動する攻撃をする様になって少し落ち込みそうになるな……。

ちなみに、《ＥＢＯ》では実際に攻撃を受けたら危険な場所……例えば、頭部や喉などの人体の急所に受けるダメージは多くなる仕様になっている。

流石に、喉や心臓、頭部を破壊されたらどんなプレイヤーでも即死するかと言われればそうではないが、それでも相当大きなダメージに加え出血や行動阻害などの色々なデバフが掛かることがある。

そして頭部への攻撃の場合はダメージ上昇と確率スタンとなっている。

「あの金髪はっと」

殴り飛ばした金髪の方を見れば、流石と言うべきか腐ってもと言うべきか、バカの一つ覚えのようにβテスターだと豪語するだけはあってHPがまだ少しだけ残っていた。

そんな死に体な害悪金髪は、憤怒に染まった目を血走らせ、こちらを睨みつけてきていた。

「クソがァァ！　不意打ちで攻撃決まったからって調子に乗ってんじゃねぇぞ！」

「なんかもういっそ哀れに思えてきたぞ……」

「何ブツブツ言ってんだクソ野郎が！　ぶっ殺してやる！」

害悪金髪は怒りのあまり顔を鬼の形相に歪めて走り寄ってくる。

そして彼我の距離が半分ほど詰まると、剣を振りかぶる。

「絶対に殺すッ！　【ソードライン】！」

【ソードライン】って確か……『剣術Ｌｖ：２』で使えるようになる突進系のアーツだったか？

そんなことを考えている俺の前で、害悪金髪が振りかぶった剣を前に思いっきり突き出すと同時に、害悪金髪の身体がまるで剣に引っ張られるかのように急加速する。

アーツによるシステムアシストによってまだ半分ほどあった距離が一気に詰まり、その勢いのまま俺の体を貫こうと害悪金髪はさらに踏み込んでくる。

「なっ……！」

「今更後悔しても遅せぇんだよ！」

俺が上げた驚愕の声に、害悪金髪が調子付く。しかし、そんな声も俺には届いてはいなかった。

（これが、βテスターの攻撃……？　遅すぎないか？）

彼の名誉……は守る必要無いが、まだ見ぬ他のβテスターのために言っておくと、害悪金髪の動きは決して遅くは無い。むしろ、現時点のプレイヤーの中でも上位に入るだろう。

ただし、ルガンと戦った直後のトーカにとっては余りにも遅すぎた。

本来なら、ルガンはレベル10そこそこのプレイヤーが勝てる様な相手ではないはずだった。

たまたま、称号の効果やスキル、トーカの機転などの様々な要因が重なり、本当に運良く勝てたに過ぎない。そんな、プレイヤー達よりはるかに強いルガンの近距離攻撃の速度に必死で食らいついていたトーカだからこその反応なだけだ。

「死ねぇぇ！」

「ほいっと。そしてくたばれ【ハイスマッシュ】！」

イキってる割に遅い突進をしてくる害悪金髪の攻撃に合わせて亀甲棍を振るう。

アーツに引っ張られ、方向転換《よけること》ができない害悪金髪の顔面に、亀甲棍がめり込む。

使ったアーツは【ハイスマッシュ】。そのまま【スマッシュ】の強化版だ。

ちなみに【スマッシュ】と【スタンショット】は絶賛クールタイム中で使えず、【インパクトシヨット】は万が一ここから復活するようなら即座に叩き込めるように待機。

クールタイムはそのままの意味で、アーツや魔法の再使用可能までの時間のことを表す。

当然、強い攻撃程クールタイムは長く、弱い攻撃程短くなる。

「ぐはっぁ！」

三度目の顔面アタックを食らった害悪金髪の、残り僅かなＨＰが余さず消し飛ぶ。

どうやら、決闘ではＨＰがカラになっても爆散はしないらしい。

《Ｗｉｎｎｅｒ　『トーカ』》

決闘が終了すると、簡潔な宣言と共にすぐに元の噴水広場に転移した。

勝利の余韻に浸る時間は無いのか。今回は別に欲しいとは思わないけど。

俺は早速、目の前で倒れている金髪に声をかける。

「決闘は俺の勝ちのようだな。さぁ全財産寄越せ」

「ふざけんな！　βテスターの俺様がこんな奴に負ける訳がねぇ！　どうせズルしたんだろ！　こんなの無効だ！」

勝者の権利に従い全財産を要求すると、金髪が喚き出した。

「いや、お前がっつり負けたからな？　現実見ろよ」

「ふざけんな！　こんなん無効だって言ってんだろ！」

「あのなぁ、いい加減にしろよ」

「いい加減にすんのはテメェだろ！　運営にチーターだって言いつけてやる！」

いや、チーターじゃねぇし。そもそもそんな簡単にチートなんて出来るもんじゃねぇだろ。

でも、運営に連絡するってのはいいかもな。

「じゃぁ俺もGMコールするか。自分から決闘吹っかけた挙句負けて喚き散らす害悪プレイヤーがいますってな」

「ハッ！　出来るわけねぇだろ！　このチーターが！」

「はぁ……えっとGMコールはここだな」

いつの間にかアイツの中では俺はチーターになっているらしかった。

野次馬に集まった大勢の中でも害悪金髪の喚き声を聞いて「チーターってどういう事だ？」みたいな発言が飛び交っている。もはや、個人の力では収拾が付けられないだろう。

なので、運営に頼るべくGMコールをする。

『はい、こちらはGMコール対応受付です。いかがされましたか？』

一コールが鳴り切る前に、辛うじて女性のものと分かる感情の感じられない声が聞こえてくる。

「決闘を吹っかけてきた挙句、負けたら負けたで人の事をチーターだって罵り始めたプレイヤーにからまれているのですが……」

『少々お待ちください。……今から対応者を送りますので、後はそちらにお願い致します』

そういって、抑揚のない声はブツッという切断音と共に聞こえなくなった。

対応者？　運営側の人が実際にここに来るのか？

そんなことを考えながら待つこと数秒。

目の前が歪んだと思った瞬間、そこが光りだした。

「うおっ⁉」

光が収まると、そこには身長二十センチ程の大きさの人影が浮いていた。

「なんだあれ？　……妖精か？」

「えっ？　何あれ？」

「なんか出てきたぞ？」

「えーなんかちっちゃくて可愛いー」

妖精……確かにその通りの見た目だった。翡翠の瞳と金色の髪をポニーテールにした、耳の尖った小さな女の子は、背中に木葉型の透き通った羽が生えてはいるが、羽ばたくでも無くぷかぷか浮いている。

羽がなくて人間程の大きさだったら、『妖精』ではなく『エルフ』のイメージを持たれていただろう。

「確かに妖精みたいだな……」

突然現れた妖精に何事かと思ったが、恐らくこの子が先程GMコールに出た人が言っていた『対応者』というやつだろう。まさか、いちいち運営側の人間が来るとは思わなかったが、それがさらに妖精とは全く想像していなかった。

『えっと、GMコールしたのはあなたですか？』

「あぁ、俺だ。内容は……」

『あー大丈夫です。内容は聞いていますんで。それで……そこのプレイヤーが害悪プレイヤーとやらですか？』

「あぁ⁉　俺のこと言ってんのか⁉　害悪はチーターのソイツだろうが！」

「……あれです」

『うっわぁ……確かに害悪っぽいですねぇ？』

喚き散らす金髪を見て、あからさまに顔を顰める妖精。これ中に人間が入ってるのか？

だとしたらこんな小さいアバターでよく動かせるな。

『あっ、自己紹介が遅れましたね。人が多い様ですし丁度いいですね。えーっコホン！　《EBO》をプレイ中の皆様！　はじめまして！　GMコール対応用AIの『リーリア』と申します！　気軽にリーリア、または妖精ちゃんと呼んでください！　私の他にも対応用AIはいますが、今後ともよろしくお願いします！』

あぁ、AIだったのか。確かに、こんなプレイヤー同士のいざこざにいちいち運営の人間が対応するために出てはこられないよな。

周囲のプレイヤーも妖精……リーリアの名乗りを聞いて納得したようだった。

ただ、今度はなんで出てきたのかの憶測が飛び交っている。

チーター発言が原因じゃないかという意見が多い。まぁこれだけ喚いていればそりゃ分かるよな。

「えっと妖精ちゃん、いいかな？」

『あっどうぞ、初めての出勤だったので名乗らせていただきました』

「まぁそれは構わないけど」出勤て。言い方が世知辛いよ。

『じゃあ本題に入りますね。今回は……決闘を吹っかけて負けた挙句、チーターだと喚き散らす害悪プレイヤーがいる。でしたっけ？』

「あぁ、そうだ」

『チーターですかーちょっと失礼しますよー？』

そういうと、妖精ちゃんの掌から何かキラキラしたものが出てきて俺に纏わり付く。

疑問に思って何をしているのかと質問すると『まぁ軽い調査です』と返された。

『ふおぉ⁉』

「どうしたんだ？」

『い、いえ……特に不正は見当たらなかったのですが……随分特殊なステータス構成だなぁと思いまして』

「それはまぁ……自覚してる」

運営にすらお前のステータス構成はおかしいと言われてしまった。成り行きなのに。

『検索の結果、特に不正は見当たりませんでした。チーター云々は言いがかりですね』

「はぁ⁉　ふざけんな！　ソイツがチーターじゃねぇ訳ねぇだろ！　じゃなきゃβテスターの俺が負けるわけねぇ！」

運営側が不正は無いって言ってんのに、なんでこいつはまだ喚くかねぇ。そろそろβテスターβテスターしつこいぞ。あれか？　言っちまった手前引っ込みがつかなくなってんのか？

『うーんちょっと待ってくださいね～？』

妖精ちゃんはそう言うと、目をつぶり瞑想をし始めた。何してるんだ？

『えーっとログを参照したところ、普通にあなたの負けですね。素直に全財産支払ってください』

「はぁ!?　ふざっけんな！　んな訳ねぇだろ！」

なんだこいつ、同じ様な事ばっか喚きやがって。純粋に負けたんだから認めろよ……。

『うーん、これは酷いですねぇ……うん？　あぁっと、了解です』

「どうしたんだ？」

『あぁいえ。ちょっと連絡があっただけです。少しうるさいのでプレイヤー『リガンド』の音声をミュートにしてっと』

「………………！」

妖精ちゃんが虚空に向かってつまみを回すような動作をすると、散々喚き散らしていた金髪の声が突然聞こえなくなった。こんな事も出来るのか。

『さてと。こういうのにはあまり運営が干渉しない方がいいのですが……仕方ないので、強制的に実行しますね。プレイヤー『リガンド』の全財産をプレイヤー『トーカ』に移行……完了』

妖精ちゃんが呟くと同時に、目の前にウィンドウが現れた。

そこには、害悪金髪の全財産が俺に贈与された旨の内容が書かれていた。

＝＝＝＝＝＝＝＝＝＝＝＝＝＝＝＝＝＝＝＝＝＝＝＝＝＝＝＝＝＝＝＝＝＝＝＝

・58600トラン
・鉄の剣＋3
・皮鎧（上）＋2
・皮鎧（下）＋2
・βリング
・その他素材系多数

＝＝＝＝＝＝＝＝＝＝＝＝＝＝＝＝＝＝＝＝＝＝＝＝＝＝＝＝＝＝＝＝＝＝＝＝

そう、金銭だけに限らず文字通り『全』財産が俺に送られてきていた。

「ちょっ！　これはやり過ぎ！　やり過ぎ！」

『あれ？　全財産という話では⁉』

「いや、そうだけどさ。お金だけじゃないのか？」

『いやぁ、だって全財産ですよ『全』財産・所持金はもちろん、装備や素材も財産の内ですよねぇ。あぁ！　経験値やステータスも財産と言えますよね。いります⁉』

「いらん！　流石にそこまで求めてねぇわ！」

というか、汚染される気がして嫌だ。

『分かりました～とは言ってもですね、このプレイヤーはβ時代から迷惑プレイヤーとしてGMコールが多くありまして。警告も何回かしてたんですけどねー流石に今回の件で上の人の堪忍袋の緒が切れたらしく、アカウント停止処分が決定されたんですよ』

「わーお。結構ヤバイ奴だった……」

「………！」

β時代からGMコール常連とか本当にただの害悪プレイヤーじゃねぇか……。

アカウント停止処分が下るとか何やらかしたんだよ……。

害悪金髪が何か喚いているが、『ミュート』のせいで音が全く伝わらない。

『まぁ、そんな訳で、アイテムだけでも受け取っといて下さい。要らなかったら売るなり捨てるなり好きに処分していいんで』

「お、おう……」

うーん。なんか大事になってきたな、幸い周りには会話は届いてはいない様ではあるが……。

『えーこの場に居るプレイヤーの皆様！　当ゲームのシステムは強固な保護が施されているので、チートなどさせません！　また、今回はプレイヤー間の問題ですので野次馬の皆様はお引き取りくださーい』

なんか言葉の後半にトゲがある様な気もするが……。

これは一応俺のチーター疑惑へのフォローもあるんだろう。そういう事にしとこう。

妖精ちゃんの宣言を聞いたプレイヤー達は、ぞろぞろと解散して行く。

その後は、妖精ちゃんが『今後もなにかあったらよろしくお願いしま～す』と言って害悪金髪を強制ログアウトさせた後に去っていった。

「はぁ、目立っちまったな……」

噴水の縁に腰掛け呟く。

金髪のせいで変に目立つ結果になってしまった。

今後変な事に巻き込まれなければいいんだが……。

「兄ちゃん、ちょっといいか？」

これからの心配をして俯いていると、またしても声が掛けられた。

今度はなんだと顔を上げると、そこにいたのは短い茶髪を逆立たせた、見た目二十代前半位の鎧に身を包んだ男性だった。

先程のこともあり、少し警戒しながら返事を返す。

「俺に何か用か？」

「まぁそんな警戒すんな……ってのもさっきの後じゃ無理だろうな。それを踏まえた上でなんだが少し話いいか？」

「……別に大丈夫だ」

「じゃあまずは自己紹介からだな。俺はアッシュ。一応βテスターだ」

アッシュと名乗った茶髪の男性は、あの害悪金髪と同じβテスターらしい。

先ほどの事もあり警戒心が沸き上がってくるが、最低限の礼儀として一応俺も名乗る。

「俺はトーカだ。それでβテスター様が何のようだ？」

「ハハッ、やっぱ警戒しちまうよな。まぁ俺は別にお前に危害を加えようって訳じゃねぇ。純粋にお前に興味が湧いてな」

結構刺々しい反応をしているはずだが、アッシュは気にした様子もなく話を続ける。

「さっきの金髪いただろ？　アイツは性格はともかく実力は確かだった訳よ。それが初心者に負けたってもんだから、ちょっと気になってな」

「アイツで結構な実力者なのか。まぁ、運が良かっただけだ」

運が良かったと言っても、害悪金髪との戦いではない。

亀甲棍や兎脚靴、？？？の短剣などの素晴らしい装備に出会えた事や、名前こそアレなものの素晴らしい効果を持つ称号、そして何より、事前にあんな奴よりはるかに強いルガンと戦えていたことに対してだ。正直、ルガンに勝った身であんな奴に負ける訳にはいかない。ルガンに失礼だ。

「運が良かった……か。言うじゃねぇか。β上がりに運だけで勝てりゃ苦労しねぇよ」

「何が言いたい？」

「お？　警戒させちまったか？　そりゃすまんな。別に変な事考えてる訳じゃねぇぞ？」

ここまでの態度だけなら気のいいあんちゃんという感じだが、どうしても警戒心は消えない。

「そうか。それで、用件はそれだけか？」

「まさか。んじゃ本題に入るが……俺達とパーティー組まねぇか？」

アッシュの目的はまさかの勧誘でした。

軽く話した限りじゃさっきの害悪金髪みたいに頭沸いてる訳じゃなさそうだ。ただ……。

「誘いは嬉しいが、実はリアルの友人と一緒に遊ぶ事になってな」

「ありゃ、そりゃすまねぇな。んじゃ素直に諦めるとしますか」

「やけにあっさりしてるな」

「そりゃな。先約がいるのに無理矢理、なんてしたくねぇし。じゃ、振られた俺は去るとしよう」

「あぁ、またどっかであったらよろしくな」

「おうよ。そうだ、最後にフレンド登録しようぜ」

去り際にアッシュがフレンド申請を飛ばしてきた。悪い人じゃ無さそうだし別に構わないかと考え、申請にＯＫを返す。

「ありがとな。んじゃ今後もよろしく」

「あぁ、こちらこそよろしく」

「おーい！　アッシュさーん！　行きますよー！」

「あぁ！　すぐ行く！」

フレンド登録が終わると、アッシュは仲間に呼ばれた方へそのまま立ち去って行く。

「っふぅ……」

アッシュの姿が完全に見えなくなって、ようやく肩から力が抜ける。

アイツ……強い。ルガンと対峙したときにも似た、ピリつくような緊張感が会話中ずっときえなかった。気のいいあんちゃんに見えて、しっかりとこちらを観察してきていた。

「βテスターって言っても、十人十色なんだな」

害悪金髪が追放され、アッシュが去ったことでようやく平穏を取り戻した噴水広場で、俺は二人の幼馴染を待つ間の時間潰しに、先程勝ち取った全財産の中の装備品を確認してみる。

確か装備品は『βリング』『鉄の剣＋3』『皮鎧（上・下）＋2』だったな。


＝＝＝＝＝＝＝＝＝＝＝＝＝＝＝＝＝＝＝＝＝＝＝＝＝＝＝＝＝＝

『βリング』
βテスター特典のアクセサリー
β時代の最終レベルまで経験値二倍

＝＝＝＝＝＝＝＝＝＝＝＝＝＝＝＝＝＝＝＝＝＝＝＝＝＝＝＝＝＝

＝＝＝＝＝＝＝＝＝＝＝＝＝＝＝＝＝＝＝＝＝＝＝＝＝＝＝＝＝＝

『鉄の剣＋3』
鉄を鍛えた剣
ＳＴＲ＋13

＝＝＝＝＝＝＝＝＝＝＝＝＝＝＝＝＝＝＝＝＝＝＝＝＝＝＝＝＝＝

＝＝＝＝＝＝＝＝＝＝＝＝＝＝＝＝＝＝＝＝＝＝＝＝＝＝＝＝＝＝

『皮鎧（上・下）＋2』

皮で作られた鎧

各　ＶＩＴ＋12

＝＝＝＝＝＝＝＝＝＝＝＝＝＝＝＝＝＝＝＝＝＝＝＝＝＝＝＝＝＝

……うん。綺麗に全部使えない。あと性能がしょぼい。

βリングはβテスターじゃないから何の恩恵も無いし、剣と鎧もジョブ的に使えない。

『＋』が付いてるから多少強いのだろうが……完全に宝（という程でもないが）の持ち腐れだな。

ちなみにだが、ジョブによって装備できる武器がある様に、防具も装備出来るものと出来ないものがある。例えば俺は神官と狩人で、そのジョブ構成だと皮鎧などの軽防具の一部を装備するのが限度だ。そして、今回奪っゲフンゲフン勝ち取った皮鎧は全身を守るタイプの皮鎧だったので装備はできない。俺が装備出来るのは、せいぜい胸当てなどの一部パーツだけだ。

そもそもあの金髪のお古の装備なんて着けたくない。

なので、装備できるリクルスに押し付けよう、そうしよう。

◇◇◇◇

アッシュが去ってから五分程経ち、まずはカレットが噴水広場にやって来た。

「お！　今回は居たな！」

「しっかり待ってたよ、今回も同じ事やらかしたら何言われるか分かったもんじゃないしな」

「そうか、そうか。ところで、リクルスはまだ来てないのか？」

腕を組んで嬉しそうにうんうんと頷きながらカレットが質問してくる。

もうすぐ来ると思うが……。

「いや、まだ来てな「おっ！　今回はしっかりいる！」

「……来たみたいだな」

「よし！　早速狩りに行こうぞ！」

リクルスが来て早速狩りに行こうとカレットが言い出す。

リクルスも「もう⁉」と一瞬驚いていたが、結局驚いたのは一瞬の事。既に行く気満々だ。

「さぁ！　一狩りいこうぜ！」

「焼き尽くすぞー！」

「分かったからおちつけ。焦んなくても敵は逃げな……逃げるわ。早く行くか」

早く狩りに行こうとする二人をたしなめようと定番のセリフを言おうとして、あの敵争奪戦を思い出し訂正する。他プレイヤーの手によってあの世に逃がされて逝くわ。

「「おー！」」

「ただ、ちょっとまて」

「まだ何かあんのか？」

「早く行きたいぞ！」

早速駆け出そうとした二人を呼び止める。早く行きたいのは分かるので、手短に済ませるために説明は省いてメニューからアイテムを選択し、リクルスに『鉄の剣＋3』と『皮鎧（上・下）＋

2』のセットを送り付ける。

「ん？　なんだこれ」

「リクルスどうかしたのか？」

「いや、トーカからアイテム貰ったんだけど……って何だこれ⁉」

「何をもらったのだ⁉」

「ほら、これ……」

「鉄の剣に皮鎧……しかも強化されてる？」

うん。やっぱり驚いてるな。なんかもう、フリーズ一歩手前の驚愕具合だ。

まぁ俺だってこんなんいきなり貰ったら驚くし仕方ない。

「お前これ、どこで？」

「色々あったんだよ。色々」

本当に色々……ね。害悪金髪の一件は、この武器贈与《押し付け》を最後に俺の記憶からはデリートしよう。

と言うかさせてくれ。

「なぁなぁ。私のは無いのか？」

「魔道士用のは無いな、それもたまたま手に入っただけだし」

「そうか……残念だ……」

リクルスだけが貰えて自分は貰えないという状況にカレットが項垂れていた。

うーん、こればっかりはしょうがないいんだよな。

剣も鎧も使えるのリクルスだけだしな。

「よしっ！　早速狩りに行こうぜ！」

「私も欲しかったな……」

「そんな落ち込むなって、今度なんか手に入ったらあげるからさ」

「むぅー……絶対だぞ？」

頬を膨らませ、若干潤んだ瞳で上目遣い気味に見上げてくる。

俺もリクルスももう慣れて何とも思わないが、このカレットの表情に何人やられた事か……。

「あぁ、絶対な」

「よしっ！　ならば早く狩りに行くぞ！」

今度何かあげると約束した瞬間に立ち直った。立ち直りが早い！　しかも、演技とかではなくすべてその時の感情に沿った行動……つまりは素なのだ。

これを魔性と取るか子供っぽいと取るかは人によるが、本質は後者だ。

シュン……としていたのが一転、やる気に満ち溢れた顔をしていた。

まぁ、何はともあれ元気になったようで良かった良かった。

二人と共に早速草原に移動する。すると、やはりそこかしこで獲物の取り合いが行われていた。

とは言っても、そんなギスギスはしてない。最初に攻撃をしたプレイヤーまたはパーティーから横取りしてるような奴はいなかった様なので、まだ笑って済ませられる程度だ。

まるで現実にいるような臨場感が横柄な行動を取らせ難くしているのだろうか。

害悪金髪？　誰だそれ。

「うわーすごい人だな……なぁ、これって狩り出来んのか？」

「お前らはどこで狩りしてたんだ？」

あまりにも驚いているので気になって訊ねてみる。

確か多少は狩りをしてたって言ってた気がするが……。

「私たちがやってた時はここまでじゃなかったぞ。今の半分くらいだったはずだ」

「昼過ぎだからか？　一番ゲームにログインしそうな時間帯だし」

「そうなのか。なら、奥の方に行くか」

始まりの町は草原フィールドの中にある町なので、そこまで急激な環境の変化は無い。

そのため、純粋な移動時間の関係で遠くに行けば行くほどプレイヤーは少なくなってくる。

「奥の方か。移動が面倒だけどそれだけだし、行くか！」

「ならば敵が出てくるまで競走だ！」

「乗った！　一番遅かった奴アイス奢りな！」

勝手に賭けを始めて二人は走り去って行く。出遅れた俺が追いかけ始める頃には、少し離されてしまっていた。とは言っても、二人のレベルが低いのですぐに追いつくことが出来たが。

「急ぎ過ぎだろ。少しは考えて行動しろよ」

「うっわ！　早えぇ！」

「高レベルだからってずるいぞー！」

レベル差の暴力ですぐに追いつかれてしまった二人が、また騒ぎ出す。

幼稚だなぁとか思いながら、ふと悪戯心が沸き上がり、鼻で笑ってみる。

「ハッ、遅いな」

「「ぬぐぐぐっ！　負けるかっ！」」

おっ、一気に加速したな。

煽っといてなんなんだが、角ウサギ何匹かスルーしてるし、本来の目的忘れてない？

「おーい。狩りは良いのかー？」

「「あっ！」」

とりあえず声を掛けると、二人揃ってすっかり忘れていた様で「アハハ……」と乾いた笑いを浮かべながら戻ってきた。ひとつの事しか考えられないのかな？

「目的を忘れんなよ……」

「いやぁすまんすまん」

まるで反省してない様子でリクルスが謝ってくる。カレットも合わせてペコペコしてるが、目が完全に泳いでいる。まぁ俺が煽ったのも悪いので、これ以上深く突っ込むのはやめよう。

「はぁ……レベル上げするぞ、さっきウサギいただろ」

「えっ⁉　マジで⁉」

「本当か⁉」

「せめて周りを見ろよ……」

先程ウサギを見かけた辺りまで戻ると、大分奥まで来たためまだプレイヤーも少なく、そこにはまだ二〜三匹のウサギがぴょんぴょんと跳ね回っていた。

まずは、二人がどのぐらい戦えるか確かめておきたいな。

「とりあえず、二人がどれぐらい戦えるか確認したいからまずは二人で戦ってくれ」

亀甲棍を杖に持ち替えてから二人に話しかける。

すると二人は急に顔を顰め、答えづらそうにする。

「どうしたんだ？」

「いやぁ……ねぇ」

「うん……まぁ……ねぇ」

えっ？　なにこの反応。そんなヤバイの？

そう言えば合流した時喧嘩してたな……そんなに戦闘が苦手なのか？

「……うん。一回二人で戦ってみるから、見ててくれ……」

普段の二人からは想像できないほどに弱々しい声でつぶやく。

「ちょっ、そんな酷いのか？」

「まぁ……なんだ。百聞は一見に如かずと言うだろ？　見てくれれば分かるから……」

物凄い不安になるんだが……さっきまでのウキウキ顔が急に沈みきったぞ。

二人は心配になる程のどんより顔のまま、角ウサギの一匹と戦い始める。

「行くぞッ！　あってうぎゃっ!?」

「【ファイアボール】！　ってあぁっ⁉」

カレットが、角ウサギに駆け寄って行ったリクルスの背中に火魔法の【ファイアボール】を炸裂させる。しかも、本人の反応から狙ってる訳ではないらしいことが分かる。

「クッ、次こそは！【ファイアボール】！」

「仕方ない回り込むか……ってうわぁ！」

「なんで⁉」

かと思ったら、今度はカレットが放った【ファイアボール】に回り込んだリクルスが突っ込んでいく始末。角ウサギから見たらリクルスはさぞ立派なタンクだろう。

《ＥＢＯ》にはフレンドリーファイアが無いからいいものの、あるゲームだったら……。

その後も、同士討ちを繰り返しながら何とか角ウサギを倒した二人が暗い顔で戻ってきた。

「うん……まぁ……その……ドンマイ」

「微妙な慰めが辛い……」

「その優しさが沁みる」

二人の連携が相当酷いのは分かった。少し見てて感じたことだが、二人の戦闘はもはや連携じゃない。二つの一対一が重なっていると言った感じだ。いや敵は1体だけだから一対一対一か？

「だいたい分かったけど、二人ってそんなに連携苦手なのか？」

「うーん、そうらしいな」

「そもそもが私とリクルスは他のゲームだと滅多に共闘する事が無いからな……」

そうなのか。てっきり、いつも二人でやってるのかと思ってたわ。

「で、二人で連携出来ないならトーカに指示してもらえばいいんじゃね？　と言う事だ」

「ほら、トーカ得意そうだろ？　そういうの」

「いや、やった事ねぇよ」

そんな指揮官みたいなことを期待されても困るぞ。

そもそも一介の高校生が指揮の経験なんてある訳ないだろ。

「いやいや、そんな難しく考えなくてもいいぞ」

「そうそう、いつもみたいにしてくれればいいだけだぞ」

「いや、いつも指示なんか出してないだろ」

いつも指示出してる高校生なんてもんもいないだろうよ……。

「まぁ半分は冗談として、トーカは得意そうだろ？　そういうの」

「まぁ物は試しだ。やってみてくれ！」

「……過度な期待はするなよ？」

なんだかんだで指揮を担うことになった。

やった事なんか無いが、任されたのだから全力で取り組むとするか。

「とりあえず、さっき見た限りで気付いた感じだと、二人とも個人で戦ってるイメージだった」

「どういう事だ？」

「なんというか……一対一が二つ重なってる。みたいな感じ？　とりあえず二対一じゃなかったんだよな」

「なるほど、分からん！」

清々しい笑顔でカレットが言い切った。

隣ではリクルスも頭に『？？？？』を浮かべている。早速不安になってきたぞ……。

「そもそもウサギは小さいからな、複数人で狙うもんじゃないんだろう。多分、一人で戦うのを前提としてるんだと思う」

「ほへー」

「そうなのか。確かに小さいなとは思っていたが……」

「逆に、イノシシとかは複数人を想定してるんじゃないかな」

角ウサギに比べイノシシは大きくなっているので複数人でも戦いやすいだろう。角ウサギは現実のウサギそのままか、せいぜい少し大きい程度なのに対し、イノシシは体高が腰位の高さまである。

「連携云々も大事だが、まずは角ウサギで戦闘の練習だ。見た感じでは二人とも連携が苦手なだけで、戦闘自体はそこまででもなさそうだったし。とりあえず、それぞれ別の個体を狙うんだ」

「了解！」

「分かったぞ！」

俺がそう言うと、二人は早速新たな角ウサギ目掛けて駆け出す。

カレットは【ファイアボール】を角ウサギ目掛けて放ち、リクルスは軽戦士の素早さを活かし角ウサギに急接近。そのまま手に持った短剣で切りつけようと構えながら突っ込む。

結果、事前にカレットが放った【ファイアボール】が見事命中する！

リクルスに。

ドゴォン！　と見事な爆音を響かせ、【ファイアボール】がリクルスを吹き飛ばす。

「うぎゃっ⁉」

「あぁっ⁉」

「マジかお前らッ⁉」

何でだ……何でだよ……別々の敵を狙おうって言ったじゃないか……。

何で同じ敵に突貫するんだよ……！

「なぁ、本気でやってんのか？　それ」

「い、いやっ！　違うんだ！」

「そ、そうだ！　これはその、あの……」

俺が呆れ半分諦め半分で問うと、帰ってきたリクルスと気まずそうに目をそらしているカレットの二人は必死で言い訳を始めた。なんかもう、ここまで来るといっそ神秘性まで感じ……ねぇよ。

感じるとしてもそれは邪神秘性《じゃしんぴせい》だよ。

……邪神秘性ってなんだよ。自分で言っといて意味不明だぞ。

「分かった。もう分かったから」

「ちょっ！　頼む！　ワンチャン！　もうワンチャンくれ！」

「お願いだ！　もう一度だけチャンスを！」

言い訳を延々と続ける二人をなだめようとすると、見限られると思ったのか更に焦りだす。

いや、流石に見限ったりはしないぞ？

「大丈夫だから落ち着け二人とも」

「ホントか？　捨てない？　『拾ってください』ダンボールに詰めて橋の下に置いてかない？」

「大丈夫だから安心しろって。やんねぇよ小動物じゃないんだから」

言うと二人はホッとしたようで息を吐く。さっきも言ったが、別にこの二人は戦えない訳ではなく、戦闘になると周りに気が回らなくなるだけの様だ。

なら逐一指示していけば大丈夫だろう。

「確かにこれは指示出した方が良さそうだな。とは言っても過剰に期待しすぎるなよ」

ゆくゆくは自力で出来るようになってもらわないと困るが。

「よしっ！　これで勝つる！」

「これはもう勝ったな！」

「過剰に期待するなって言ってんだろ……」

軽くボヤきつつ二人に指示（ともいえないような対象指定）を出す。

「まずリクルス。お前はさっきの角ウサギ。カレットはあっちにいるヤツと戦ってくれ。大丈夫だとは思うが一応個人での戦闘も確認しておきたい」

「おうっ！　俺はアイツだな」

「それで私があっちのだな」

リクルスとカレットはそれぞれ別のウサギを指さす。

良かった、これでもダメだったら流石にどうしようもなかったぞ。

「あぁその通りだ。今回は自由に戦ってくれて構わないぞ」

「よっしゃ！　リベンジだ！」

「焼き尽くすぞー！」

リクルスは先程と同じようにウサギに向かって駆け出す。

すると当然ウサギも向かって来るわけで。

「そっおぉい！」

リクルスは、急接近してくる角ウサギを最小限の動きで避け、目の前を通過する角ウサギの首元に短剣を突き刺す。ウサギが『ぴぎゅ!?』と鳴きながら地面に向かって落下する。

しかし、角ウサギの体が地面に触れる事はなかった。

地面に落ちる寸前でリクルスがまるでサッカーボールのように蹴り上げたのだ。

「おっらぁ！　【烈脚《れっきゃく》】！」

そして、『体術』のアーツを使ったのだろう。見事な蹴りがウサギの腹部に叩き込まれる。

【烈脚】は『体術Lv：2』のシンプルな蹴りのアーツだったはずだ。

そして、角ウサギは二度と大地を踏みしめることなく打ち上げられたままその体を光に変えた。

「どうだっ！　俺もやればできるんだぞ！」

「はいはい、すごい凄い」

「すっごく適当⁉」

だが、実際リクルスの動きはしっかりとしていた。突進してくる角ウサギを避けるまでは普通だが、そこからの攻撃への派生のさせ方が上手かった。プレイヤースキルでは既に俺より上だろう。

そもそも俺もさほど凄い訳でもないが。


一方のカレットはと言うと。

「【ファイアボール】、【ウィンドボール】、【ファイアボール】、【ウィンドボール】」

普段の騒々しさからは想像出来ないような冷静さでクールタイムの短い二種類の魔法を連打している。間に別の魔法を挟むことでクールタイムを気にせず連続で魔法を放っているようだ。

余談だが『火』の魔道士と言っても『火魔法』しか使えない訳ではない。

キャラ作成の時も軽く説明があったが、メインが『火属性』でも他の魔法は使う事が出来る。

だが、属性相性的に苦手な属性の魔法は伸びが遅くなるようだ。

逆に、メインの属性の成長が早くなる。そして、この相性はメインに据えた属性で変わる。

メインが『火属性』だと『水魔法』とは相性が悪いが、メインが『水属性』だと別に『火魔法』と相性が悪いという訳ではなく普通に成長する……らしい。詳しくは知らないが。

ちなみに、この性質はあくまで『火水土風光闇』にのみ適応され、『回復魔法』や『付与魔法』には関係ない。そもそもメインの属性に選べないしな。

『ぴっ！　きゅっ！　きゅあっ⁉』

次々と飛んでくる【ファイアボール】と【ウィンドボール】のせいで、まるで遊んでるかのように角ウサギはぴょんぴょんと飛び跳ね続けている。

ぴょんぴょん跳ねているウサギも、この死の遊びの犯人が分かるらしく、必死にぴょんぴょんしながらカレットに近づいていく。半分ほど距離を詰めた所で一旦弾幕が止む。

その隙を見計らって、角ウサギが自慢の角で突進を仕掛ける。恨みからか、その突進の速度は通常よりもいくらか速い。

その瞬間、カレットがニヤァと効果音が付きそうな黒い笑みを浮かべた。

無性に嫌な予感がするが……大丈夫か？　角ウサギが。

「かかったな！【ファイアボール】！【ウィンドボール】！」

突進してくるウサギは、真っ直ぐにしか動けない。「ならばそのコースに魔法を置けばいいじゃない！」と幻聴が聞こえてくる様だ。あっ、カレット実際に言ってるわ。

カレットが放った二つの魔法は、どちらも綺麗に角ウサギに衝突した。

否。角ウサギの方から魔法に突っ込んで逝った。

【ファイアボール】によって炎に包まれた角ウサギが、【ウィンドボール】で吹き飛ばされる姿はまるで宙に浮かぶ火の玉のよう。命（を燃料にした炎）の輝きが、そこにはあった。

あれ？　炎の勢いがさっきまでより強くないか？

そもそも、最初から使える【ファイアボール】でモンスターが炎上までするか……⁉

そんな事を考えていたがカレットが戦闘中とは打って変わって騒がしく「どうだった⁉　どうだ

った⁉」と聞いてくるので、思考を中断し「凄かったから落ち着け」と返す。

「個々でなら強いな。お前ら」

「だろっ？　やれば出来るんだ！」

「そうだそうだ！」

「なら連携は？」

「「無理っ！」」

もうダメだコイツら……普通の雑魚戦では大丈夫だろうけど、ボス戦とかになると危険そうだな。

もう、そうなったら逐一後ろから指示飛ばすしかないだろうな。

「そういや、二人ともサブにもジョブ取ってたよな？　そっちも練習するか？」

「うーん。私は軽戦士は籠手を使いたいからな……ウサギ相手だと戦いにくそうだ……」

「俺の重戦士ってホントにサブだからなぁ……前衛で色んな武器を使える様にしたかっただけでメインは軽戦士で行きてぇ」

となると……今はメインでレベル上げだな。同じ相手を狙わなければいいだけならまだ楽だ。

その後は、夕方まで延々と角ウサギ時々イノシシ狩りに励んだ。

おかげで、レベルも順調に上昇し、二人ともレベルが8にまで到達した。

俺はというと、特に二人とパーティーなどは組まず、攻撃もせずたまにバフを飛ばすだけだったので経験値は全く入っていない。

もったいない気もするが、これがすっぽかした罰。と言うことで納得しよう。

◇◇◇◇

その後、夕飯の時間になっても渋る二人を無理矢理町まで連行し、その日はお開きとなった。

夕飯作んなきゃな。さて何にするか……よし。親子丼でいいか。

夕飯のメニューを決め一階へ降りる。ＶＲ酔いと言うやつだろうか、立ちくらみのように少しふらっとしたが、一分もすると治まったので、軽くストレッチや深呼吸をしてからキッチンへと入る。

冷蔵庫から食材を取り出し、下準備を始める、今回は鶏肉と卵だけのシンプルな物にするか。

分量は……親はどうせ帰ってこないだろうし一人分で充分か？　いや、明日の朝食の分も作っとくか。

明日は月曜だし、用意してあるのをすぐ食べられるってのが一番楽だ。

『…………！　…………！』

なんだ？　何か聞こえた気が……気のせいか？

調理を初めて少しした時、何か聞こえたような気がしたが、気のせいだろうと判断して料理を再開する。ちなみに、親子丼は俺が初めて作れるようになった料理だ。

作ろうと決心した理由が俺の父さんが卵かけご飯に唐揚げを載せて「これも立派な親子丼だ！」とか言い出したからなんだが……確かに卵と鶏肉を使ってるけど何か釈然としなかった記憶がある。

コンコン

ドンドン
バンッバンッ

「なんだ？」

突如聞こえてきた音に、そしてそれが段々と大きくなっていき、さらには自分の部屋から聞こえてくる事に気付き、なんだろうと思いながら調理を中断し自分の部屋に向かう。

「おーい、護ぅー助けてくれぇー」

部屋に入ると、瞬が部屋の窓をノック（には些か強い力だったが）をしていた。

「どうしたんだ？」

窓を開け、瞬を中に招き入れてから話を聞く。

「いやさ、なんか突然の来客とか何とかでさ、メシどころじゃなくなったから恵んで貰いに来た」

「へぇ、瞬の家に来客なんか珍しいな」

「なんでも親父が同僚だか部下だかを連れてきたらしくてさ。母ちゃんに怒られてたよ」

笑いながら説明された内容を理解してため息を吐く。

「あぁ、おじさんまた呼んできたのか……」

「ホント懲りねぇよなぁ」

瞬の父親はしょっちゅう……と言う程でもないが、月に一～二回ほど同僚やら部下やらを家に連れてくるらしい。その度に瞬の母親に怒られているが、まるで懲りていない。

しっかりと対応している瞬のお母さんはホントに器が大きいと思う。

「恵むって言ってもな……親子丼しかないぞ？」

「さすが護、心が広い！　あの調子じゃ俺の今日の夕飯は無しっぽいから助かった」

「しょうがねぇな。今度なんか奢ってくれよ？」

「あざぁぁっす！」

大げさにお礼を言ってくる瞬に苦笑していると、ふと気になることが。

「来たのはお前だけか？」

「ん？　あぁ、アイツは友達んちで女子会だと。夕飯もそっちで済ますらしい。運の良い奴め……」

「ここにいない妹相手にそんな悪役みたいな顔してやるなよ……」

そんな他愛ない話をしながら瞬を引き連れ一階へ行き、瞬にはリビングでテレビでも見ながら待っていてもらい調理を再開する。

とは言っても、残りは最後の仕上げ位なのですぐに終わる。お笑い番組を見ているらしく、笑っている瞬に声を掛けて食器を用意させる。これくらいは働いてもらおう。

「ほれ、親子丼だ」

「おぉ！　うまそー！」

「それはどうも」

二人で「いただきます」を唱和してから食べ始める。美味いと言ってくれると、作った甲斐があるな。もともと一人で食べる予定だったので、明日の分は無くなったが。

食べ終わった後は、後片付けをしてから二人で適当に駄弁り始める。

最初は明日から学校だだの、明日発売の漫画が楽しみだだの一貫性のないとっ散らかった話題だったが、自然に《ＥＢＯ》の話がメインになってくる。

「なぁなぁ。なんでそんなレベル上がるの早いんだ？」

「なんでだろうな。一応称号のお蔭で取得経験値は上がってるけど、ウサギだけだしな」

ウサギだけと言ったが、実際は『ウサギの天敵』の効果で得られる経験値１・５倍は相当ありがたい。二匹ウサギを倒せば、三匹倒した事になるのだ。これだけだと伝わりにくいか？

百匹倒せば百五十匹倒したことに、千匹倒せば千五百匹倒したことに、一億匹倒せば一億五千万匹倒した事になるんだ。……逆に分かりにくいか？

「あぁ『ウサギキラー』か。でも、それあったとしてももう12だろ？」

お、瞬も『ウサギキラー』は取れたのか。後で大兎狩りにでも連れてくか？

「そうだな。あっ、違う。クエストクリアでレベル上がって今13だ」

「うわっ！　さらに差が開いた！　じゃあさ、スキルはどうだ？　っと流石にこれはマナー違反か」

確かにスキル構成やスキルレベルなんかは人によっては他人に知られるのを嫌がりそうだな。

俺もスキル構成だからとかじゃなく、個人情報が広まるのはあまりいい気はしない。

けど、別に瞬なら教えてもいいか。

「いや、別にいいぞ」

「えっ！　マジか」

「ただし、勝手に人に教えるなよ？」

「安心しろ、教える訳ねぇだろ」

瞬が胸を張って宣言する。ドヤ顔が無性にイラッとする。

俺はつい軽めにデコピンを瞬のおでこに打ち込む。

「あだぁっ⁉　なにすんじゃこら！」

「すまんすまん、ついイラッとして」

「何に⁉」

「うーん、存在？」

「ひでぇ！」

そんなやり取りをしてお互い吹き出した。意味も無く笑い合ってから話を戻す。

「んでスキルレベルだっけ？　たしか『棍術』と『回復魔法』その他も三つくらいがＬｖ：３になって他のも幾つかＬｖ：２になってるな」

「おぉ！　すげぇ！　スキルって何個くらい持ってんの？」

最後に見たステータス画面を思い浮かべながら指を折って数える。

確か、初期の五つに加えて『見切り』『体術』『咆哮』『隠密』『剣術』『軽業』『疾走』『調合』の八つ。それに装備スキルに『跳躍』もあるから……。

「十四個かな？　まぁ正確に言うと十三個＋一個だけどな」

「多っ⁉　俺なんかまだ初期の五つだけだぜ？」

言われてみれば確かに多いな……何でこんなに増えたんだ？

「まぁそのうちお前もスキルは増えるだろ。というか、あんな連携もどきしてたら称号貰えたんじゃないか？」

「でもよ～明日から学校じゃん、そしたらイン出来る時間も減るだろ？」

おっと。露骨に話を逸らしたぞ？　これはなんか貰ったな。まぁ無理には聞き出さんが。

「そうだな、大体二～三時間が限度か？」

「レベル上げが遠退く……」

瞬が項垂れて呟く。その後は、他愛ない会話をしてから解散となった。

瞬はこの後ももう少し《ＥＢＯ》にログインするそうだ。

ゲームもいいが、日常生活を疎かにするなよ？

時計を見ると九時半を回っていた。そろそろいい時間だし風呂入って寝るか。

普段ならまだ平気な時間帯ではあるが、初のＶＲ体験という事もあり結構疲れているからな。


翌日。眠たげに眼をこする瞬と明楽の二人を引き連れ学校に行くと、何人かが《ＥＢＯ》の話をしているのが耳に入った。プレイしている人もちらほらいるようだ。もしかしたら、どこかで会うかもしれないな。

「そうだ、昨日は親子丼サンキューな」

前の席の瞬が欠伸を噛み殺しながら話しかけてきた。

それに「気にすんな」と返すと、瞬の隣の席の明楽が首を傾げる。

「瞬は昨日護の家でご飯食べたのか？」

「あぁ、親父がま〜た人連れてきてさ。俺の飯が無かったから護にお世話になったわ」

「ほえ〜」

「親父が同僚連れてくると、俺の飯は大抵コンビニ弁当になるからな。それも悪かないけど買いに行くのもなんか面倒なんだよな」

あぁ、コンビニ弁当買って食べてるのか。

流石に俺が作らなかったら飯抜きなんて事態にはならないよな。

「それより、なぁー聞いてくれよ明楽ー、護もうレベル13だってさ」

「なぬっ!?　また上がったのか？」

「あぁ、クエストで上がったらしいぜ」

「勝手に話すなって」

昨日人に話すなと言ったのに簡単に明楽に話しやがった瞬に軽く拳骨を落とす。

別に明楽にならと言っても構わないというか言うつもりだったが、勝手に言うのはどうかと思うぞ。

「あだっ！」

「別に明楽になら言ってもいいけどさ。勝手に言うなよ」

「すんませーん」

「絶対反省してないだろお前……」

瞬の軽い返事に呆れながら三人で談笑する。

少しして教師が教室に入ってきたのでお開きとなる。とは言っても席はすぐそこなのだが。

放課後になると、さっさと家に帰ろうとする二人に引っ張られて半分駆け足で帰宅する。

そして、家に帰るや否や《ＥＢＯ》を始めようとする二人に釘を刺しておく。

「しっかり課題やれよ？　朝になって泣き付かれるのは勘弁だぞ？」

「「ギクッ」」

わざわざ口で「ギクッ」って言ったよコイツら。

宿題せずにゲーム三昧とかダメ人間への第一歩じゃないか。

第三章　少年はかく語りき

そして、平日は学校から帰ってきてからの数時間。休日は予定がない限りガッツリやり込む。

そんな《EBO》漬けの日々を一週間ほど送ったある日曜日の事。

瞬と明楽が、またしても俺の部屋に押しかけて来ていた。

「……とりあえず、お茶持ってくるから待ってろ」

「なるはやで！」

「むしろ持ってこなくてもいいぞ！」

何が二人をこんなに掻き立てるんだと思いながらお茶を持ってくる。

二人とも相当興奮している様子で、戻ってくるや否や一方的に話し始めた。

「「イつべいンにト来がる来ぞる！ぞ！」」

「いっぺんに言うなって。聞き取れないだろ」

二人が一気に喋ったせいで言葉が混ざってよく聞き取れなかった。何が来るって？

「すまんすまん。と言うか護、公式のお知らせ見てないのか？」

「いや全く見てないな」

「偶には見ろよ……っとそれどころじゃねぇ！」

呆れた様に言った直後に声を張り上げたせいで、ちょっとビックリした。急に大声出すなよ……。

「イベントだよイベント!」

「イベント?」

「そう! イベント! 来週遂に初イベントが開催されるんだと!」

「遂に、遂に来たぞイベントォォォ!」

「なんでそんなテンション高いんだよ……」

二人のこれまでで最高潮のテンションを前に若干引き始める。

二人は正気を失ったような目でイベントだー! と叫び続けている。

「近所迷惑だろっ」

「あだっ⁉」

「いたっ⁉」

正気を失った二人にデコピンをお見舞いする。さすがにうるさすぎる。

おでこを押さえながら悶えているが、しっかり正気を取り戻したようだ。

「それで、イベントって?」

「痛つつ……お前のデコピン、なんか異常に痛くない?」

「コツがあるんだよ。それよりも早く説明してくれ」

説明を促すと、瞬がおでこを摩りながらも説明をしてくれた。

時々暴走しかけるが、要約すると。

『大規模なイベントが来週に開催される』

『イベントの詳しい説明は今日の午後八時にゲーム内で説明される』

『それ以降は公式ホームページで情報の閲覧が可能』

の三つが主な情報だ。三行で済む内容を三十分も延々と語り続ける瞬と、それに合いの手を入れ続ける明楽には呆れを通り越して感心すら覚える。これも《ＥＢＯ》愛ゆえなのだろうか。

「それで、イベントの説明はどこでやるんだ？」

「だから、ゲーム内だって」

「ゲーム内のどこか聞いてるんだが……」

「あっ、なるほどね……明楽、どこかわかる？」

「なっ！　そんなことも知らないのか⁉　……それで、護はどこか分かるか？」

「俺が知らないから聞いてるんだけどな」

ダメだコイツら。イベントの存在自体知らなかった俺が言うのもなんだけどさ。

結局、公式ホームページで調べると始まりの町で説明が行われることが分かった。

ちなみに、始まりの町の正式名称は【トルダン】と言うらしい。何人が知っていたのだろうか？

もちろん、俺も瞬も明楽も知らなかった。ダメダメじゃねぇか。

現在時刻は午後二時半。イベント説明がある午後八時までは五時間以上ある。

「説明まではどうするんだ？」

「うーん、山でも行くか？」

「えぇ……私山苦手だぞ。行くなら洞窟にしよう！」

今の瞬と明楽の言葉からも分かるようにこの一週間で新しいフィールドが幾つか発見されていた。

話題にも上がった『洞窟』と『山』に加えて『渓谷』や『遺跡』なども見つかっている。

お決まりのフィールドボスは未だに一体しか見つかっておらず、その一体もまだ討伐されていない。とんでもない防御力で攻撃がほとんど通らないのだ。

と、そんな言い方から分かるかもしれないが、俺達も一度挑戦している。称号やらでそこそこ以上にダメージを出せる俺やバリバリの攻撃型のリクルスの攻撃もほとんど効かず、なら魔法ならどうだと試したカレットの火魔法も結局結果は同じだった。

ほとんど効かない攻撃を延々と続け、ジリ貧で押し負けたのは苦い思い出だ。

その異常ともいえる硬さから、弱体化させるアイテムだかクエストだかがあるともっぱらの噂だ。

「カレットが山に行ったら山火事になりかねないからな」

「燃えやすい木が悪い！　もっと根性を見せないか！」

「なんという暴論！」

山は意外と木々が生い茂っていて、森に近い雰囲気になっている。

なので、山で『火魔法』をぽんぽん放っていたら山火事になりかねない。

そんな理由から、カレットにとっては山や森は全力を出せない苦手なフィールドなのだ。

生木は燃えにくいはずだが、そこはゲームということで単純化されているのだろう。

「流石にゲームの中で放火魔になられるのは勘弁だからな。洞窟に行くか」

「さすが護！　話が分かる！」

「しょうがないか。じゃ三時に噴水広場集合な！」


そしてやって来ました噴水広場。

二人が帰ってすぐにログインしたので、現在時刻は二時四十分。集合まではまだ時間がある。

「そういや、ポーション切れかけてたっけ。丁度いいし買ってこよっと」

ポーション。言わずと知れた定番アイテムで、例に洩れず《ＥＢＯ》でも回復薬の一端を担っているドリンクタイプの回復薬だ。ＨＰ回復とＭＰ回復の二種類があり、どちらも需要が高い。

イベントの説明があるという事でいつもより賑やかになっている道を歩き、行き慣れたルガンの営む道具屋へ行く。そして、道具屋の前に来ると自然と足取りが重くなる。

「買わなきゃいけないのは分かってるんだけどな……」

覚悟を決めて道具屋へ入る。普通なら活気のある店内には、重く沈んだ空気が漂っていた。

心做《こころな》しか、他の店員達も表情が硬くなっている。

「えっと、ＭＰポーション下さい」

「トーカか……んで、何個だ……？」

「と、とりあえず十本お願いします」

「あぁ……千トランだ……」

原因は間違いなく、果てしなく落ち込んだ様子の店主《ルガン》だ。

彼は、ここ最近尋常じゃないほど落ち込んでいる。初めて会った時の彼はどこに行った⁉　と言いたくなるぐらいに沈み込んでしまっている。

そのせいで、店内の空気までも重苦しいものになっているのだ。それこそ、カノン目当てに通い詰めているへんた……紳士達《ロリコン》すらルガンに気を取られて俺に飛ばす殺気が薄くなっているほどだ。

とは言え原因は分かっている。分かっているんだけど……。

「なぁ……そろそろ許してあげれば？　俺はもう気にしてないしさ」

俺は会計を済ませると、ルガンから一番遠いカウンターでツーンとしているカノンに話しかける。

そう。この事態の原因は、ルガンが俺に無理矢理戦わせたことを知ってしまったカノンが、ルガンに対し対父親用最終兵器「お父さん大っ嫌い！」を発動させたからに他ならない。

「でも！　お薬の材料を採ってきてくれたお兄ちゃんにひどいことしたんだよ⁉」

「まぁまぁ、大丈夫だからさ。お父さんもきっと反省してるって。宝物も貰ったしさ」

「むう〜〜〜〜〜。……分かった、許してあげる」

「おおっ！　マイエンジェル！　お父さんを許してくれるのか！」

カノンの言葉を聞きつけルガンがガバッと寄ってくる。ちょっ、落ち着け！

その後、何とかカノンのお許しでルガンが復活し、道具屋の雰囲気もようやく戻った。

この一週間本当に落ち込み様が酷かったからな……。

特に最初なんかは寝込んだらしい。身体の傷の次は心の傷で寝込むって……。

「じゃまた来るね」

「うん！　お兄ちゃんバイバーイ」

店の雰囲気が戻ったことで、紳士達《ロリコン》からもよくやった！　と言わんばかりの元気な殺気が向けられてきた。殺気から意思を読み取れるってどういうことだ……？

買い物を済ませて道具屋を出た後は、時間を確認しながら町を見歩く。

最近では、生産職の人達の出店なんかも見かけるようになり始めた。

特に目的もなく町をぶらぶらしていると意外と色んな発見があって面白いものだ。

「そろそろ行くか」

時間を確認して噴水広場に向かう。初日にすっぽかして以来、あまりにしつこくそれで弄られるようになったので、待ち合わせには必ず十分は早く行くようにしている。

「あいつらは……まだ居ないか。ログインはしてるみたいだし、もうすぐ来るだろ」

時間潰しにこれから行く予定の洞窟の情報を軽く整理する。

今までも何度か行ったことはあるが、念のためだ。

出現するモンスターは現時点で確認できたのは四種類。

洞窟内を飛び回る《ケイブ・バット》
常に3～4体で行動する《ケイブ・ウルフ》
洞窟の奥の方に巣を張り巡らせる《ケイブ・スパイダー》
単体での実力は洞窟最強の《ケイブ・リザード》
特に《ケイブ・スパイダー》、通称『洞窟蜘蛛《どうくつぐも》』は目に見えないほどの細い糸によって侵入者を探知しているため一方的に見つかりやすく、しかも音もなく移動しての奇襲に加え毒状態にしてくるので、純粋に強いとはいえしっかりと対策すれば勝てる《ケイブ・リザード》よりも厄介だ。

洞窟に何回か通っている内に『暗視』スキルも手に入ったし、洞窟では使い勝手がいいので『罠術』もレベルが上がった。それでも、未だに洞窟では気が抜けない。

ちなみに、この一週間でステータスはこうなっている。

『トーカ』
ジョブ：神官　サブ：狩人　Lv：20
HP：2000／2000　MP：350／350
STR：50（＋60）　VIT：10（＋14）
AGI：20（＋20）　DEX：50（＋22）
INT：100（＋0）　MND：20（＋0）
LUK：20　SP：0

【パッシブ】

『不意打ち』『峰打ち』

【スキル】

『棍術Ｌｖ：４』『弓術Ｌｖ：３』『罠術Ｌｖ：３』
『回復魔法Ｌｖ：４』『付与魔法Ｌｖ：４』
『投擲Ｌｖ：２』『見切りＬｖ：３』『体術Ｌｖ：３』
『咆哮Ｌｖ：２』『隠密Ｌｖ：３』『剣術Ｌｖ：３』
『軽業Ｌｖ：２』『疾走Ｌｖ：２』『調合Ｌｖ：１』
『縮地Ｌｖ：２』『鼓舞Ｌｖ：１』『暗視Ｌｖ：１』
『跳躍Ｌｖ：２』（装備スキル）
【称号】
『ウサギの天敵』『外道』『ジャイアントキリング』
『一撃粉砕』『通り魔』『飛ばし屋』
『少女の救世主《ヒーロー》』『認められた者』

レベルもいくらか上がり、よく使うスキルも軒並み上昇した。
そして新しく『縮地』と『鼓舞』そして『暗視』の三つのスキルも入手した。

『縮地』
一歩で『スキルレベル』メートルを駆け抜ける事が出来るが、連続使用不可

『鼓舞』
自分以外仲間のステータスを一定時間『スキルレベル×10』%上昇させる
『暗視』
暗い場所でも見えるようになる。スキルレベルが上がるほどよく見えるようになる

『縮地』はルガン戦の時の謎ワープの正体だ。便利ではあるが急に視界が切り替わるので位置の把握にラグが出るのがネックだ。慣れれば有用だろう。また、連続使用は出来ない。

『鼓舞』は恐らく二人に指示を出していたからだろう。

強化倍率は素晴らしいが、自分には効果は無いのが少し残念だ。また、ひとつのパーティ内で使えるのは一人だけだ。つまり、全員で『鼓舞』して超強化！　とかはできない。

『暗視』はレベル1だと多少明るいかな？　くらいの差なのであまり恩恵は感じないが、レベルが上がっていけば使い勝手も良くなるだろう。いまはまだ松明などの光源があった方がいいレベルだ。

情報整理をしているとリクルスとカレットも時間ピッタリにやってきたので、さっそく洞窟に出かける。最近は二人の連携もマシになってきたしずいぶん戦いやすくなった。

三時間ほど洞窟でレベル上げを行い、リクルスが17でカレットが16になった。

二人のレベル上げと連携の特訓がメインだったので、残念ながら俺のレベルは上がっていない。

二人のレベルも追い付いてきたし、そろそろ俺もレベル上げに本腰を入れてもいいかもな。

◇◇◇◇

洞窟から帰ってきた後はイベント発表に備え早めにログアウトし、やるべき事（主に夕飯など）を済ませてから七時半にログインすると決めたので、早速ログアウトする。

何故か無性に焼きそばが食べたくなったので焼きそばを作り、ふと思い立って食パンにサンドして即席焼きそばパンにして食べる。

「うん、美味い」

食べ終わった後は食器やフライパンなどを洗ってからあらかじめ沸かしておいた風呂に入る。

「あぁ～。風呂はやっぱり熱いのに限る……」

少々オッサン臭い事を言いつつも風呂を堪能し、風呂上がりに少し休憩してからログインする。

「おっ、トーカか」

すると、リクルスは既にログインしていた様で俺がログインするとすぐに合流してきた。

「あぁ、カレットはまだか？」

「みたいだな。ま、少しすれば来るだろ」

リクルスと会話していると、噴水広場も大分混雑してきた。

昼間でも既に賑やかだった町が、さらに賑やかに、騒々しくなっていく。

サービス開始初日を彷彿とさせるほどの混雑具合になり始めた頃、ようやくカレットがログインしてきた。

「すまん！　遅くなった！」

現在時刻は七時四十五分。確かに、約束より少し遅いが気にするほどでもないだろう。

と、思っているとリクルスが声を上げた。

「遅いぞ、トーカだってもう来てるんだぞ」

まだそれほじくり返すのか？　いい加減許してくれよ……。

「冗談、冗談。もう気にしてないからトーカもそんな落ち込んだ顔するなよ」

「トーカは前の事を気にしすぎだぞ」

そんなに落ち込んだ顔をしていたのだろうか、二人に突っ込まれてしまった。

そのまま噴水付近で雑談しながら待機する事十五分。辺りのザワザワがピークに達する。

それに呼応するように、頭上の空間が歪んでいく。

「何だ、あれ？」

その歪みを見て誰かが声を上げる。その声に釣られるように次々と声が上がっていく。

そんな中、空間の歪みが最高潮に達すると、パリンッとガラスが砕けるような音と共に、空間の歪みが元に戻る。

そして、空中に先程までは確かになかった人影が出現していた。

『やぁやぁ皆様！　初めましての方は初めまして！　知ってるよ、って人も僕から見れば初めまして！　エボ君です！』

その人影、エボ君が名告りをあげる。

見た目は十歳程の少年に見える彼は、金髪に翡翠の瞳、そしてとがった耳という、どこかで見たような組み合わせの外見を持ち、その人懐こい笑みはどこかやんちゃ坊主と言った印象を与えてくる。

「エボ君？　リクルス、知ってるか？」

「うーん……どっかで見た事ある気がするんだけどな……」

「カレットは？」

「知らん！」

訊ねてみたが二人とも見知らぬ様子だった。「知ってるよ、って人は～」って言ってたから、どこかしらで出てきたんだろうけど……。

『誰？　って顔してる人達の為に自己紹介するね！　僕はこの《ＥＢＯ》のマスコットのエボ君だよ！　公式ホームページにちょこちょこ出てきてるから知ってる人は知ってるんじゃないかな⁉』

「あぁ！　そこか！」

エボ君自身の説明により思い出したらしいリクルスが、指をパチンッ！　と鳴らした。

少しイラッとしたので無視しておく。

『私も居ますよ～』

エボ君の後ろから小さな人影がひょこっと飛び出てきた。

なんか見覚えあるなと思ったら、初日の害悪金髪事件の時にＧＭコール対応用ＡＩとして出てきた妖精ちゃんだった。ここでも出てくるのか。

『は～い！　何故かＧＭコール対応用ＡＩなのにイベント発表に駆り出された私です！　ほかの担

当用ＡＩは煎餅片手に中継見てるってのにおかしいね！　なんで私だけ休みないのかな？

あ、知らないよって人の為に自己紹介しまーす！　ＧＭコール対応用ＡＩ兼イベント進行ＡＩになっちゃった『リーリア』と申します、気軽にリーリア、または妖精ちゃんと呼んでください！』

辺りから「可愛い～」などの声が上がる。妖精ちゃん、昇格（？）したのか。

話を聞く限り結構ブラックっぽいな。

けど、『ＧＭコール対応用ＡＩ全般を『妖精』といい、さらにそこから個別に名前がある』って公式ホームページに書いてあったのに、自分から『ＧＭコール対応用ＡＩ《ようせい》』ちゃんって名乗ったから仕事が増えたんじゃないかな……と思わなくもない。

確か、風の噂では妖精ちゃんの容姿が一部の人にウケたらしく、妖精ちゃんに会いたいがためにＧＭコールするという事件が発生するようになった……とかなんとか。

そっちの対策って面もあるんだろうが、自業自得な気がしてならない。

妖精ちゃんの登場に反応して『ウォォォォォォッ！』と少し遠い所から雄叫びが上がる。

恐らく、と言うか絶対今声を上げた奴らがＧＭコール事件の主犯達だろう。

カノン目当てで道具屋に通い詰める紳士共《ロリコン》といい、いろんな趣味の奴らがいるもんだ。

だが、実際に美少年のエボ君と可愛らしい妖精ちゃんの二人組は絵になる。

そこかしこから色々な声が上がっているのがその証拠だろう。

『さて！　さっそくイベント発表！　の、前に……少し語らせてもらうよ～？』

エボ君の行くぞッ！　と言ったノリから、急にお預けを食らったプレイヤー達は一瞬惚けてしま

った。ノリのいいプレイヤー達はズッコケたりしている。

そして、エボ君と妖精ちゃんがそれを見て笑っている。

『アハハッ、君たち面白いね～』と言いながら、何かツボったのかその後も少し笑い続ける。

エボ君も一応ＡＩらしいが、反応からは人工物のような感じはまるでしない。凄いな最近の技術は。

『じゃ、笑った事だし前語り始めますか！』

エボ君は先程の雰囲気を払拭しようと、真面目なトーンで語り始める。

しかし、笑い転げたせいで目頭に涙が付いてるのでいまいちシリアスになりきれていない。

『最初に言わせてもらおう。このゲームに、ハッピーエンドなんて存在しない』

が、そんなものはお構いなしとばかりにいきなり落とされた言葉の爆弾。

周囲のプレイヤーが動揺するのが伝わってくる。そして、その動揺は俺達も同じ事だ。

しかし、エボ君は俺達プレイヤーの反応は気にせずに続ける。

『それだけじゃない。バットエンドも、ノーマルエンドすらもこのゲームには存在しない』

続けられた言葉に、さらにプレイヤー達が動揺する。

『それは何故か、簡単な話だ。この世界は終わらない戦い《Endless・Battle・Online》の物語だから。

この世界に終わりは訪れない。

なぜなら、たとえ全てが終わったとしても、『終わった後の世界』が続くから。

この世界にリセットは存在しない。

なぜなら、リセットされればリセット前の世界は終わってしまうから。

ここは確かにゲームの中だ。だけど、ここはもう一つの世界でもある。

現実世界にやり直しは無いだろ？　それと同じさ。

確かに、ゲームとしてのクリアは存在する。

だからなんだ？　クリアした後もクリアした後の世界が続いていく。

クリアしたら終わりじゃないだろう？

この世界にはこの世界の物語があり、君達はその物語にお邪魔しているに過ぎない。

故に、この世界で死んだ人間《NPC》は蘇らない。この世界で崩壊した都市は勝手には戻らない。

君達は人生の主人公であっても、世界の主役じゃないだろう？

それと同じで、この世界でも君達は主人公であっても主役じゃない』

先程までの笑い転げていた少年はどこに行った⁉　と言いたくなる程に、淡々とエボ君は語り続ける。言葉が発せられる度にプレイヤー達に動揺が走り辺りがザワつく。

エボ君は、そんな俺達を見渡し満足気に頷くと声のトーンを最初の少年モードに戻し、最大級の爆弾を落とした。

『なので！　今回開催される記念すべき《ＥＢＯ》初イベントは『町襲撃イベント』です！』

町襲撃イベント。内容は単純、大量のモンスターだか強力なモンスターだかがその名の通り町を襲撃してくると言うだけのイベントだ。

それを聞いたプレイヤー達の反応は様々だった。

よく分からないと首を傾げる者や、何かに気付いたように頬を引き攣らせている者。

気付いた上で静観を決め込む者や聞き取りきれずに呆けている者など、反応は実に様々だ。

数秒経って、エボ君のセリフと今回のイベント内容の二つから導き出される結論にほとんどのプレイヤー達が到達した。してしまった。

そして、大多数のプレイヤーが信じられないと言った面持ちで上空にいるエボ君を見上げる。

思い出してもみてほしい。

エボ君は『この世界で死んだ人間《NPC》は蘇らない。この世界で崩壊した都市は戻らない』と、確かにそう言った。その上で今回の町襲撃イベント。

つまり、モンスターが町を破壊しに来ると言うのだ。

そして宣言通り、今回の襲撃イベントで破壊された町は勝手には修復されないだろう。

死んだ人間《NPC》も、当然生き返ったりしないはずだ。

初イベントがサービス開始から二週間後と少し時間が空いたのは、その期間に町やそこに住む人々に愛着を持たせるためだろう。NPCとは思えないほどに人間味あふれる彼らと二週間も交流を重ね、愛着が湧かない人は少ない。

俺だって、カノンやルガンをはじめとした道具屋の人たちだけでなく、買い物や町中ですれ違った時などに何度か言葉を交わした名も知らぬNPCの人々にはそれなりの愛着が湧いている。

「なぁ……トーカ。この運営、相当悪趣味じゃないか？」

「この話をした上での町襲撃イベントとはな……」

リクルスとカレットも気付いたようで、硬い表情をしていた。

もちろん、俺も似たり寄ったりの表情をしていることだろう。

『とは言ってもさ、「そんなん知らねーよ！」とか言うプレイヤーの人も少なからずいるだろうからね。実際、町なんて無くても家は建てられるし必要な物もスキルと材料があれば作れるしさ』

エボ君は俺達の沈黙も気にせずに、あるいは想定内だったのか、平然と話を続ける。

『そんなコアゲーマーのみんなにも頑張ってほしいし、特別報酬を用意する事にしたよ』

特別報酬と聞いて先程の動揺はどこへ？　と言いたくなるくらいに食いつくプレイヤー達。

俺の隣でリクルスも「特別報酬ってなんだ⁉」と食いついている。

『はい！　ここからは私、妖精ちゃんがお話しまーす。なんとっ！　今回のイベントでの防衛成功率の切り捨て半分の割合分、フィールドボス【ロックゴーレム】を弱体化してあげましょう！

さすがにこのイベント前にロックゴーレムを倒す猛者はいませんでしたね！　ちょっと期待してたんだけどな～』

【ロックゴーレム】の弱体化。どうやら、ロックゴーレムの異常な硬さはこのイベントの報酬で減衰されることが前提の設定だったらしい。さすがに硬すぎたもんな。

未だに討伐出来ていないフィールドボスが弱体化されると聞いて、プレイヤー達は一気に沸き立つ。

と同時に、妖精ちゃんのあまりにもウザい言い草にイラッとした。

『つ、ま、り～皆さんの頑張り次第でボスの強さが最大半減されるんですよ～。

頑張って下さいね～。あっ、「俺はあの状態のアイツを倒したいんじゃ！」って人用に弱体化後か弱体化前かは選べるようにしますよ～？　まぁ？　まだ皆さんの実力じゃ無理でしょうけど！

他にも貢献度に応じた報酬があったり。頑張って損はないですからね～』

オォッ！　と一部のプレイヤー達が沸き立つ。

アァン!?　と一部のプレイヤー達がキレる。

彼らが先程エボ君が言っていたコアゲーマーに当たる人たちなのだろう。

後者は純粋にイラついた人々だ。

『イベントは来週の土曜日。午後六時から開催しま～す！　お楽しみに～』

『じゃ、頑張ってね～』と言い残し、エボ君と妖精ちゃんは去っていった。

残されたプレイヤー達は、慌ただしく動き始める。

襲撃イベントに備えて、今から準備を始めるのだろう。

町の破壊や住民の死亡、ロックゴーレムの弱体化などに食いつかなかったプレイヤーも、妖精ちゃんが最後にほのめかした『貢献度に応じた報酬』には興味をひかれたようで、目的は違えど皆がイベントに向けて動き出す。


俺達も、三人で少し会議をする事にした。とは言っても、こんな人がごった返している場所でやる訳にもいかないので、プライベートスペースが確保できる宿屋に行く。

「すいません。部屋を貸してください」

「はいよ！　何人だい？」

部屋を取りに宿屋へ向かうと、恰幅のいいおばちゃんが対応してくれた。

来週のイベント次第では、このおばちゃんも死んでしまうかもしれない。

「三人で。あ、一部屋で大丈夫です」

「じゃあちょいと大き目の部屋だね！　三千トランだよ！」

「分かりました」

おばちゃんに三千トランを払い、指定された部屋に行く。

「おぉー！　中は結構綺麗だな！」

「おおっ！　見ろトーカ！　ベッドがふかふかだぞ！」

「確かに綺麗だな。そしてカレット、年甲斐もなくベッドで跳ねるな」

「えぇー」

ベッドでぴょんぴょん跳ねるカレットを窘めてから改めて内装を見渡す。

大き目のベッドが一つとそれより小さなベッドが一つ。

小さな丸テーブルに椅子が三つあるだけ、家族用の部屋といった感じのシンプルな作りだが、リクルスの言うとおり綺麗に整えられている。ベッドも確かに跳ねたくなるくらいフカフカだ。

この宿も失われるかもしれない。

先ほどの話を聞いてから、そんな考えがチラついて仕方がない。つくづく、悪趣味な運営だ。

「あんまり使う機会とか無いだろうけど、結構凝ってるな」

「ほら、あれじゃないか？　寝落ち用」

「あぁ、なるほど」

寝落ちと言うのは、『ゲーム内で睡眠状態になると十分後に自動的にログアウトされる』というシステムを利用して、現実に戻らずにゲーム内で寝て現実で起きる行為の事だ。

寝落ち専用の『世界の寝床ＶＲ』なんて物もあるらしい。

「それで、イベントが来る前にやっておきたいことがあって」

「なんだ？」

「俺とリクルスはいいとして、カレットの装備を更新しないか？　せめて武器だけでも」

現在カレットが装備しているのは未だに初期装備の『初心者の杖』だ。

店売りの装備もあるにはあるが、性能が大して変わらないので更新していない。

初期装備は性能が低い分損耗しないから手入れがいらないという利点もあって、カレットは初期装備を使い続けている。だが、敵も強くなっていくしそろそろ厳しくなってくるだろう。

「リクルスは『鉄の剣＋３』があるからまだいいとしても、流石にカレットだけ初期装備ってのも可哀想だろ？」

「むぅ。確かにそろそろ火力不足が否めなくなってきたしな……ここらで新しくしておきたいとは思うが、アテはあるのか？　店売りのちょっとだけ強い杖を買うくらいならこのままでいいぞ？」

「あぁ、それについては一応心当たりがある」

心当たりと言うのは、もちろんメイの事だ。

初日に採取談義で仲良くなった彼女はあれからもしっかりと生産道を突き進んでおり、生産系を幅広く手掛けるオールラウンダーとして一線で活躍している。

中でも、彼女の作るポーションは類は品質がいいともっぱらの噂だ。

俺も『調合』を持っているので試したことがあるが、ルガンの店で買える物より低い回復量の物しか作れなかった。ちなみに、店売りのポーションの一部はカノンが作っているらしい。すごい。

ただ、メイは意外にも人見知りらしく、匿名でポーションを売っているので謎の生産者として実は結構話題にもなっていたりする。俺がその匿名ポーション職人がメイだと知っているのは、彼女から直接聞いたからだ。

彼女は戦闘系ジョブを取っていないらしく、時々採取の手伝い【護衛】を頼まれるのだが、その時に教えてもらったのだ。ちなみに、報酬はメイ印のポーション。回復量が多く重宝している。

そんなメイにとって、大規模戦闘が予想されるこのタイミングは書き入れ時のはずだ。

そんなタイミングで杖の制作をお願いするのは気が引けるのだが……。

「心当たりって……メイか？」

「あぁ、そうだ。ただ今依頼していいものか少し悩ましくてな……」

俺が言うと、二人も意味を察した用で「あぁ～」とうなずく。

その後も、少し話したがいい案は出なかった。三人寄れば……とはいかなかった。

結局、依頼出来るかどうかだけでも聞いてみてダメそうなら諦めようということになった。

フレンド欄から確認すると、メイもちょうどログインしている様なので、代表して俺がメッセージを飛ばす事になった。数分で返事があり、『詳しく話がしたい』との事なので、本来ならこちらから出向くべきなのだろうがプライベートスペースという事もありこちらに来てもらう事になった。

「どうだった？」

「一応、話は聞いてくれるってさ。宿屋の場所は教えたから少ししたら来てくれるはず」

「おお！　良かった！」

カレットが心底嬉しそうにガッツポーズを決める。

喜んでる所悪いが、まだ受けてくれると決まった訳じゃないぞ。

カレットをなだめていると、着いたという連絡と共に、コンコンコンと扉がノックされた。

「あれ？　もう着いたのか。早いな」

「えっと、実は生産用に借りてる宿がここなんだ」

なんと、メイもこの宿を借りていたらしい。

◇◇◇◇

「メッセージで言った件なんだけど」

「頼みたい事があるけど大丈夫か？　ってやつだよね？」

「あぁ。それで、頼みってのがカレットの杖を作って欲しいんだ」

そう言って、カレットを指さす。

するとカレットがインベントリから『初心者の杖』を取り出し続きを伝える。

「私が今使ってるのがこれなんだが……」

「えっと……って初心者装備!?」

カレットの武器を見てメイが驚きの声を上げる。

「レ、レベルは……？」

「ついさっき16になったばっかりだ」

「それでまだ初心者装備使ってるの⁉」

メイが再び驚愕の声を上げる。

部屋の中なので外に音は漏れない仕様でよかった。結構な大声だったぞ。

「あぁ。替えようとは思ってるんだが、店売りのだとあまり性能が変わらないのでな……」

「そりゃあ店売りのはね……店売りのは間に合わせ用のでメインにする性能じゃないからね」

と、そこまで言ってメイは何かを察したようだ。

「えっと、普通は素材集めてＮＰＣでもプレイヤーでも生産職の人に作ってもらうんだよ？　言ってくれればすぐに作ったのに」

「なんと⁉　そういえば職人たちのいるエリアは一回散策しただけだったな。その時に替えようとはしたが、お金が足りなくてな……」

「ってことは、お願い出来るか？」

瞳から光を消して消え入るような声で呟くカレットに代わって俺が言葉を引き継ぐ。

「もちろん！　ボクに任せて！　……って、言いたい所なんだけど……」

メイが薄い胸を叩いた後に、急激に声のトーンを落とす。

勢いで引き受けたはいいが、重要な何かを思い出した。と言った感じだ。

「あー、やっぱり今は厳しい感じか？」

「いやいや！　そんな事は無いんだけど、素材切れで……」

「なんだ。それぐらいなら俺達で採ってくるぞ。何が必要なんだ？」

「洞窟で採取出来る鉄鉱石が足りなくてね……杖だから、最悪無くても大丈夫なんだけど。そうすると強度が下がっちゃうんだよね」

《ＥＢＯ》の武器には、目に見える数値での耐久値というものは設定されていない。

ただし、使い込んでいくと武器に傷が入ったり刃毀れしたりなど、外見に変化が現れる。

その段階で手入れすればいいのだが、無茶して使い続けると武器が壊れてしまう。

初心者装備は壊れない設定になっているので手入れなしで使い続ける事が出来るが、やはり初期武器の定めとして今のカレットのように火力不足に頭を悩ませる事になる。

ちなみにだが、俺の使っている亀甲棍は高耐久の大亀からのドロップアイテムだからか、まだまだ大丈夫なようだ。まぁ、最近あまり使ってないと言うのもあるかもしれないが。

「あちゃー。鉄鉱石かぁ。俺達は採取して来なかったな」

「ここでサッと出せればカッコよかったのにな……」

リクルスとカレットが、つい先程洞窟に行ったばかりということもあって落ち込んでいた。

確かに、タイミングが悪かったな。早めに聞いとけばよかった。

「今日はもうダメだが……明日にでも採りに行くか」

「おおっ！　流石トーカ！　私が今言おうとしてた事をさらっと言った！　行くぞ行くぞぉ！」

「よっしゃ！　イベントに備えてのレベル上げも兼ねて洞窟行くぜ！」

俺がそう言うと、二人もすぐに乗ってきた。

特にカレットのやる気が凄かった。まぁ、自分の武器の為だしやる気も出るよな。

「あっ！　じゃあボクもついて行っていいかな？」

「それは構わないが……いいのか？」

確か、メイは生粋の生産職でジョブは錬金術師と蒐集家だったはずだ。

一応、洞窟は遺跡に次いで見つかっている内の二番目に高難度な場所なのだが……。

「むしろこっちからお願いしたいくらいだよ。ボクは蒐集家だからね。戦闘じゃお荷物だけど採取効率はいいんだよ」

「そう言えばそうだったな。なら、俺たちはメイが採掘してる間の護衛って感じになるのか」

「おおっ護衛か！　何だか面白そうになってきたな」

「リクルス、今日は行かないから武器しまえ」

「へーい」

「カレットも杖構えるな。ここで魔法使ったら大変な事になるから」

「流石に町中じゃ使わないぞ⁉」

興奮する二人を抑えながら、メイと日程の打ち合わせをする。

結果、明日の午後七時からという事になったので、テンションがハイになってる二人を落ち着かせるためにデコピンをしてからそれを伝える。

「なぬっ⁉　今日行かないのか？」
「えっ？　明日なの⁉」
「だから話を聞けと……」
その後、少し雑談してから解散となった。採取談義がまたしても盛り上がってしまった。
その間、リクルスとカレットは暇そうにベッドの上でゴロゴロとしていた。
そろそろいい時間だし、明日は学校だからと、眠そうにし始めた二人をログアウトさせようとする。するとリクルスが「ハイッ！」と挙手をしてカレットが面白そうに「はい、リクルス君」と指名した。眠そうな顔は一気に吹っ飛んでいた。元気だな……。
「何してんだお前ら……」
「せっかく宿屋に泊まった事だし、寝落ちに挑戦してみませんか⁉」
寝落ちか……確かに面白そうではあるが。
「明日の準備は？」
シュン（リクルスがログアウトする音）
シュン（カレットがログアウトする音）
〜〜〜〜♪（呆然としている間に流れるＢＧＭ）
ティウン（カレットがログインする音）
ティウン（数秒遅れでリクルスがログインする音）
「「してある！」」

「今してきたな？」

急にログアウトして戻ってきて、何してきたんだと思ったら……そんなに寝落ちしたいのか。

俺？　俺は「もういつでも寝れる」って状態にしてからログインしてるから大丈夫だ。

「まぁいいか。で、ベッドはどうすんだ？」

「あっ」

「？」

幼馴染とはいえ、同じ部屋ならまだしも同じベッドで寝る訳にもいかないだろう。

何故かカレットが頭に『？』を浮かべているが、お前が一番そういうのは警戒しろと言いたい。

「私は別に同じベッドでも構わないぞ？」

「カレット……いくら幼馴染とはいえ流石にそれはダメだろ」

「仮にも年頃の女の子がそういう事簡単に言うもんじゃないぞ」

今回は珍しくリクルスもこっち側《なだめる側》に付いた様だ。

流石に、リクルスにも最低限の判別は付くようだな。

「なんか酷いこと言われた気がするんだが」

「きのせいキノセイ」

そんなやり取りをしていると、カレットが不思議そうに首を傾げる。

「別に大丈夫だろう。この前も一緒に寝たじゃないか」

「何年前の話だよそれ……」

「小二の頃のお泊まりの時の話だが？」

ダメだコイツ。早くなんとかしないと……幼馴染とは言え多少の警戒心は持ってもいいんだぞ？

まぁカレット《明楽》相手に変な事しようとか考えた事も無いけど。

結局、女子を小さなベッドに追いやって野郎二人で一緒に寝るとか言う、ある意味一番危険な行動に出る訳にもいかずに、俺が「普通に現実《あっち》で寝るからお前らがベッド一個ずつ使え」と言ってログアウトしようとする。

すると、やるなら三人が良かったのかリクルスもログアウトすると言い出し、カレットも一人は嫌だということでログアウトすると言い出した。

結局、寝落ちの話は今度もっと広い部屋でという事に落ち着き、三人ともログアウトしたのだった。

第四章　ヒャッハー洞窟へ往く

翌日。約束の時間に集合した俺達は、昨日も訪れた洞窟に向かう。

その途中、リクルスが「少し先行って確認してくる！」と言って駆け出して行ったので、手ごろなサイズの岩に腰掛け、リクルスを待ちながら休憩する事になった。

「そう言えば、メイってレベル何なんだ？　あぁ、言いたくなかったら言わなくていいぞ」

「別に大丈夫。確か……この前22になったばっかりだったはず」

休憩中にふと気になりメイにレベルを訊ねてみる。

すると、記憶だけでは不安だったのかステータスを確認しながらメイが教えてくれた。

22って、すごい高いな。初日からいろいろやった俺より高いぞ。

「メイは戦闘が苦手なんだろう？　なんでそんなにレベルが高いんだ？」

「生産でも経験値は貰えるんだよ。生産ばっかやってたからレベルだけは高いんだ。レベルが上がってステータスが増えると、もっと質の良い物が作れるようになるから。それが楽しくて」

エヘへ、と笑いながら高レベルのカラクリを教えてくれる。

へぇ、生産でもレベルって上がるのか。

「じゃあ私の杖も凄いのを作ってくれるのか⁉」

「運要素もあるから断言は出来ないけど、努力はするよ」

「頼もしいな！」

「カレット。盛り上がるのもいいけど、あんまりプレッシャーかけすぎるなよ？」

カレットは自分の武器を新調出来ることが相当嬉しいらしく、先程からテンションが高めだ。

無いとは思うが、万が一の時にカレットがメイに強く当たらない様に釘を刺しておかないとな。

「おーい！　見えてきたぞー！」

俺達が後方で話していると先に様子見をしに行ったリクルスが帰ってきた様だ。

滅多にいないが、極たまに洞窟の近くに大きなクマが居ることがあるのだ。

そのクマはフィールドボスの【ロックゴーレム】と同等以上と目される程に強く、大亀や大兎なんて目じゃないほどの戦闘力を誇っている。初めて洞窟に行った時に見事に出くわしてしまい、なんとかＨＰの二割を削るもジリ貧で撤退を余儀なくされてしまった。

そんな苦い思い出があるので、洞窟に行く際には一番足が速いリクルスが先行し、確認しに行くのが恒例になっているのだ。今のところ、初回以外では遭遇していないが。

「その調子じゃ大丈夫そうか？」

「あぁ、クマは居なかったぞ」

そのまま、リクルスの先導で洞窟へ向かっていく。

段々と足場が草原から岩肌に変わっていくのを靴底で感じながら歩くこと数分。

洞窟の入口に辿り着いた。

「うわ～、おっき～」

メイが洞窟の入口を見て感嘆の声をあげる。

入口は軽く高さ三メートルはあるのだが、中に入ればすぐに暗闇になる。

そのため、『暗視』か光源はほぼ必須だ。スキルレベルを上げるため、危険の少ない入り口付近では極力スキルの方を使うようにしている。

「メイは来たこと無いのか？」

「こっちは初めてかな。ボクは戦闘出来ないからね、いつも『浅い方』で採取してるんだ」

今のメイの発言からも分かるだろうが洞窟はこの一箇所だけじゃない。

今俺達が来ている方は、出てくるモンスターが強く中も広い。その代わり採れる素材も多かったり質が良かったりする。一方、メイがいつも行っているという「浅い方」は、比較的弱いモンスターしか出ず、そこまで広くない代わりに採取ポイントなどが少なく、あまり量は採れない。

「じゃあ初チャレンジか！　そういう事なら安心しろ！　しっかり守ってやる！」

「リクルスの言う通りだ！　私の『火魔法』が火を噴くぞー！」

無駄にテンションが高い二人を、戦闘に支障が無い程度に落ち着かせてから洞窟へ踏み込む。

まだ一歩しか踏み込んでいないというのに、空気がガラッと変わり、洞窟特有のひんやりとした風が肌を撫でる。

「メイ、『暗視』は？」

「浅い方には結構行くからね。一応、持ってるよ」

「なら多少は大丈夫か」

洞窟内は最悪『暗視』や光源が無くても、うっすらとは見える仕様になっているので、レベル1でも『暗視』があれば、暗いことは暗いが何とかなる。

なので、リクルスとカレットの二人にもしっかりと暗視を取ってもらった。

初めて洞窟に入った時は『暗視』を習得するまで大変だったな……。

何かにつけてリクルスとカレットがギャーギャー騒ぐせいで敵が集まって来る上に視界が悪いので、必死に逃げ回っていた。苦い思い出だ。

洞窟内を少し進むと、外からの光が無くなり視界が急激に暗くなる。

「二人とも大丈夫か？」

「おう、普通に戦う分には平気だぜ」

「私も大丈夫だぞ」

「リクルスは『索敵』持ってたよな。使っといてくれ。カレットもいつでも魔法撃てる様に」

「りょーかい」

「いつでも大丈夫だぞ」

二人に軽く指示を出しながら奥へ進んで行く。

今回のメインの目的は鉄鉱石の採取なので、出来るだけ戦闘は避けていく方針だ。

レベル上げもしたいし、そこまでガッツリ避けていく訳ではないが。

「お、近くにいるぞ。数は……三だから、狼だな」

一定範囲内の敵を察知する『索敵』スキルに反応があった様で、リクルスが立ち止まる。

そのままゆっくりと進んでいくと、道の向こう側から黒い狼……《ケイブ・ウルフ》、通称洞窟狼が三匹飛び出してくる。気付かず進んでいたら奇襲されるところだった。

「メイは後ろに！　カレットは真ん中と左に魔法！　リクルスは右を牽制！」

「「了解！」」

「わ、わかった！」

メイはすぐに俺の後ろに隠れ、リクルスが右の洞窟狼に向かっていく。

俺は『鼓舞』を発動し、カレットに【マジックアップ】、リクルスに【アタックアップ】を掛ける。

「【ファイアボール】！　【ウィンドボール】！」

カレットの放った【ファイアボール】が真ん中の、【ウィンドボール】が左の洞窟狼に命中し、それぞれのＨＰを二割ほど削る。

「すまん！　二割しか削れなかった」

「大丈夫だ、どっちも怯んでる内に片方を仕留めろ！」

「了解した！　【ファイアランス】！　【ウィンドランス】！」

【ファイアボール】を受け、若干ＨＰの減りが多い方の洞窟狼にカレットがスキルレベル３で使用可能になるランス系の魔法の【ファイアランス】と【ウィンドランス】を放つ。

『グルァッ!?』

炎の槍に貫かれた直後に風の槍の追い討ちを食らった洞窟狼は、悲鳴を上げて吹き飛ばされる。

狭い洞窟内で吹き飛ばされればどうなるか、答えは単純。

『グガッ⁉』

壁に勢い良く打ち付けられた洞窟狼は、その衝撃によってほんの少しだけ残っていたＨＰが尽き、光の粒となって溶け消えてく。その際に洞窟内を照らしてくれたりはしない。

一方のリクルスはというと、飛びかかってきた洞窟狼の攻撃を難無く回避し、着地した直後の洞窟狼に急接近し、首を狙って回し蹴りを叩き込んでいた。

アイツもそろそろ『非道』くらい取ってもいいと思うけどな……。

『グルァッ⁉』

リクルスに蹴り飛ばされた洞窟狼は空中で体勢を整え、着地後すぐに飛びかかろうとする。

しかし、リクルスがいつの間にか抜いていた剣で切りつける方が速かった。

「遅い遅いィ！」

『グガァッ、グル……グラァッ！』

しかし、野生の根性か洞窟狼は切りつけられても怯まずにリクルスに体当たりをかます。

切りつけた直後で体勢が不安定だったリクルスは、いとも簡単に吹き飛ばされてしまう。

「やべっ！」

「【ファイアボール】！」

「カレットナイス！【ヒール】！」

地面に転がったリクルスに、洞窟狼が追撃しようと駆け寄る。

しかし、カレットの【ファイアボール】によって行く手を阻まれ、失敗に終わった。

俺は、カレットが【ファイアボール】を撃った直後にリクルスに【ヒール】を発動する。

リクルスは「当たらなければ痛くない」派の人間なので、前衛をしているのにHPにSPを振っていない。そのせいで洞窟狼の体当たり一発でHPの三割を持っていかれるが、同様の理由で俺の【ヒール】一回でHPが全回復する。

「さんきゅっ！」

HPが回復するや否や洞窟狼目掛けてリクルスが駆け出す。不意打ちの【ファイアボール】で怯んでいた洞窟狼の、残り少ないHPを剣でしっかりと刈り取る。

「一匹ィ！」

「分かったからラスト行け！」

「余韻に浸らせろよぉ！」

カレットに遠距離からちょこまか魔法を撃たれ、そちらに意識が向いていた最後の洞窟狼は駆け寄ってくるリクルスに気付かない。

気付かれずに至近距離まで近付いたリクルスは、洞窟狼の胴体を剣で突き刺す。

『グガァッ!?』

突然の衝撃に身を捩り、既に飛び退いたリクルスの方に顔を向ける。

その直後、洞窟狼は真正面から飛来した【ファイアランス】に貫かれ、その命を散らした。

「「いぇーい！」」

「二人ともお疲れさん。メイも平気だったか？」

「うん、大丈夫。それより、三人とも凄いね！」

戦闘が終わり、リクルスとカレットがハイタッチでお互いを労う。

さらに、俺にも両手を構えジリジリと迫ってくるので、ハイタッチを返す。

メイも興奮した様子で両手をバタバタ振っていて、リクルスとカレットも得意気だ。

ようやくこの二人の連携も様になってきて、戦闘がだいぶ楽になった。

しかし、新たな懸念点は発生していた。

「リクルス。そろそろＨＰにポイント振った方がいいんじゃないか？」

「トーカの言う通りだ。リクルスがやられたら一気にパーティーが瓦解してしまうぞ」

「それは……さっさぁ！　素材集め再開するぞ！」

逃げる様に前に進み始めたリクルスには、後でしっかり話をしようと心に決めて跡を追う。

その後、オオカミの群れとの戦闘を三回ほど行った所でカレットのレベルが上がった様だ。

「おっ、レベル上がったぞ」

「おめっとさん」

リクルスは追い付かれた事が少し悔しかったのか、いつもより投げやりな返事だ。

リクルスは昔から悔しいとあからさまに態度に出るからな。

そんなリクルスの態度をカレットと二人でニヤニヤしながら眺める。

「あっ！　ここで採掘出来そう」

そんなやり取りをしていると、メイが採掘ポイントを発見したようだ。

「おっ、そうか。じゃあメイは採掘頼む。俺達は見張りでもやってるよ」

「ありがとう！」

メイがインベントリからツルハシを取り出し、採掘を始める。

すると当然、カーン！　カーン！　と音が響き渡る訳で。メイの様子から『浅い方』では採掘音にモンスターが反応する事はなかった様だが、ここではそうも言ってられない。

『グロロロ……』

「来たぞ！」

「分かってる！」

「メイは採掘続けてくれ！」

「えっ？　あ、ごめん！　わかった！」

音に反応して寄ってきたのは、洞窟の暗闇に紛れるような暗灰色の身体を持つ大きなトカゲ。

単体の戦闘力は洞窟内最強と名高いモンスター《ケイブ・リザード》だった。

「【マジックアップ】！　【アタックアップ】！　【ディフェンスアップ】！」

《ケイブ・リザード》との戦闘に備え、カレットに【マジックアップ】リクルスに【アタックアップ】と【ディフェンスアップ】を掛ける。二人も臨戦態勢に入り敵を見据える。

そしてリクルスがいざ駆け出そうとした瞬間！　《ケイブ・リザード》が、勢い良く逃げだした。

「「「えっ？」」」

◇◇◇◇

あまりに突然の事で、三人とも呆気にとられ逃げていく《ケイブ・リザード》の後ろ姿を見送るしか出来なかった。カーンカーンという採掘音だけが変わらずに鳴り響いている。

「な、なんで逃げだしたんだ……？」

「分からん……」

どういう事だ？　敵が逃げ出すことなんて、今まで一度も無かったぞ？

ズンッ！　ズンッ！

《ケイブ・リザード》に逃げられるという異常事態に困惑していると、今まで聞いたことの無い重い音が洞窟内に響き渡る。それに合わせて、微かな振動が足裏に伝わってくる。

「なんだ、これ……？」

「分からん……けど、近付いてきてる。足音、なのか？」

リクルスの言う通り、重い音は段々とこちらに近付いてくる。

断続的に響いてくる音は、確かに足音のようにも思える。

だとしたら……どんなデカさの化け物なんだ？

接近してくる大きな足音に、メイも採掘を中断しこちらへ来る。

音の聞こえてくる方向からメイを庇う様に立ち、洞窟の闇に目を凝らす。

だが、一向になにも見えてこない。ただ、足音だけが近付いてくる。

「一体何なんだこれは⁉」

「分からん。警戒しとけ」

カレットが堪えかねたように声を荒げる。しかし、分からない以上そう返すしかない。

カレットもそれは分かっているのだろう。ただ、言わずにはいられなかったといった様子だ。

「ん？　……なぁ。あんな所に、岩なんてあったか？」

リクルスがそう言って指さした場所には、確かに先程まで無かったはずの岩が鎮座していた。

否、鎮座と言うのは語弊があるか。その岩は、微かに動いているのだから。

「なんだ……あれ」

「分からない。けど、すっごい嫌な予感がする」

「奇遇だな私もだ」

「ボ、ボクもなんか嫌な予感が……」

凄まじい嫌な予感に駆られ、撤退しようと後ずさった瞬間。

『グロアアアァアァァアァアアァアァアァァアァアァッ！』

岩が、岩を身にまとったナニカが、咆哮をあげる。

ビリビリと空気が震え洞窟全体が軋む音が響き渡り、天井からパラパラと小石が降る。

「や、やばくないか？」

リクルスが言葉を漏らし、カレットとメイの二人がコクコクと頷く。

「やばいのは分かるが……あちらさんは、逃がしてはくれなさそうだぞ」

岩を纏ったソイツは、油断のない鋭い視線でこちらを睨み付けてきている。

少しでも隙を見せたら、そこで終わりだろう。そう思わせる程の威圧感を、ソイツは放っていた。

「メイ！　レベル見えるか!?」

《ＥＢＯ》では、モンスターにも個々にレベルが設定されている。そして、プレイヤーと同じでレベルが高いほど強い。

例を挙げれば、角ウサギは1～5でイノシシは5～8。大兎と大亀はどちらも25だった。

そして、そのレベルはまれに見えなくなっていることがある。

それは、たまたまそういう個体だったり、レベルが設定されていないイベントの敵だったり。

あるいは、レベル差が離れすぎている場合。

「ごめん！　私、これでも『鑑定Ｌｖ：４』なんだけど、それでも見えない！」

『鑑定』とは、入手前のアイテムの詳細を確認できたり、こういった秘匿されている情報を確認することが出来るスキルだ。だが、この中で一番レベルの高いメイの『鑑定Ｌｖ：４』で見えないとなると、相当な強敵だ。相当気合い入れないとヤバイな。

それでも勝てるかは分からないが、だからと言ってあきらめる理由にはならない。

「二人とも、本気で行くぞ」

「おうっ！」

「了解だ！」

メイには後方へ避難してもらい、相手を観察する。

全体のフォルムとしては、先程逃げていった《ケイブ・リザード》と似ている。

ただ、その体はゴツゴツとした岩石で覆われていて、斬撃では大したダメージにならないだろう。

名前は《ロック・リザード》。岩蜥蜴《いわとかげ》か。そのままなネーミングだな。

さらに、《ケイブ・リザード》と比べても二回り以上は大きい。

《ケイブ・リザード》の時点で大型犬程の大きさはあったが、コイツはその比じゃない。

自動車ほどもあるその巨躯には、踏まれただけでアウトだろう。

そして岩蜥蜴からは洞窟蜥蜴が逃げ出すのも仕方ないだろうと思わせる程の、肌がピリつくような恐ろしいまでの威圧感が吹き荒れている。

「リクルス。多分だけど、斬撃じゃダメージ通らないと思う。籠手で行ってくれ。あと、一撃離脱《ヒット&アウェイ》厳守。間違いなくお前じゃ耐えられない」

「分かった」

「カレットはメイの近くで遠距離攻撃。あんまりヘイトを稼ぎすぎないように」

「了解だ」

今回は俺も前衛で行こうと思っている。

武器がメイスなので、後ろで支援しているだけよりもそちらの方がいいだろうという判断だ。

忘れずに『鼓舞』を発動し、自身に【マジックアップ】、【アタックアップ】、【ディフェンスアップ】、【アジリティアップ】をかける。

「おっ！　トーカも来るか！」

「あぁ、今回ばかりは俺も前に出た方が良さそうだ」

リクルスは装備した籠手をガンッ！　と打ち鳴らし、気合い充分の様だ。

なので、リクルスには俺が『隠密』を使う際のおと……ゲフンゲフン陽動の為にあえて大声を出してもらう事にした。

「いよっしゃぁぁぁ！　来いや岩蜥蜴ッ！！！」

リクルスが先手必勝とばかりに岩蜥蜴に向かって叫びながら特攻を仕掛ける。

「無駄に元気だな」

俺が頼んだからと言うのもあるだろうが、岩蜥蜴が放つ威圧感に気圧されないようにという気持ちも大きいだろう。それほど、アイツが放つ威圧感は強大だった。

ガギィン！

「硬ってぇぇぇ！」

硬質な音を響かせながら、籠手で思いっきり岩蜥蜴を殴りつけたリクルスが叫び声をあげる。

HPはろくに減っていないが、大声と先制攻撃のおかげもありしっかり岩蜥蜴の注意はリクルスに引き付けられた様だ。

カレットとメイは後方にいるし、俺は『隠密』を発動しているため、わずかな注目でも完全に意識を引き付けることが出来たのだろう。

『グロロロッ！』

岩蜥蜴が、石臼をするような鈍い咆哮をあげながらリクルスに向き直る。

「【ロックバッシュ】！」

その隙に、岩蜥蜴の左後脚の、人間で言うスネ辺りに亀甲棍を叩きつける。

【ロックバッシュ】は『棍術Lv：4』で使用可能になるアーツで、威力自体は【インパクトショット】よりも少し劣るが、その代わりに『岩石特効』という効果を持っている。

この効果によって、岩石系のモンスターや破壊可能オブジェクトで『岩石属性』を持っているものに限りその威力は【インパクトショット】を凌駕する。

バフに、『一撃粉砕』、『不意打ち』、『外道』、『ジャイアントキリング』、極め付けに【ロックバッシュ】の『岩石特効』の効果もあり、相当な威力を叩き出したはずだが、岩蜥蜴のＨＰは一割程しか減っていなかった。

天然の装甲とでも言うべき岩蜥蜴の岩石のような外皮は砕けているが、それだけだ。

普通なら、これだけの強敵相手に一撃でここまでのダメージを叩き出せれば十分な成果なのだろう。

だが、普段のダメージ量からみると絶望的に少ない。

「ヤバイな、今のでこれしか減らないのか……」

予想外の一撃を食らった岩蜥蜴は、リクルスに定めていた狙いを俺に変更し、岩石が連なったような硬そうな尾をしならせながらこちらに向き直る。

『グロロ……』

『隠密』を発動し戦線離脱を試みる。だが、岩蜥蜴の水晶の様な無機質な瞳が俺を見失うことはなく、視線がぴったりと張り付いてくる。

『グロロ、グロッ！』

岩蜥蜴が突進しようと足に力を入れ、岩蜥蜴の足元が放射状に砕ける。

そして、飛び出そうとした瞬間。

『グロロッ⁉』

足元で小規模な爆発が起こり、岩蜥蜴は体勢を崩す。

カレットが【ファイアボール】でフォローを入れてくれたのだ。

完全な不意打ちの上、今まさに飛び出そうとした瞬間に足元を崩された岩蜥蜴は、上手く飛び出せずその巨体を転倒させる。

「助かった！」

初日には味方にしか飛ばなかったカレットの魔法が、ここまで成長するとは……場違いな感動に浸りつつ、岩蜥蜴から距離を取る。

「シャオラッ！」

『グロオォオァッ⁉』

その隙に、俺と入れ替わるようにリクルスが先程【ロックバッシュ】を叩き付けた位置に正確に拳を叩き込む。流石に、傷口を殴られるのは堪えられないのか、岩蜥蜴は悲鳴を上げて、体を震わす。

その瞬間を狙い、左前脚の肘に当たる部分に【インパクトショット】を叩き下ろす。

『不意打ち』と『外道』がしっかりと発動し、少量だが確かに目に見える量のＨＰを削る。

『グロロロッ⁉』

「【ファイアランス】！　【ウィンドランス】！」『グロァッ！』「だらしゃぁぁぁぁ！」『グロロォッ！』「【ハイスマッシュ】！」『グロラァッ！』「【ファイアボール】！」『グロァッ！』「【ロックバッシュ】！」『グログァッ！』「【掌打《しょうだ》】！」『グロォオォッ！』

その後も、岩蜥蜴が起き上がろうとするたびに三人のうちの誰かしらが必ず妨害し、決して起き上がらせないように全力を尽くす。

コイツに自由に動かれたらまずいと、言葉にするまでもなく全員が理解していた。

そんな攻防が十分近く続いたあたりで、岩蜥蜴が憤怒に満ちた叫び声をあげる。

『グロォオォアァアアアッァアァアァアァアッ！！！』

行動を悉く邪魔されたらキレるのは誰だって同じだ。その妨害が、暴力によって行われたのならなおさら。

岩蜥蜴は、叫び声をあげた次の瞬間に転がり始めた。

転がる。

それは、実に単純な攻撃だ。だが、自動車ほどもある岩蜥蜴の巨体と質量でそんなことをやられると、厄介極まりない。危うく轢かれそうになりながらもなんとか回避する。

リクルスも似たような状況だったが、あちらは軽戦士の身軽さを活かし、危なげなく回避する。

俺達邪魔者がいなくなったのを見計らって岩蜥蜴が起き上がる。

その際に何発かカレットの魔法が飛んでいったが、小攻撃ではやはり起き上がる瞬間を狙って潰さなければダメらしく、岩蜥蜴はまるで意に介していない。

「ちょっと、コイツ強すぎない？」

「それは俺も思ってるから。なんだコイツ。タフすぎるだろ」

リクルスが愚痴るのも分かる。

何せこの攻防で与えられたダメージは、全体の三割程。岩蜥蜴のＨＰは未だに半分以上残っている。

岩蜥蜴に与えられた耐久力から見れば、この段階でこれだけ削れているのは賞賛に値するレベルだ。

だが、今まさに戦闘のさなかにいる三人からすれば、まだ半分以上も残っているというのは絶望的な状況に他ならない。

甘く見積もっても、この攻防をあと二回しなければ岩蜥蜴は倒せない。

神経を磨り減らすような攻防をあと二回。そんな馬鹿げた耐久力に、愚痴りたくもなる。

「どっかに弱点は無いのかよ……！」

「あるといい……よ、な？」

いや。ある。最初からの弱点と言う訳ではないが、弱点になりうる箇所が確かに存在する。

「リクルス。アイツへの攻撃は、出来る限り左側を狙え」

「なん……あぁ、そゆこと」

リクルスも理解したようだ。ついでに、カレットにも左側を狙うように指示を出す。

今の岩蜥蜴は、前後の左脚に俺渾身の一撃を受けた状態だ。

特に後脚はダメージが大きく、加えてリクルスの追撃も決まっている。

左半身へのダメージは相当なものだろう。

その証拠に、岩蜥蜴の重心は少し左側に偏っている。

これは、右側ほどしっかりと体を支えられていないからだろう。

「そういやトーカ、『咆哮』ってどんなスキルだ？」

「『咆哮』取れたのか？」

「あぁ、さっきな」

これはいいぞ。早速次からは『咆哮』も使う様にと言い足し、それ以外は先程と同じ方法で行くと二人にも伝える。狙うのは、もちろん左側だ。

「ウォォォォォォォォォォォォォォォォォォォォォォォォォォォォォォッ！」

『グロォォォォォォォォォォォォォォォォォォォォォォォォォォォォォッ！』

リクルスが『咆哮』によって先程よりも大きな雄叫びをあげながら岩蜥蜴に突撃する。

先程と全く同じ方法だが、岩蜥蜴も傷がある箇所を狙われている以上、無視する訳にもいかないようで、咆哮をあげて迎え撃つ。

「【ファイアボール】！」

そして咆哮をあげる際に開けていた口に、カレットが【ファイアボール】を投げ入れる。

打ち合わせに無いアドリブの動きだが、初期の頃の様にリクルスの背中に誤爆するということも無く、『スポッ』と擬音が聞こえそうな程綺麗に、岩蜥蜴の口に【ファイアボール】が入っていく。

『グロォッ!?』

突然口内に飛び込んできた異物に、岩蜥蜴は驚き仰け反る。

「今がチャンス！　【鎧砕《がいさい》】ッ！」

その隙を見逃さず、リクルスが岩蜥蜴の鼻っ面に拳を打ち込む。

ガシャァン！　と言う衝撃音と共に、岩蜥蜴のＨＰバーの上に盾が砕ける様なアイコンが現れる。

『体術Ｌｖ：３』で使用可能になる【鎧砕】の追加効果である『防御力低下《ＶＩＴ》』が発動した証だ。

「なんで鼻っ面に行った⁉　が、ナイス判断だ！」

鼻っ面を強打された事で岩蜥蜴が一瞬怯み、そのタイミングでリクルスが飛び退く。

そして、ちょうどリクルスと入れ替わる形で岩蜥蜴の懐に入り込んだ俺は、左後脚の先程と全く同じ位置に二度目の【ロックバッシュ】をお見舞いする。

『一撃粉砕』の効果は乗らないが、それでも蓄積されたダメージもあり、一部位に与えるダメージとしては充分だった様だ。

ベギボギンッ！　と言う、怖気だつような音と共に、岩蜥蜴の左後脚が砕ける。

「一本！」

戦果を叫びながら撤退する俺のすぐ横を通り抜けていったカレットの【ウィンドランス】が、岩蜥蜴の左前脚の傷口に突き刺さり、岩石のような皮膚に守られていた肉を抉る。

『グロロガァッ⁉』

堪らず雄叫びをあげた岩蜥蜴のＨＰは、今ので一割弱、これまでとの合計でギリギリ半分ほど削れていた。

岩蜥蜴は、砕かれた左後脚を鬱陶しげに引き摺りながらこちらに向かってガリガリ、ガリガリと岩同士が擦れる音と共に一歩一歩近付いてくる。下手なホラーより怖ぇ！

『グロッグロロッ！』

左後脚を砕かれたのは流石に頭に来たのか、唸り声に怒りがこもっているような気がする。

あまりの耐久力に、リクルスが「うっへぇ……」と呻いているが、正直俺も「うっへぇ……」と言いたい気分だ。

「アイツ、硬すぎるだろ……」

「口に出すと辛くなるから思ってても言うなよ」

「分かってるけどさぁ……」

『グロロロッ！　グロガァッ！』

一拍置いて、岩蜥蜴が轟音を立てながら突進してくる。脚一本分最初よりも動きは遅いが、それでも巨体というだけで、一歩の距離が違う。

リクルスと俺が慌てて飛び退くと、数秒前までいた場所に岩蜥蜴の巨体が突き刺さっていた。

「のわっ⁉」

顔面を壁に突き刺したまま、岩蜥蜴がビュオッ！　と風切り音をあげてムチのように尾を薙ぎ払う。

リクルスを狙ったその一撃を、狙われた本人は真上に跳躍する事でなんとか回避する。

「あんなん当たったら一溜りもないぞ！」

「足は一本砕いた！　次は尻尾引きちぎるぞ！」

「おお、怖ぇぇ怖ぇぇ」

リクルスが冗談めかして俺の宣言に震え、すぐに籠手を打ち鳴らしやる気を見せる。

既に岩蜥蜴の左後脚は使い物にならない。

証拠に、先程までより突進の勢いが弱かったし、尾を振るった際に体勢が崩れている。

体勢を持ち直した岩蜥蜴にリクルスが何度目かの奇声＋突貫コンボで急接近し、岩蜥蜴は迎え撃とうとリクルスを鋭く見据える。

「そんなに見つめられたら照れるぞ！　【鎧砕】！」

リクルスが軽口を叩きながら再び【鎧砕】を使い、岩蜥蜴を殴りつける。

『グロロァッ⁉』

リクルスの放った拳はガシャァン！　とガラスが割れる様な音を立て岩蜥蜴の顔面を捉える。

それにより効果時間切れが近づいていた『防御力低下』のデバフが再度岩蜥蜴に付与される。

「今だッ！　【スマッシュシェイク】！」

リクルスの攻撃で岩蜥蜴の行動が一瞬停止する。

その隙を逃さず、岩蜥蜴の胴体に『棍術Lv：4』で使用可能になる【スマッシュシェイク】を叩き込む。

【スマッシュシェイク】は武器系アーツには珍しく、攻撃技ではない。

本来ならば、地面等にメイスを叩き付けることで地面を揺らし、相手の動きを阻害するという妨害系のアーツであり、攻撃力的な補正は何もない。

そんなアーツを、今回は岩蜥蜴の巨体を地面に見立て叩き込んだ。

結果は、岩蜥蜴のスタンという形で現れる。

『グロ……グロロ……』

「今だ！　リクルスは尻尾！　カレットは顔を！」

すぐに指示を出し、自分はリクルスが駆け付けてくる前に『縮地』で尻尾まで移動し、付け根のすぐそばに【ロックバッシュ】をぶち込む。

ズガァァン！　と激しい音を立てて岩蜥蜴の尻尾の一部が陥没し、ひび割れる。

そこに、リクルスが駆け付け、一メートル程手前で跳躍したかと思うと、いつの間に装備を変えたのか両手で大剣を振りかぶり、『斬る』と言うよりは『叩き付ける』というべき一撃を、今まさに俺が傷を付けたばかりの箇所に正確に叩き込む。

「単純な破壊力なら最強ォォォ！」

「そういや、重戦士でもあったっけ」

リクルスが大剣を叩き付けた事で、尻尾に入っていたヒビが一気に広がり、その岩の下にあるであろう肉をも切り裂き、地面にまで大剣の刃が到達する。

高さ×重さ×速度＝破壊力。

そんな信念に基づいたリクルスの跳躍斬りは、見事に岩蜥蜴の尻尾を切断した。

『グロガァッ、グガァッ⁉』

尻尾を切断され悲鳴を上げた岩蜥蜴の口内に、再び【ファイアボール】が侵入する。

するともちろん、大変な事になる訳で。岩蜥蜴が口内からの爆発を受けて悲痛な叫びをあげる。

一連の攻撃によって岩蜥蜴のHPが五割を下回り、勢いはそのままに四割まで減少する。

それによって、HPバーが黄色くなったその瞬間。

『グロアアアッ！』

岩蜥蜴が、今までとは比較にならない程の咆哮を張り上げる。

もはや、衝撃波すら伴うその咆哮は、実際に若干のダメージ判定があるらしく、至近距離でそれを食らった俺達のHPがガリガリ削れていく。それどころか、結構離れた位置にいるカレットとメイにもその衝撃波は届いたらしく、二人もHPを減らしていた。

「うひゃぁ！」

「トーカ！　リクルス！　大丈夫か⁉」

カレットの声に「大丈夫だ！」と返し、即座に岩蜥蜴の側から離脱する。

リクルスもしっかりとこちらに逃げてきているが、そのHPは五割を下回っている。

「んだありゃ！　叫んだだけにしては強過ぎるだろ！」

「俺達のHPが基礎値だってのもあるが、そういう攻撃なんだろ。【エリアヒール】」

リクルスの疑問に予想で返しながら、『回復魔法Lv：3』で使用可能になる【エリアヒール】を発動する。【エリアヒール】は、一定範囲内の仲間を回復させる範囲回復技だ。

【エリアヒール】を発動すると、俺を中心に半径二メートル程の範囲が円状に光り出す。

そして、その光に当たった全員のＨＰが回復していき、程なくして全員が全回復する。

「アイツのＨＰも半分以下だ！　気合い入れてくぞ！」

「おうっ！」

「了解だっ！」

「が、頑張って！」

リクルスとカレット、そして自身にバフをかけ直し、亀甲棍を握りなおす。

リクルスも大剣を籠手に戻し、ファイティングポーズを取る。カレットも準備万端の様だ。

さぁ、第二ラウンドの始まりだ！

◇◇◇◇

ＨＰが半分を下回った事で、行動パターンが変化するかもしれない。

岩蜥蜴から目を離さず、細心の注意を払って動きを観察する。とは言っても、待ちの姿勢だけでは好機を逃しかねないので、リクルスには先程までと同じ様に突撃してもらう。

「リクルス、お前はまた突撃頼む」

「ウィィイイ！　ヤッハァァァァア！」

俺が言うと、リクルスが雄叫びをあげ突撃し、迎えうつために岩蜥蜴がリクルスを見据える。

そこまでは今までと同じ流れだがそこからの行動がズレる。

岩蜥蜴が口を開け震える。まるで何かを溜めている様に。

それを見た瞬間、猛烈に嫌な予感がして、俺は叫んでいた。

「リクルス！　横に飛べッ！」

「ッ！」

俺の声にリクルスが反応し、進路を無理矢理横に変更する。

無理に向きを変えたせいで体勢が崩れ、転げるようにしてどうにか直線上からずれる。

次の瞬間。

ヒュッ！　ザゴンッ！　ベシュァァ……。

鋭い風切り音を上げ、先程までリクルスがいた軌道上を溶岩の槍が通過する。

岩蜥蜴が吐き出した岩の槍は、洞窟の壁に深々と突き刺さり、周辺の壁を溶かしながら冷却され、歪な岩となった。一連の光景が、その威力を物語っている。

「あれは当たったらヤバそうだ。リクルス気を付けろ！」

「わぁってら！　あんなのに当たりたくはねぇよ！」

「ならいい！　カレットとメイも気を付けろよ！」

「もちろんだ！」

「う、うん！」

二人に注意を促してから『隠密』を発動し、岩蜥蜴の背後に回り込む。リクルスが俺の意図を察してくれた様で、奇声、もとい雄叫びをあげて岩蜥蜴の注意を引き付けてくれている。

「オラァァァァ！　【衝拳《しょうけん》】【衝拳】【衝拳】【衝拳】【衝拳】【衝拳】！」

リクルスが上手く岩蜥蜴の前をちょこまかしながら『体術Lv：3』で使用可能になるアーツ【衝拳】を岩蜥蜴に連続で打ち込み、爆発音にも似た音が連続で響き渡る。

【衝拳】は文字通り拳で相手に衝撃を打ち込む『体術』のアーツで、火力もそこそこながらとても短いクールタイムを持つという、非常に使い勝手の良いアーツだ。

だが、【衝拳】の最大の特徴は、左右の拳でそれぞれに別枠でクールタイムが設けられている点だ。

そのため、本当に上手く扱えば、左で殴ってる間に右のクールタイムが終わり、右で殴ってる間に左のクールタイムが終わり……というように、ほぼ無限に殴り続けられるという、バランスブレイカーな性能を誇っている。

その分、タイミングが僅かにでも狂うとすべてが破たんするという、限りなくシビアな条件になっているそうなのだが……リクルスは難なく使いこなしているようだ。野生の勘かな？

「おらッ、足元がお留守だぞ！　【ロックバッシュ】！」

リクルスの連撃のおかげで、岩蜥蜴の注意は完全にそちらに向いている。

それこそ、背後から近付く俺にまるで気が付かない程に。なので、思う存分狙いを定めさせてもらい、左前脚の、先程も攻撃した箇所と全く同じ部分に【ロックバッシュ】をお見舞いする。

ベギョッ！　と言う、生物の体からは鳴ってはいけないような破壊音を響かせ、岩蜥蜴の左前脚が完全に粉砕される。

左側の足を全て失った岩蜥蜴は、自重を支えきれず体勢を崩し、地面に崩れ落ちる。

『グロロァッ!?』

「リクルス！　右前！」

「ヤー！【衝拳】【衝

拳】【衝拳】【衝拳】【衝拳】【衝拳】【衝拳】【衝拳】【衝拳】【衝拳】【衝拳】【衝拳】【衝拳】」

どこで覚えたのか、ドイツ語で了承の意を示しつつ、リクルスが血走った目で縦横無尽に洞窟内を駆け回り、ひたすらに【衝拳】を叩き込んでいく。

アイツ、大丈夫か？　なんか変なスイッチ入っちゃってるっぽいけど……。

というか、よくあんだけ動き回りながらコンボ切らさずに殴り続けられるな……。

かなりシビアなクールタイム管理を要求されるこの連撃は、掲示板では【連衝拳《れんしょうけん》】と呼ばれ、何連続まで続けられたかを競い合っているような高等技術なのだが……。

リクルスは一切ミスる事なく、それこそ無限に連撃を叩き込み続ける。

ちなみに、掲示板での現在の最高記録はとあるβテスターが叩き出した二十九回。

その記録を叩き出したβテスターの「ここまでは結構いける。その先の一回が出ない。ここが壁」という言葉から生まれた、『三十の壁』という言葉が【連衝拳】界隈にはあるのだが、かなりハイになっているリクルスはこの壁を余裕で突破していた。

もしこの光景を【連衝拳】界隈のプレイヤーが見ていたら、腰を抜かしてリクルスを崇めたことだろう。それほどまでに、この連続回数はおかしかった。

もっとも、そのことを知っている者はこの場所には誰一人としていないのだが。

狂乱状態のリクルスは、それでもしっかりと俺の指示は覚えているようで、全ての拳が岩蜥蜴の右前足を狙って、あるいは次に繋げる為に放たれており、岩蜥蜴の機動力を確実に奪っている。

『グロッ、グロロッ、グロロァッ!?』

岩蜥蜴がどうにかリクルスの連撃を止めようと身を捩っているが、左側の脚はろくに使える状態ではなく、尻尾も切断された岩蜥蜴には、リクルスの狂乱《れんげき》を中断させる方法は無い。

更に言えば、合間合間にカレットの魔法がいやらしいタイミングで岩蜥蜴の顔面に着弾し、口を開けようものなら魔法が口内に侵入してくるので下手に咆哮も出来ない。

HPを削られて第二段階に入ったはずの岩蜥蜴は、その変化をまともに発揮できていなかった。

「リクルスに任せてばっかりは嫌だし俺もやるか。オラァ！【スタンショット】！【スマッシュ】！【インパクトショット】！【ハイスマッシュ】！【ロックバッシュ】！【スマッシュ】！」

右斜め上から叩きつける様に【スタンショット】を放ち、振り抜いた亀甲棍を上にかちあげ、【スマッシュ】をお見舞する。そのまま体を一回転させ、左下から【インパクトショット】を叩き込む。そのままの体勢から、体の捻りを利用して真下に振り下ろす様に【ハイスマッシュ】を決め、露出した傷口部分に【ロックバッシュ】を叩き込み、クールタイムの終わった【スマッシュ】をおまけにプレゼントする。

ろくに抵抗も出来ず、もがくだけしか出来ない岩蜥蜴の右後脚に『棍術』のアーツを連続で打ち込み続ける。クールタイム中も、妥協せず通常攻撃で亀甲棍で殴りまくる。

右前脚へのリクルスの【連衡拳】。右後脚への亀甲棍ラッシュ。そして、顔面への魔法ラッシュにより、岩蜥蜴は完全に動きを封じられており、完全にパターンに入っていた。

《『棍術』のレベルが上昇しました》

「ナイスタイミング！」

そして、最高のタイミングで『棍術』のレベルが上がる。

『棍術』のレベルが上がったおかげで使えるアーツが増えた。

今回使用可能になったアーツは【アースクラッシュ】。

他のアーツの様に色々な追加効果は無いが、その分純粋な破壊力なら他の追随を許さない。

今現在俺が使える攻撃手段の中で、最強の火力を誇るアーツだ。

「【衝拳】【衝拳】【衝拳】【衝拳】【衝拳】【衝拳】【衝拳】【衝拳】【衝拳】【衝拳】【衝拳】【衝拳】【衝拳】【衝拳】【衝拳】【衝拳】【衝拳】【衝拳】【衝拳】んんんんん！」

狂乱状態でひたすら右前脚に【衝拳】を打ち込み続けるリクルスに負けないように、俺も岩蜥蜴の右後脚に亀甲棍でひたすら連撃をあびせる。

もはや作戦もクソもない単純な攻撃だが、シンプル・イズ・ベストと言う言葉があるように、時として単純な暴力は何よりも恐ろしく効率的な脅威になりうる。

『グロガアアッ！』

ＨＰが残り一割に突入すると、半分を切った時と同じく、岩蜥蜴が衝撃を伴う咆哮をあげる。

その咆哮の威力は先ほどの比ではなく、狂乱状態のリクルスが呆気なく吹き飛ばされる。

クソッ！　ノド潰しときゃよかった！　そうすりゃ叫べなかったのに！

「置土産だ！　食らえ！」

俺も吹き飛ばされそうになるが、最後に置土産として一発【ロックバッシュ】を打ち込む。

すると、幸運な事に今の一撃で右後脚を砕くことが出来た。

《称号『身体破壊』を取得しました》

何か凄い称号貰った……が！　致し方なし！　気にしてる場合じゃねぇ！

「【エリアヒール】！　【ヒール】！」

俺とリクルスは咆哮によって吹き飛ばされ、更にリクルスは壁に打ち付けられてＨＰが一割を切る。【エリアヒール】によって俺自身とカレット、メイを回復しながら、リクルスに個別で【ヒール】をかける。

「大丈夫かッ⁉」

「死にかけた！　けど生きてる！」

「ならいい！　行け！」

「人使い荒いぃぃ！」

ＨＰが全回復したリクルスを、合間を置かず再び突貫させる。

『咆哮』を使って奇声を上げての突貫で、やはり岩蜥蜴の注意がリクルスに向く。

なので俺も今までと同じく『隠密』を発動し回り込む事が出来た。

「おい、岩蜥蜴学習しろよ」って言いたい奴。お前なら奇声あげながら血走った目で特定の箇所を延々と執拗に殴り続けてくるヤバイ奴無視して本当に来るかも不明な隠れてる奴を探せるか？

俺は無理だね。そして岩蜥蜴も無理だった。それだけだ。

「オラァァァァ！　【狂化】ァァアッ！　からの【衝拳】【衝拳】【衝拳】【衝拳】【衝拳】【衝拳】【衝拳】【衝拳】【衝拳】【衝拳】【衝拳】【衝拳】【衝拳】【衝拳】【衝拳】【衝拳】【衝拳】！」

ん？　今アイツなんか変な事言わなかったか？

一瞬、何か別の事が聞こえた気がしたが……。

だが、相変わらずリクルスがやってる事は【衝拳】の連撃だけだ。気のせいだろうか？

って、アイツもう右前脚壊れてんのに殴り続けてやがる！

やっぱりどこか壊れた様だ。まぁ多分壊れたのは頭だろう。元から半壊してたし問題ないな。

「リクルスはあれでいい！　それよりもオラッ！　岩蜥蜴！　ボディがガラ空きだぞッ！　殺る気あんのかテメェ！　ねぇならとっととくたばれや！　【アースクラッシュ】！」

リクルスの方に完全に意識が行っている岩蜥蜴の、ガラ空きの無防備ボディに、脳内麻薬でハイになった状態で先程打ち損ねた【アースクラッシュ】を叩きつける。

ベギョバギョゴギィッ！

『グログガァッ！？？』

肌が粟立つような恐ろしい破壊音を響かせ亀甲棍が岩蜥蜴の外殻の岩を粉砕し、そのまま勢いを衰えさせることなく露出した胴体に深々とめり込む。

そして、あまりの衝撃に岩蜥蜴が悲鳴を上げる。それはもう、大口を開けて盛大に。

「【ファイアボール】！」

『グロッ!?』

そして、大口を開けた岩蜥蜴の口に、タイミングをうかがっていたであろうカレットの魔法が何度目かの口内侵入を果たす。そして、その【ファイアボール】が俺とリクルスの猛攻でほぼ削り切られていた岩蜥蜴の残り少ないＨＰを、ちゃっかりと削り取っていった。

『グ……グロ、ロ……』

口内爆発でＨＰバーを空にした岩蜥蜴の体が静止し、一拍遅れた後で光の粒となって虚空に溶け消えていく。あの巨体だ。すべてが消えるまでに暫しの猶予があるだろう。

その間に、今までの戦闘を振り返り、俺は思う。

激戦だった。

それはもう、間違いなくここまでの激戦は初めてだと言い切れる程の激戦だった。

今回の戦いは、何か一つがズレていたら一瞬で瓦解していたと、確信を持って断言出来るほどギリギリの戦いだった。

つまり、何が言いたいかと言うと……。

＝＝＝＝＝＝＝＝＝＝＝＝＝＝＝＝＝＝＝＝＝＝＝
【岩蜥蜴】正式名称《ロック・リザード》
最終的死因：爆発物誤飲（強制）
＝＝＝＝＝＝＝＝＝＝＝＝＝＝＝＝＝＝＝＝＝＝＝

なんか釈然としねぇぇぇぇ！

◇◇◇◇

俺とリクルスが呆然としている中、カレットのドヤ顔だけが生き生きと輝いている。

それはもう、いっそ清々しいほど見事なドヤ顔だ。

もし仮に、ドヤ顔選手権と言うものがあったら間違いなくグランプリだろう。

「どうだっ！　私がトドメを刺したぞ！」

そして、洞窟内に反響するカレットの自慢気な声。

ポカーンとする他三人。少し奥で未だに舞っている岩蜥蜴の残光。

まるで、時が止まったように誰一人として行動を起こせずにいる。

空しい静寂だけが辺りを支配していた。

そして、岩蜥蜴の残光がすべて消え果てる程の時間が経過して、涙目になり始めたカレットにとりあえずといった感じで声をかける。

「お、おう。凄い……な？」

「な、ナイス？　カレット」

「お、おめでとう？」

「三人とも何なのだ！」

だが、下手な同情は何よりも辛い物だった。

俺達三人の曖昧な返事に、カレットが半ば叫びながら詰め寄ってくる。

さらにはカレットの涙目がちょっと決壊しそうになっていた。

「冗談だよ。最後にいい所持ってかれたからさ」

「いいとこ取りはんたーい！」

「むぅ〜」

少し苦しい言い訳でとりあえず場を乗り切る。悪ノリするリクルスと拗ね気味なカレットをなだめながら、メイと二人がかりで慰める。少しするとカレットがまたドヤ顔を取り戻す。

両極端だな……0と100の間はないものか。

《レベルが上昇しました》
《レベルが上昇しました》
《レベルが上昇しました》
《蜥蜴洞窟のエリアボス『ロック・リザード』を討伐しました》
《称号『岩蜥蜴殺し』を取得しました》

少し遅れて、岩蜥蜴を倒したというアナウンスが流れる。

エリアボス……？　初めて聞く名称だ。というか、やっぱりボスだったのか。

やけに強いからもしかしてと思ったが、もしかしてフィールドボスとは別枠で各エリアにもボスがいるのだろうか。これクラスの奴が他にも？　地獄じゃね？

「って事は俺らボス倒したってことか⁉」

「おおっ！　それは凄いじゃないか！」

「ボクなんか何もしてないんだけど……いいのかな……」

リクルスとカレットの二人がボスを倒した事にテンションを上げていて、逆にメイは何もしていないのに同じパーティだからと討伐者認定された事に後ろめたさを感じている様だ。

「まぁいいんじゃないか？」

「そうかな……？」

「メイは生産特化で戦闘力は低いんだろ?」

「それは、そうだけど……」

「なら生き残ったのだって立派な戦果だ。システムも認めてるんだから、それでいいだろ」

「そう……だね。前向きに行こう!」

メイのフォローをしてからドロップ品の確認を行う。

ボスだと言うなら、良いものが落ちてるんじゃないだろうか?


＝＝＝＝＝＝＝＝＝＝＝＝＝＝＝＝＝＝＝＝＝＝＝＝＝＝＝

・蜥蜴岩×15
・蜥蜴鉄×8
・岩蜥蜴の尻尾
・岩蜥蜴の爪×4
・岩蜥蜴の肉×2
・岩蜥蜴の緋水晶《ひすいしょう》〈初討伐〉
・岩蜥蜴の心臓石《しんぞうせき》〈MVP〉

＝＝＝＝＝＝＝＝＝＝＝＝＝＝＝＝＝＝＝＝＝＝＝＝＝＝＝

おお、結構色んな物がドロップしたな。

特に〈初討伐〉と〈ＭＶＰ〉のアイテムなんかは凄そうだ。

次は称号か。これも二つ貰ってたっけな。


＝＝＝＝＝＝＝＝＝＝＝＝＝＝＝＝＝＝＝＝

『身体破壊』
生物の体を破壊する者の証
部位破壊効率上昇

＝＝＝＝＝＝＝＝＝＝＝＝＝＝＝＝＝＝＝＝

また凄い称号を貰ってしまった……。

『外道』『一撃粉砕』『通り魔』『身体破壊』と、称号だけ見たら完全にヤバイ奴じゃないか……。

信じられるか？　俺《こいつ》、神官なんだぜ？


＝＝＝＝＝＝＝＝＝＝＝＝＝＝＝＝＝＝＝＝

『岩蜥蜴殺し』
《ロック・リザード》を初めて討伐した証
蜥蜴洞窟内での取得経験値が１・５倍

＝＝＝＝＝＝＝＝＝＝＝＝＝＝＝＝＝＝＝＝

これもまた……なんというか。物凄い効果の称号だな。

初めてと言うからには、今後も岩蜥蜴は復活するのだろう。だけど、この称号をもらえるのは最初の一グループだけと。他のボスにも同じような称号があるんだろうな。

そして、破格なのはこの効果。経験値1・5倍はとてつもなく大きい。

レベリングがはかどりそうだ。

ただ、今後この情報が出回ったらボス初回討伐の取り合いになりそうだな。

まぁ、しばらくは内緒にしとくか。自分が得た情報……それも、重要そうな情報をばらまく趣味は俺にはない。他の三人は分からないが。

お次はドロップアイテム。戦闘後の楽しみといったらやはりこれだ。

＝＝＝＝＝＝＝＝＝＝＝＝＝＝＝＝＝＝＝＝＝＝＝＝＝＝＝＝＝＝＝＝＝

『岩蜥蜴の緋水晶』

岩蜥蜴の瞳を担っていた水晶

鮮やかな緋色をしており、とても美しい

強力な炎の力を宿しているため、ほのかに温かい

＝＝＝＝＝＝＝＝＝＝＝＝＝＝＝＝＝＝＝＝＝＝＝＝＝＝＝＝＝＝＝＝＝

初討伐報酬はなんと《ロック・リザード》の目玉でした！

けど緋色って言うほど赤かったか？　そう言えば後半は赤くなってた様な気が……。

さらに、《ロック》なのに炎の力とはこれ如何に。

いや、確かに溶岩の槍とかそれっぽい物は飛ばしてきたけども。


＝＝＝＝＝＝＝＝＝＝＝＝＝＝＝＝＝＝＝＝＝＝＝＝＝＝＝＝＝＝

『岩蜥蜴の心臓石』
《ロック・リザード》の核にして力の源
強大な大地の力を宿している
これを土に埋めれば畑も喜ぶでしょう

＝＝＝＝＝＝＝＝＝＝＝＝＝＝＝＝＝＝＝＝＝＝＝＝＝＝＝＝＝＝

こっちが《ロック》要素担当か。こいつもこいつで……。

いや、今は使い道も思いつかないし後で考えるか。

……畑には埋めないぞ？　畑持ってないしな。

ちなみに、他の素材は大体『岩蜥蜴の～』みたいな説明に少し補足があった程度だった。

蜥蜴鉄や蜥蜴岩は武器防具の素材に使えるそうで、メイ曰く普通の岩や鉄より性能がいいらしい。

お肉は歯応え抜群の淡白な味らしいです。今度焼いてみよう。

「みんな、ドロップどうだった？」

「俺は岩とか爪とか肉とかそんな感じだな。後は初討伐ってので岩蜥蜴の声帯があったぞ」

「私もリクルスと大体おなじだったな。ただ初討伐枠は大地の指輪って言うアクセサリーだったぞ。『土魔法』を強化してくれるらしい。正直いらんな」

「ボクもそんな感じで、初討伐は『蜥蜴炭《とかげたん》』って言う炭だったよ。鍛冶に使えそう」

それぞれ、別の〈初討伐〉ボーナスがドロップしているらしい。

俺も聞かれたので『岩蜥蜴の緋水晶』を貰った事と〈ＭＶＰ〉として『岩蜥蜴の心臓石』がドロップした事を素直に言う。

「ＭＶＰなんてのもあるのか。それで、今回はそれがトーカだったと」

「みたいだな。正直基準が分からん」

「くうぅぅぅ！　くやしいぃぃ！　トドメ刺したの私なのに！」

「それなら俺だってずっと《ロック・リザード》の注意を引き付けてたぞ！」

カレットの言葉が切っ掛けとなって、リクルスとカレットの二人が今回の戦闘の自分の活躍を次々と言い出す。曰く、右前脚を砕いた。曰く、溶岩の槍を撃とうとする度に阻止した。曰く、いっぱい殴った。曰く、いっぱい魔法撃った。曰く、曰く、曰く、曰く、曰く………。

こんな感じで、必死に自分の戦功を言い合っている。さらに言えば、後半は語彙力のない言い合いになっていて、終盤になると「俺の方が凄かった！」「私の方が凄かった！」と小学生どころか園児レベルの言い合いになっていた。いや、最近の園児はもっとまともに言い合いできるか？

「あれっ？　トーカ、あそこ見て」

「どうしたんだ？」

リクルスとカレットの園児レベルの言い合いを生暖かい目で見守っていると、メイが何かに気がついた様で声をかけてくる。

「あそこ、岩蜥蜴の体がまだ残ってない？」

「なに？　そんなことってあるのか？」

メイの指さす方に目を向けると、確かにそこには岩蜥蜴の亡骸が残っていた。

今までは倒した敵の亡骸が残る事なんて一度も無かったが……エリアボスだからだろうか？

「うーん。ちょっと、気になる事があるんだけど、付き合ってもらっていいかな？」

「別に構わないけど、何が気になるんだ？」

「もしかしたらだけど……アレ、採取ポイントになってるんじゃないかなって思って」

そう言うと、メイが岩蜥蜴の亡骸に近づいていくので、俺も付いていく。

間近で見ると、すでに物言わぬ亡骸になってなおその存在感は圧倒的で、こんな化け物と戦っていたのかと、少し感慨深いものが込み上がってくる。

なので、記念として岩蜥蜴の亡骸をスクリーンショットに収める。

パシャッ！　と音がして、撮った写真が保存される。

《ＥＢＯ》でスクリーンショットを撮る方法は二種類。

一つ目は、視界をそのまま写真として撮る方法。

二つ目は、メニュー画面で確認しつつ第三者視点で撮影する方法。

簡単に言えば、現実で写真を撮る際に自分が撮影する側か写る側かの違いだ。

なお、他プレイヤーを勝手にスクリーンショットする事は出来ず、許可をしてもらうかそのプレイヤーがスクリーンショットを受け入れる設定にしている場合のみスクリーンショットに撮ることが出来る。許可していないプレイヤーは、スクリーンショットには写らない。

このシステムを利用した心霊写真ごっこが流行っているとかいないとか。

岩蜥蜴の亡骸を写真に収めた後に確認すると、メイの予想通り採取ポイントになっていた。

そして、岩蜥蜴の亡骸が採取ポイントだと分かるや否や、メイは目を輝かせ岩蜥蜴の亡骸に一心不乱にツルハシを叩きつけ始める。

「ッ！　凄いよトーカ！　ここからも蜥蜴岩が採れるよ！　あ！　蜥蜴鉄も出てきた！　すごい！」

「おぉ、それはよかったじゃない……かッ！」

採掘音に反応してバカ正直に真正面からやって来た《ケイブ・スパイダー》に『縮地』で駆け寄り、頭部に【アースクラッシュ】を叩き付けながら返事を返す。

現最強の【アースクラッシュ】に、『不意打ち』『一撃粉砕』『外道』の補正が掛かり、一撃で《ケイブ・スパイダー》を光に変える。

「どうしたの？」

「あー気にせず続けてくれ」

採取中でこちらを見ていないメイが訊ねてくるが、採取を続けるように言う。

採取音に寄ってくるモンスターを倒していけば『岩蜥蜴殺し』の効果で効率よく経験値稼ぎが出来るんじゃないかと考えた結果の判断だ。

その後、メイは何も知らずに、言い方は悪いがモンスターを引き寄せる餌役を続け、俺はそれに寄ってくるモンスターを片っ端から粉砕していくと言う行動が、メイが岩蜥蜴の亡骸を採取し尽くすまでの約三十分の間続けられ、俺のレベルが早速ひとつ上がった。

ちなみに、リクルスとカレットの二人はまだ言い合いをしている……と思いきや、何故かドロップアイテムの自慢大会を始めていた。それはお前らの功績なのか……？

結果、俺は《蜥蜴洞窟の天敵》と言う称号をいただくことになり、メイは『一心不乱』と言う称号を入手する事となった。さらには、二人とも『集中』と言うスキルも習得した。

＝＝＝＝＝＝＝＝＝＝＝＝＝＝＝＝＝＝＝＝＝＝＝＝＝＝
『蜥蜴洞窟の天敵』
蜥蜴洞窟に出現するモンスターを一定以上討伐し、さらに主を討伐した証
蜥蜴洞窟内に出現する敵に与えるダメージと得られる経験値が1・5倍になる
＝＝＝＝＝＝＝＝＝＝＝＝＝＝＝＝＝＝＝＝＝＝＝＝＝＝

これは、そのまんま『ウサギの天敵』の洞窟バージョンだ。

ただ、効果対象の範囲が蜥蜴洞窟と広いので重宝する。

恐らく主って言うのがエリアボスの《ロック・リザード》なのだろう。

＝＝＝＝＝＝＝＝＝＝＝＝＝＝＝＝＝＝＝＝＝＝＝＝＝＝＝＝＝＝
『一心不乱』
一つの事に一心不乱に取り組んだ証
同じ作業を連続して行う場合、効率と結果が継続時間に比例して上昇していく
＝＝＝＝＝＝＝＝＝＝＝＝＝＝＝＝＝＝＝＝＝＝＝＝＝＝＝＝＝＝

この称号は生産職であるメイにとっては大変嬉しいものなのではないだろうか。

なお、メイはこの時は入手した事にも気付いていなかった。

ただひたすらに、称号が示す通りに『一心不乱』に岩蜥蜴の亡骸にツルハシを振り下ろし続けていて、終わった後にステータスを見て驚いていた。そんなに集中してたのか……。

『集中』の方はというと、発動するとその時している事以外で必要の無い情報は遮断される、という効果のスキルだった。

今回の場合、俺は戦闘経験値稼ぎでメイは採掘なので、俺とメイは全てが終わるまでリクルスとカレットの自慢大会のエスカレートには全く気が付いていなかった。

「お前ら……ずっとソレやってたのか？」

「あっ！　トーカ！」

「どこ行ってたんだ⁉」

自慢大会をしているリクルスとカレットに声をかけると、二人とも自慢大会をやめて詰め寄ってきた。どこに行っていたかだって？　経験値稼ぎだよ。

「それよりも、そろそろいい時間だ。帰るぞ」

岩蜥蜴戦が意外と長丁場になった事もあり、かなり遅い時間になってきている。早く町に戻らないと翌日に響くだろう。

「うおっ！　ホントだ！」

「もうこんな時間じゃないか！」

時間を確認した二人が現状を把握した辺りで、洞窟から出るために歩き始める。

十分程で洞窟から外に出る。すると、頭上には満天の星空が浮かんでいた。

美しい夜空を眺めながら、たまに現れるウサギを倒しつつ町に帰還した。

「今日はありがとね！　イベントの二日前には仕上げるから！」

「あぁ！　私の杖、楽しみにしてるぞ！」

カレットがそう言いながらログアウトし、リクルスもそれに続く。

俺も続いてログアウトしようとする直前。

ある事を思いついて、同じくログアウトしようとしていたメイを呼び止める。

「あっ、メイ。ちょっと待ってくれ」

「どうしたの？」

「これなんだが……カレットの杖の素材に使えないか？」

そう言って俺は、《岩蜥蜴の緋水晶》を取り出しメイに見せる。

「えっと……どれどれ？」

メイが《岩蜥蜴の緋水晶》を確認する。

その時のメイの目は、まさに職人の目といった感じで俺の渡した素材を吟味していた。

「どうだ？」

「確かカレットのメイン属性は火属性だったから……これは凄い使えるよ！」

「なら良かった。じゃあ、それも使ってくれ」

「わかった。でも……いいの？」

俺が《岩蜥蜴の緋水晶》をメイに渡すと、メイはこちらの様子を窺う様に聞いてくる。

多分〈初討伐〉報酬なのにいいのか？　という事だろう。

「俺は特別報酬をもう一つ貰ってるからな。それに、俺が持ってても宝の持ち腐れだ」

「うーんでも……」

「なら、余裕があったらでいいから俺の防具も作ってくれないか？　今回もそうだが、打撃が有効手段になる敵相手には俺も前衛に出ざるを得なくなるだろうし、防具はあった方がいいからな」

「そういうことなら、わかった！　頑張るよ！」

メイは俺の話を聞いてやる気が出た様で、手を握りこんでいる。

どうやら『緋水晶』を貰うことの後ろめたさは払拭出来た様だ。

そうだ、防具を作ってもらうなら多少要望も伝えとかないとな。

流石に無いとは思うが、全身鎧なんか作られても逆に困るし。

「それで防具なんだが」

「うん、どんな感じのがいいの？」

「出来ればあまりがっちりして無いのがいいな。普段は後衛な訳だから、要所要所に鉄板が入ってる服……みたいな感じかな？　あまり防具めいたものじゃなくて、服兼防具みたいな軽い感じの方がありがたい」

こちらのリクエストを伝えるとメイがメモ機能で要望をまとめてくれた。

最後に「こんな感じでいい？」と聞かれたのでメモの内容を確認して大丈夫だと伝える。

「そうだ、必要か分からないけどこれも使ってくれ」

俺はそう言って、岩蜥蜴の素材をメイに渡す。

正直言って、素材系アイテムは今の所俺には使い道がない。

普通の素材なら売ってしまっても構わないのだが、エリアボスの素材となるとそれも惜しい。

なので、メイに有効活用してもらおうと言うわけだ。一応、《岩蜥蜴の心臓石》は記念として取っておくが、それくらいなら肥やしではなく記念品だろう。

それと、防具には関係無さそうな『岩蜥蜴の肉』もこちらで持っておく。

いつか、料理とかしてみたいな……。

「わっ、こんなに貰っちゃっていいの？」

「あぁ。杖と防具の依頼料って事でな」

「わかった！　ってあれ？　防具は元々は『緋水晶』のお礼じゃ……」

「じゃ、俺はログアウトするから。カレットの杖と俺の防具頼んだぞ！」

メイが気付きそうになったので、急いでログアウトする。

あのままだと遠慮合戦になりそうな雰囲気だったからな。

◇◇◇◇

メイを連れて、深い方の洞窟（正式名称は蜥蜴洞窟と言うらしい）へ行った次の日。

初イベントまでにレベルを出来るだけ上げておきたかったので、リクルスとカレットと一緒に再び蜥蜴洞窟に来ていた。

「しゃぁ！　レベル上がったぜ！」

リクルスが鉄の剣で洞窟蜘蛛の頭部を胴体から切断して倒した所でレベルが上がった様だ。

「いやぁ、すげぇな！『岩蜥蜴殺し』のお蔭でレベルが上がりやすくなった！」

リクルスが嬉しそうに言う。経験値が1・5倍と言う事は、実質レベルアップ速度も1・5倍になると言う事だ。リクルスのテンションが上がるのも仕方が無いというものだろう。

「無茶すんじゃないぞ」

はしゃいでいるリクルスに注意とバフを飛ばす。

そんな俺の隣では、カレットが遠くにいる洞窟狼や洞窟蝙蝠に【ファイアボール】や【ウィンドボール】などの魔法攻撃を当てて一方的に倒していく。

精度もさることながら、威力が尋常じゃない。

「カレット。お前の魔法の威力、高くないか？」

「ん？　あぁこれはな、称号の効果だぞ」

「へぇどんなのか聞いていいか？」

「あぁ、トーカなら大丈夫だ」

そう言ってカレットが教えてくれた称号は『玉入れ上手』と『固定砲台』。そして、威力には関係が無いが経験値稼ぎと言う観点では大活躍な『いいとこ取り』の三つだった。

＝＝＝＝＝＝＝＝＝＝＝＝＝＝＝＝＝＝＝＝

『玉入れ上手』

穴に的確に物を入れる者の証

遠距離攻撃命中補正

遠距離攻撃威力上昇

＝＝＝＝＝＝＝＝＝＝＝＝＝＝＝＝＝＝＝＝

この称号は、岩蜥蜴の口内に【ファイアボール】を入れまくった際に『非道』と一緒に入手したらしい。いやぁ今夜はお赤飯だな。別に『非道』仲間が出来て喜んでる訳じゃないんだからねっ？

自分のツンデレとかどこに需要があるんだよ……自分でやっといて鳥肌立ったわ。

でも『非道』仲間は普通に嬉しいな。俺は『外道』だけど。

……なんで神官が『外道』なんて称号貰ってるんでしょうね……。

＝＝＝＝＝＝＝＝＝＝＝＝＝＝＝＝＝＝＝＝＝＝＝＝＝＝＝＝＝＝
『固定砲台』
一箇所で遠距離攻撃を繰り返した証
一箇所に留まっている間、遠距離攻撃の威力が上昇する
＝＝＝＝＝＝＝＝＝＝＝＝＝＝＝＝＝＝＝＝＝＝＝＝＝＝＝＝＝＝

これは、動かなければ動かないほど遠距離攻撃の威力が上がっていくという効果だ。

最大で二倍になるらしい。この称号の『留まる』の判定は、計測開始地点から直径一メートルの範囲内にいる間ということだそうだ。

カレットは戦闘中はあまり動かないので、有効活用出来るだろう。

＝＝＝＝＝＝＝＝＝＝＝＝＝＝＝＝＝＝＝＝＝＝＝＝＝＝＝＝＝＝
『いいとこ取り』

いいとこ取りをした証
モンスターにトドメを刺した場合、経験値1・2倍

＝＝＝＝＝＝＝＝＝＝＝＝＝＝＝＝＝＝＝＝＝＝＝＝＝＝＝＝＝＝＝＝＝＝

これは、みたまんまの称号だ。

岩蜥蜴のラストアタックを持っていった事で入手した称号らしい。

『岩蜥蜴殺し』との相乗効果で経験値効率は1・8倍にもなる。

ま、まぁ？　俺は『蜥蜴洞窟の天敵』と合わせて2・25倍ですし？　悔しくなんか無いですし？

何はともあれ、カレットはこの三つの称号と岩蜥蜴殺しのおかげで高火力、高経験値の狩りを実現させているという事だ。だからさっきから動いていなかったのか。

攻撃するのに近づかなければならない俺やリクルスとは、効率が桁違いだろう。

ちなみに、今俺達はパーティを組んでいない。

理由は単純でリクルスが「誰が一番レベルアップ出来るか競争だ！」と言い出し、カレットが賛成したからである。経験値効率が一番低いリクルスが言い出しっぺと言う事に、どこか悲しさが湧き上がって来るな……。

こうして、リクルスは見敵必殺《サーチ&デストロイ》戦法で、カレットは遠距離からの一方的な蹂躙でレベリングを行っている。

そして、俺はメイの採掘音に敵が異常に寄ってきた事から、洞窟の敵は採掘音に反応して襲って

くる習性があるのではないかと仮定を立て、それを実行していた。

結果は大当たり。採掘ポイントでツルハシを振り下ろし始めてすぐに敵が寄って来るわ来るわで採掘する暇もない。予想通り、洞窟のモンスターは採掘音に過剰反応する様だ。

なんという意地悪設計。浅い方の洞窟での採掘に慣れたプレイヤーをハメてやろうと言う運営の悪意が透けて見える様だ。イベントといい、本当に性格が悪い。

「めっちゃ来るな。【スマッシュシェイク】！」

採掘音につられてやって来た経験値達を【スマッシュシェイク】で一斉に足留めする。

亀甲棍で地面を殴り付けると、そこを震源として地震が発生し、その地震に足を取られ敵が動きを止める。これが本来の、【スマッシュシェイク】であって、敵に叩き込むものではない。

この前は岩蜥蜴が半分岩石かつ巨大だった為に効果があっただけだ。

『グルルッ!?』

『グロッ!?』

『キシュッ!?』

【スマッシュシェイク】によって足留めされた経験値達の叫びが多重奏となって洞窟に響く。

しかし、空を飛ぶ洞窟蝙蝠には【スマッシュシェイク】は効果が無い。

天井に止まっているなら多少の効果はあるが、飛んでいる状態の奴らは墜落していく同族や足留めされている他の奴らには目もくれずにこちらに襲いかかってくる。

「なんかテニスみたいだな！【スマッシュ】！」

テニスプレイヤーに聞かれたら怒られるだろう事を言いながら、飛んでくる洞窟蝙蝠を二匹まとめて【スマッシュ】で殴り飛ばす。

殴り飛ばされた洞窟蝙蝠が『飛ばし屋』の効果で普段より五割増しの速度で吹き飛ばされ、向かってきていた他の洞窟蝙蝠と衝突事故を起こしていた。

空中で洞窟蝙蝠の衝突事故が起こっている中、未だに動けずにいる地上組に向かって駆け出す。

そして、まずは一番厄介な洞窟蜥蜴の顔面を【インパクトショット】で叩き潰す。

そして、ソイツの真横にいた洞窟狼を【ハイスマッシュ】を使って吹き飛ばす。

『グガッ⁉』

『グルッ⁉』

結果、連鎖的に数体の仲間を巻き込んで洞窟狼は吹き飛んでいった。

そこまでで他の敵の行動不能時間が切れ、一斉に襲いかかってくる。

「ふっ！　オラァ！」

洞窟蜘蛛の吐き出す糸を体を逸らす事で回避し、背後に飛びかかって来ていた洞窟狼に体を逸らした際の勢いを利用して顔面に【インパクトショット】を打ち込む。

殴り付けられた洞窟狼の体は、吹き飛ぶ事はなくその場で光と化してその光の中を亀甲棍が通り抜ける。

「やわらけぇ！」

洞窟狼のあまりの柔らかさに思わず叫んでから、前方に飛び出す事で背後に迫っていた洞窟蜘蛛の前脚の振り下ろしを回避する。

「小賢しゃぁ！」

着地した一歩目の足を軸足として、思いっきり体を回転させることで遠心力を乗せた一撃を、振り下ろした前脚ごと洞窟蜘蛛の顔面に叩き付ける。

脚をへし折り、なのに一切勢いを殺さずに顔面も抉り取った亀甲棍が、ブォンッ！　と音を立てて振り抜かれ、後ろからの洞窟蜘蛛だった光で彩られる。

しかし、振り抜いた隙を見計らって四方八方から洞窟狼や洞窟蜥蜴が同時に襲いかかって来る。

敵に囲まれたトーカは、亀甲棍を振り抜いた姿勢のまま息を思いっきり吸い込む。

『動くなぁァァアッ！』

そして、リクルスやカレットに散々ツッコミを入れていた為かいつの間にかＬＶ：４にまで上がっていた『咆哮』を使い、経験値達の動きを止めさせる。

戦闘時以外では敵寄せの効果がある『咆哮』だが、戦闘中となるとその効果は変わる。

本来はヘイトを集めるだけ、だがある程度レベルが上がるとヘイト集めか相手の硬直を選べるようになるのだ。叫ぶ必要こそあるが、幅広い範囲で使える有用なスキルだ。

【スマッシュシェイク】と比べると硬直時間は短いが、空中にいる相手にも効果があり、叫ぶ以外のモーションを必要としないので、戦闘中でも即座に使えると言う利点もある。

ビクッ！　と震え、硬直する経験値達。まずは、運悪く俺の目の前で硬直している洞窟蜥蜴に亀甲棍を掬い上げる様に振るう。頭部を無理やり持ち上げられた事で洞窟蜥蜴の弱点である腹部が丸見えになる。

「【ハイスマッシュ】！」

弱点を晒した洞窟蜥蜴の腹を【ハイスマッシュ】で撃ち抜く。

吹き飛び、地面を転がりながらその身を光に変えて逝く洞窟蜥蜴を尻目に、横で立ち止まっている（強制）洞窟狼の頭部を亀甲棍で押し潰す。

《『棍術』のレベルが上昇しました》
《『見切り』のレベルが上昇しました》
《称号『打撃好き』を取得しました》
《称号『蹂躙せし者』を取得しました》
《称号『撲殺神官』を取得しました》

同時に、視界の隅に現れる大量のアナウンス。

視界の邪魔にはならないが、しっかりと認識は出来る。不思議だ。

ちなみにだが、いちいち脳内にアナウンス音声で流れるのがウザかったので設定を色々探していたら『脳内』と『視界』の二パターンに変更できることが分かった。

なので、さっそく『視界』の方に変更しておいた。

『どちらもあり』や『どちらもなし』も出来たがそれは割愛する。

手に入れたのは神官に似つかわしくない名前の称号達。

そして、全て心当たりがあるから質《たち》が悪い。

とは言え、今は確認している暇は無いので後回しだ。

確認するのが気が重いな……いっそ開き直ってそっち方面に進んでやろうか。

戦闘の昂揚感からか、思考回路が好戦的になっている。

「チクショウがぁぁっ！　あっ？」

半分ヤケクソで洞窟蜘蛛をいつもの感覚で殴り付ける。

しかし、手応えが今までとまるで違う。

なんと表現したらいいのか。

新雪を手で掬う感覚。あるいは、水に濡れた和紙を指で貫く感覚。

そんな表現をすればいいのか、ほんの一瞬の僅かな抵抗こそあったものの、まるで何もない虚空を振り抜いた様な軽い手応えで亀甲棍が洞窟蜘蛛の頭部がある場所を通過する。

あまりの手応えの無さに、そして急に手応えが変わった事に、一瞬惚けてしまう。

だが、そんな余裕は無いと言わんばかりの敵の勢いに、思考を無理やり隅に追いやり迎撃する。

「ハアッ！　やっぱ手応えが無さすぎる！　何が起こった⁉」

今度は、一瞬の抵抗すらも無く洞窟狼の頭部が消し飛ぶ。

ここまで急に手応えが変わるとなると、思いつくのは先程の称号三つだが……。

「それは後だッ！　ワンパン出来るならそれに越した事はねぇ！」

そのまま、あらゆる敵を一撃で消し飛ばすこと数分。ようやく敵の流れが途切れた。

称号の合わせ効果と長時間の戦闘により、レベルが二つも上昇していた。

そして、レベリングの副産物として、素材もウハウハだ。

『洞窟狼の牙』や『洞窟狼の毛皮』などの《ケイブ・ウルフ》の素材。

『洞窟蝙蝠の羽』や『洞窟蝙蝠の牙』などの《ケイブ・バット》の素材。

『洞窟蜘蛛の牙』や『洞窟蜘蛛の糸』などの《ケイブ・スパイダー》の素材。

『洞窟蜥蜴の牙』や『洞窟蜥蜴の肉』などの《ケイブ・リザード》の素材。

……ってお前ら牙大好きだな⁉　全部の敵から落ちたぞ⁉

一応、これらの他にも『爪』やら『骨』やらがそこそこの数ドロップしている。

何気に一番嬉しかったのは『洞窟蜘蛛の上質な糸』だ。

これは、服の材料になる素材の中では現段階で最高ランクの素材なので、メイに頼んで防具に使ってもらおうと思っている。まぁ、間に合わなそうならガマンするが。

さてさて、戦闘も片付いたことだし、称号の確認をしましょうかね。

何やら物騒な称号だらけだったが果たして。


＝＝＝＝＝＝＝＝＝＝＝＝＝＝＝＝＝＝＝＝＝＝＝＝＝＝＝＝

『打撃好き』

打撃系攻撃のみで敵を倒し続けた証
打撃系武器装備時ＳＴＲが１・２倍

＝＝＝＝＝＝＝＝＝＝＝＝＝＝＝＝＝＝＝＝＝＝＝＝＝＝＝＝＝＝＝＝＝＝

これはまだマシな方の称号だな。
効果も純粋に嬉しいし何よりも名前が物騒じゃない。名前が物騒じゃない。
大事なことなので二回言いました。名前が物騒じゃない。（三回目）
それに比べて他の称号と来たら……やれ『外道』だのやれ『通り魔』だのねぇ。
もぅ！　失礼しちゃうわ！　まったく！
はいごめんなさい。セルフキャラ崩壊で称号の確認から逃げようとしました。
素直に次行きます。

＝＝＝＝＝＝＝＝＝＝＝＝＝＝＝＝＝＝＝＝＝＝＝＝＝＝＝＝＝＝＝＝＝＝

『蹂躙せし者』
一人で大量の敵を蹂躙した証
一対多の戦闘時に限りステータス１・５倍

＝＝＝＝＝＝＝＝＝＝＝＝＝＝＝＝＝＝＝＝＝＝＝＝＝＝＝＝＝＝＝＝＝＝

これまた……『外道』と同じく、名前が酷い上に性能がいいと言った問題児（問題称号？）だな。

一人で戦うことが前提の称号だが、ステータス１・５倍は純粋に嬉しい。

というか、ぶっ壊れレベルで強い。その分取得条件の『大量の敵』ってのが厳しいのだろう。

効果については、今回みたいな場合や仲間が全滅した時なんかは特に使えそうだ。

ただ、こちらが複数の場合だけでなく、相手が一体の時もダメだろうからそこは注意だな。

最後は、一番の厄介そうな『撲殺神官』くんだ。

確かに撲殺しまくってるし、ジョブは神官だが。だからってこれはな……。

けど、今までの経験から言うと名前が酷いほど効果はいいものが多いんだよな……。

※注普通は違います。トーカの取得する称号がおかしいだけです

して、その効果は……。
諦めて『撲殺神官』の詳細を確認する。
そこに表示されている文字を確認し、無意識に喉をゴクリと鳴らす。
「おいおい……これは、ちょっとやばくないか？」
＝＝＝＝＝＝＝＝＝＝＝＝＝＝＝＝＝＝＝＝＝＝＝＝＝＝＝＝＝＝＝＝＝＝＝＝
『撲殺神官』

神官なのに撲殺し続けた証

打撃系武器装備時——

「おーい、トーカ！　終わったぞー！」

っと、リクルスとカレットも一段落付いたようだ。

「わかった！　今行く！」

先程まで見ていたウィンドウを閉じ、急かす二人の方へと駆け出した。

……うん。これの称号は要検証だな。文面通りなら、ヤバすぎる。

今まで手に入れた称号の中でぶっちぎりのぶっ壊れ具合だ。

第五章　新生ヒャッハーズ

洞窟での狩りから三日。レベル上げ合戦で俺とカレットが二つ、リクルスが一つレベルを上げたために言い出しっぺで最下位になったリクルスに食事を奢らせたり（もちろんゲームの中の現地人ＮＰＣが経営しているお店だ）、ヤケになったリクルスに洞窟でのレベル上げに付き合わされたり（無事カレットとついでに俺のレベルも上がり、差は埋まらなかった）、メイに『洞窟蜘蛛の上質な糸』を渡してそれで防具を作ってもらえるか聞いたところ快諾してもらったり。

そんなことをしながら、イベントまでの日々を過ごしていた。

そして、ＮＰＣと交流を重ねるたび、町の施設を利用するたびに必ず守らなくてはという思いが沸きあがってくる。この一週間は、そのための時間なのだろう。

つくづく、悪趣味な運営だ。

「なんでだよっ！　なんでお前らそんなぽんぽんレベル上がんだよ！」

今日も今日とて狩りへ行き、帰ってきてからは町をぶらつく。

そんなことをしつつ、夜も更けてきた頃。（とは言ってもまだ七時過ぎだが）

ちいさな食事処のカウンター席で、ジョッキをガンッ！　と豪快な音を立てながら打ち付け、愚痴っている青年が居た。その青年は、カウンターにうなだれかかりながら焼き鳥を齧る。

そして、グッグッグッと音が聞こえてきそうなほどのいい飲みっぷりで大きなジョッキの中の泡立つ小麦色の液体を胃に流し込む。

「ぷはぁっ！　マスター、もう一杯！」

「俺はマスターじゃねぇっての」

愚痴る青年……リクルスが突き出したジョッキに、シュワシュワと発泡する小麦色の液体を注いでやる。それを一気に飲み干したリクルスは、また焼き鳥を齧り愚痴りだす。

「リクルス。お前食いすぎるなよ？　後で夕飯食えなくなっても知らないぞ」

「そうだぞリクルス、作ってくれるおばさんの事も考えたらどうだ！　おかわり！」

「いや、そういうカレットも結構な量食べてるからな？」

そう言って、カレットの目の前に積まれた十枚の皿に視線を向ける。

一皿に焼き鳥五本が載っていたので、既に五十本はたいらげている。

ちなみに、五本で二百トランというお手頃価格。

今俺達が来ているのは、ルガンおすすめの定食屋『泣鹿亭《なきじかてい》』だ。

大通りから小道にはずれた所にあり、いかにも知る人ぞ知る名店と言った趣の店である。

リクルスに最下位ペナルティとして奢ってもらったのも、このお店だったりする。

「おう、トーカ。しっかりやってるか？」

「あっ、大将！　見習い一人置いてどこ行ってたんすか」

「ハッハッ、悪い悪い。つい色んな所に足が向いてな」

店の裏口から入ってきた五十代程の、いかにも定食屋の大将！　と言った雰囲気をまとうおやっさんに、カレットの前に焼き鳥の載った皿を置きながら声をかける。

今の状況はと言うと、リクルスとカレットがならんでカウンター席に座り、俺がカウンターの向こう側……つまり、厨房にいる状態だ。

何故こうなっているかと言うと、話は二日前に遡る……程でもないので軽く説明していこう。

ルガンに多くなってきた『肉』系素材の処理の相談をする。

←

『泣鹿亭』に行くことを勧められる。

←

『泣鹿亭』の大将に気に入られて弟子入りさせられる（クエスト）。

＝＝＝＝＝＝＝＝＝＝＝＝＝＝＝＝＝＝＝＝＝＝＝＝＝＝＝
弟子入りクエスト《料理人編》
『泣鹿亭』の大将に弟子入りし、認めて貰おう！
クエストを自動受注しました
＝＝＝＝＝＝＝＝＝＝＝＝＝＝＝＝＝＝＝＝＝＝＝＝＝＝＝

←弟子入り三日目、大将が見習い置いて出かける（今ここ）。

弟子入りと言っても、そんなに長時間拘束される訳ではなく、時間がある時に来て教えてもらう程度の簡単なもの……の、はずだったのだが。

何故か厨房に立たせられた挙句、お客さん（現地民やリクルス、カレット）の相手をするにまでなっている。ちなみに、他のプレイヤーが来たことはない。

「まぁ、あれだ。お前さんは筋がよかったからな。普通ならこんなすぐに厨房にゃ立たせねぇよ」

ガハハと豪快に笑いながら、買ってきたらしい食材をしまい込んでいく大将。

認めて貰えてると思っていいのか？

「マスター、俺にも焼き鳥くれ～」

「焼き鳥は品切れだ。焼き兎で我慢しろ。そして俺はマスターじゃねぇ」

「ほぼ焼き鳥じゃねぇか！　うめぇ！」

鶏肉の在庫が切れたので、リクルスにはいい感じの大きさにカットしたウサギ肉を焼いて、タレをつけてから串に刺した物を出す。焼き鳥ならぬ焼き兎だ。

美味そうに食べているリクルスに感化されたのか、即行で焼き鳥を食べ終えていたカレットが焼き兎をねだってきたので、カレットにも焼き兎を出してやる。

「おお！　美味い！」

カレットも気に入ったのか、焼き兎をもっしゃもっしゃ食べている。

ゲームの中とはいえよくこんなに食べられるな……。

「ん？　そりぁお前さんのオリジナルか？」

「そうです。とは言っても焼き鳥の肉をウサギ肉にしただけですけどね」

「ふむ……」

俺の説明を聞きながら大将も焼き兎に手を伸ばす。そして二～三口程食べて黙り込む。

少しの間、焼き兎を味わっていた大将が腕を組み、うんうんと頷きこちらに視線を向ける。

「美味ぇじゃねぇか！　しかも、材料は簡単に仕入れられるウサギ肉ときた！　これは売れるぞ！」

大将がニカッといい笑顔でサムズアップして感想をくれる。

ウサギ肉は鶏肉と似た味だってどっかで聞いたからいけると思ったが、思った通りだったようだ。

《弟子入りクエスト『料理人編』をクリアしました》
《スキル『料理』を習得しました》
《経験値が加算されます》
《レベルが上昇しました》
《条件を満たしました》
《『?・?・?・の短剣』の能力が一部解放されます》

おぉ、一気に来たな。

多分、今回の焼き兎で認められた判定になってクエストクリア。

それで経験値と『料理』スキルを入手。

その経験値でちょうどレベルが上がって『?.?.?.の短剣』の解放条件とやらを満たした。

……みたいな感じか？　一気に色々と起こると因果関係の整理も大変だな。

そして、解放された『?.?.?.の短剣』の効果はこうなっている。


＝＝＝＝＝＝＝＝＝＝＝＝＝＝＝＝＝＝＝＝＝＝＝＝＝＝＝＝＝＝＝＝＝＝＝＝

『?.?.?.の短剣』
?.?.?.の牙を使った純白の短剣
この武器は『?.種』の素材を糧とすることで成長していく
また、この武器は使用者の実力に応じて力が解放される
【解放段階《弐》】
ＳＴＲ＋50　ＤＥＸ＋30
『物理攻撃強化』『破壊不可』
『?.族特効Ｌｖ：2』
【強化0】

＝＝＝＝＝＝＝＝＝＝＝＝＝＝＝＝＝＝＝＝＝＝＝＝＝＝＝＝＝＝＝＝＝＝＝＝

解放条件の心当たりとしては、今回でレベルが30になったって事か？

ステータスの増加率もかなり上昇した上に、斬撃だけでなく物理攻撃全般をカバーしてくれるとは……更に亀甲棍がメインになってくるな。

せっかくの『？？？の短剣』だが、本体を使う日は来るのだろうか？

「トーカ。この焼き兎、メニューに追加してもいいか？」

「あぁ、構いませんよ」

「「おかわり～」」

リクルスとカレットが焼き兎のおかわりを要求し、適度にそれに応えていく。

その後は酔い潰れたリクルスをログアウトさせてから店を後にする。

その時に、焼き兎のアイディア料の話になったが……。

特に思いつかなかったので、大将におまかせする事にした。相手が適切な値段設定が分からない素人だからといって、ズルするような人物でないことくらいはもう分かっている。

夜風に当たりながらカレットと二人で細道を歩いて行く。

「ふぅ～美味しかったな」

「よくもまぁあんなに食べられるよな」

満足そうに腹をさすっているカレットの、心底幸せそうな声に呆れ半分で返事を返す。

リクルスにはあぁ言っていたが、リクルス以上に食べていたはずだ。夕飯は食えるのだろうか？

《ＥＢＯ》にも、空腹感や満腹感と言った概念は存在する。

システム的には、何も食べなくても、あるいは食べすぎてもステータス的には何ら問題は無い。

だが、ゲーム内で得た満腹感は現実世界に戻っても少しの間残り続ける。

これを利用したダイエットなども一時期流行ったが、現実での食事を取らずにＶＲ内で済ましてしまうという無理なダイエットによって病院に搬送された人が続出したと言う問題が起こって、それ以降過度な空腹感や満腹感の発生が規制されることになった。

だが、規制こそされたが、今でもやっている人がいないとは言いきれない状況だそうだ。

「美味しいものはいっぱい食べられる！　この世の真理だ！」

「なんかやだな。その真理」

食べたいけど腹いっぱいとかあるだろ、普通は。カレットが特殊なだけだから。

そして、こいつは食っても太らない体質のようで、こいつの口からダイエットだのカロリーがだのという言葉を聴いたことがない。

他の女子が体重を気にしてる的な話をしている横で、美味そうにお菓子を齧っている明楽に向けられた嫉妬の視線は背筋が冷たくなるものがある。心臓に悪いからやめて欲しいのだが……。

ちなみに、一番嫉妬の視線が激しいのは瞬の妹だ。

普段はおとなしい子なのだが、この件に関してだけは嫉妬に狂った鬼になる。

「しかし『泣鹿亭』はあんなに素晴らしい店なのにプレイヤーが少ないのは何でなんだろうな？」

「まぁ、隠れた名店みたいなもんだからな……変に有名になってマナーが悪いプレイヤーが来ても大変だろうし。アレでいいんだろ」

「なるほど」とカレットが頷く。

その後は特に会話も無くただ歩いていただけだったが、こういった沈黙が苦になる仲ではない。

しばらく沈黙を楽しんでいると、カレットが「あぁ、そう言えば」といった雰囲気で口を開く。

「リクルスに出していた飲み物はなんだったのだ？　あのビールみたいなヤツ。未成年だから一応お酒の類は飲めなかったはずだが……」

『VR空間内で酒を飲もうが現実の体にはアルコールは摂取されないが、酒の味を覚えて現実でも手を出す未成年が出るかもしれない』と言う理由で、未成年はVR空間内でも飲酒は出来なくなっている。だからこそ、明らかにビールっぽいドリンクに今更ながら興味が湧いたのだろう。

だが、大したことではない。

「あれか？　タダのりんごサイダーだ」

「そうなのか⁉　でもリクルス酔っ払ってたような……」

「雰囲気酔いだろ。意外と雰囲気に流されやすい所もあるし」

「なるほど……」

その後は、カレットが「洞窟で狩りしてリクルスを突き放してやろう！」とか言い出したが、それをやると本気でリクルスが拗ねかねないので流石にやめさせる。

「ぶー」とか言いながらもカレットを思いとどまらせる事に成功し、やることも無いのでそのままログアウトすることにした。

ゲームの世界から現実世界に戻ってきた俺は、早速夕飯の準備に取り掛かる。

あの二人の食べっぷりを見ていたら、俺も焼き鳥が食べたくなってきた。

確か、鶏肉はあったはずだし……作ってみるか。

焼き鳥用の設備など家にはないので、鶏肉を丁度いい大きさに切ってからフライパンで火を通して塩コショウで味付けしたら竹串に刺していく。

タレなんかも家には無いので焼肉のタレで代用する。

焼き鳥のタレとは違うが、これはこれで美味しいだろ。

夕飯が白米、味噌汁、焼き鳥の三品じゃさすがに少し物足りないので、ポテトサラダも追加で作ることにした。ジャガイモが余っていたので、ちょうどよかった。

作り終わった後は食べるだけだ。焼き鳥タレを白米にワンバウンドさせてから口に運ぶ。

「……美味い。けど、焼き鳥じゃないな、普通に焼肉の味だ」

とは言え、美味い事に変わりはない。

パクパクと食べ進め、気が付いたらもうタレ味は無くなってしまっていた。

「タレをつけてない方も美味いな。ただ、ちょっと味が薄いか？　なら軽く塩振って、これでよし」

タレとはまた違った味を楽しみながら、食事を終える。

食べた後は後片付けだ。こういう基本をしっかりとしないとな。

片付けが終わったら瞬にメールを送って……『夕飯しっかりと食えよ。焼き鳥食いすぎて腹いっぱいとか言ったら……分かってるよな？』っと、送信完了。って返信早いな。

メールを送って数秒で返信が来た。これは……アイツ、飯食わずに携帯いじってたな。

来たメールの内容はこちら。

『お前エスパーか⁉　しっかり食うよ！　食いますよ！』

よし、ミッションコンプリート。これで瞬の平和は守られた（親の逆鱗に触れない的な意味で）。

明楽？　アイツはしっかり食べるから大丈夫だろ。

メールの内容を確認してから課題を始める。

初めの頃は帰ってきてすぐにやってたが、最近は《ＥＢＯ》をする事が多くなったからな。

だからこそしっかりとやるべきことはやらなきゃいけない。

どうせあの二人はやらないんだろうな……後でやっとけメール送っとくか。

◇◇◇◇

翌日。案の定宿題をやらずに朝に泣きついてきた瞬と明楽に呆れつつも学校を終え、家に帰ってすぐに《ＥＢＯ》に入ろうとする二人に先に課題をやらせる。

必死になって課題を終えた二人を見届けてからログインし、二人と合流する。

メイから装備が完成したと連絡が入っていたのでそれを伝えると、よほど楽しみにしていたのだろう。カレットのテンションが一瞬で最高潮にまで跳ね上がる。

「トーカ！　どこだっ⁉　私の杖はどこだっ⁉」

「カレット、落ち着け。間違ってもそのテンションでメイに詰め寄るなよ？」

ハイテンションなカレットをなだめながら、メイから教えられた場所まで歩いていく。

始まりの町を四区画に分けた時の東側にある『共用生産所』という所で作業しているようだ。

ちなみに、噴水広場は町のど真ん中に位置している『町の中心』だ。

フィールドに出る場所は全区画にあるのだが、西側が一番洞窟に近いのとどちらかと言えば生産職のプレイヤー向けの要素が強い東側は戦闘職にはあまり馴染みの無い場所なので、少し前に町巡りをして以来、行くのは今回が二度目だ。

「確か、ここだったかな」

メイに教えてもらった場所に行くと、そこはかなり広いホールだった。

壁沿いにズラリと個室スペースが並んでおり、ホールの真ん中はフリースペースになっている。

「二人とも、メイを探してくれ」

「おっけー」

「わかったぞ！」

二人に手伝ってもらいながら、ホールの中を見渡す。

一スペースごとに薄い壁で区切られている個室スペースも生産職が少ないのか数人しかいない。

なので、そのうちの一箇所で何やら作業しているオレンジ色の髪を見つけるのに大した時間はかからなかった。

「おっ、見つけた！」

ちょうど同じタイミングでリクルスもメイを見つけた様だ。

先を越されたカレットが悔しそうにしているのが視界に入るが、ここで触れると面倒くさくなりそうなのでスルーだ。

「メイ、来た……おっと⁉」

メイに歩み寄り、声をかけようと腕をあげた瞬間。

俺の首に細長い糸の様なものが添えられる。

そして、その糸がそのままグッと後ろに引かれ、首を切断する――

「危ねぇっ！」

「チッ」

直前。

何とか腰の鞘から『？？？の短剣』を引き抜き、首と糸との間に滑り込ませる事に成功した。

プツンッと音を立て、俺の首に迫っていた糸が切断されると同時に、耳元で響いた舌打ちに俺は襲撃を受けたと遅まきながら理解した。

『なぜ町の中で』とか、『どうして』とか、そんな疑問は一旦頭の隅に追いやり、襲撃者を迎撃するために体を動かす。

町の中ではＨＰが減らない……つまりは襲撃されてもほとんど実害は無く、別にあのまま糸を放置しても首が飛ぶなんて事はないのだが、それとこれとは話が別だ。

安全とは分かっていても、町中で襲われて実害が無いからと無視出来るほど俺も人間が出来ている訳ではない。というか、この状況で謎の襲撃者を無視出来る奴なんてほんのひと握りだろう。

「ッ！」

左足を軸に回し蹴りを背後の何者かに向けて放つ。

だが、既に謎の襲撃者は数メートル後ろに飛び退いていた。

「何のようだ」

手に構えた『？？？の短剣』を握りしめながら、その人物へ問いかける。

謎の襲撃者の正体は、一人の少女だった。

少し伸ばした亜麻色の髪を後ろで結んだ短いポニーテールと深い緑色の瞳が特徴的なその少女は親の仇でも見るような敵意しかない瞳で俺を睨み付けてきている。

歳はあまり離れてはいなさそうだ。俺より一つか二つ程下だろうか。

もちろん、俺はその少女を知らないし、襲われる理由にも心当たりはない。

ただ少女が右手に持っている弦が中程で切れているのを見るに、凶器はその弓の様だ。

まさか矢を射るのではなく弓そのものを武器にしてくるとは……そんなスキルあったか？

「もう一度聞く。何のようだ」

「メ……を…………たのは……か」

「なんだって？」

その少女が何やら呟いた様だが、声も小さく、多少距離もあった事で途切れ途切れにしか聞き取ることが出来なかった。

しかし、素の声が小さいのではなく、本当にただ呟いただけの様だ。つまり、俺の質問に答えるつもりはないということか。

キッ！　と襲撃少女が顔を上げ、距離を詰めてくる。不意打ちではあったが、速度自体はそこまで速くもない。俺よりは確実に速いが、リクルス程ではない。そんな感じだ。

得物は……また弓か！　しかも、使い方おかしい！

突っ込んで来る少女は、弓をまるで槍のように構え、体の捻りを利用して鋭い突きを放ってくる。

俺はその突きを上体を捻る事で回避し、左肩を下げた分相手に近づいた右手で相手の首に『？・？・？の短剣』を突きつける。

「クッ！　まだよ！」

襲撃少女もこれくらいで諦めるつもりはないらしい。

弓を突き出す時に踏み込んだ足を後ろに引き、軸足にして回し蹴りを繰り出した。

狙いは……俺の顎！　この世界に脳震盪があるのかは分からないが、殺る気は伝わってくる。

ゲームの中とはいえ、喉に刃物突きつけられても相手を蹴りつけられるとか、凄いなこの子。

「あぶねっ……二段構え⁉」

顎に向けて飛んでくる蹴りをしゃがんで回避すると、それを見越したようにもう片方の足が飛んで来る。初発のけりの勢いを利用しているとはいえ、片足でここまでスムーズな蹴りを放ってくるとは。格闘技でもやっているのだろうか？

二発目の蹴りを回避するため、しゃがんだ体勢からステータスに物を言わせてバク宙をする。

バク宙なんてやった事もないし、今後やる事も無いだろうが……ステータスと『体術』スキルによる補正、それに加えてビギナーズラックも働いたのだろう。

見事なバク宙で、回し蹴りを回避する事に成功した。

ようやく現状を把握出来たようで、動き出そうとしたリクルスとカレット。さらに、回し蹴りを放った少女が信じられない物を見たような目で硬直していた。

もちろん、俺も。と言うか、絶対俺が一番驚いている。

スタッと着地した姿勢のまま硬直する俺達と襲撃少女。

お互い、予想外な事過ぎてフリーズしてしまった。

「あっ、トーカ！　来てたんだ！　……って、リーちゃんも？」

気まずい雰囲気で硬直する事数秒。

メイが俺たちに気が付いた様で、てとてとと駆け寄ってくる。

どうやら、襲撃少女と知り合いの様だ。

「メイ、コイツのこと知ってるのか？」

「うん、私の友達のリーちゃんだよ。二人とも、何してたの？」

どうやら、襲撃少女の名前は『リーちゃん』と言うらしい。

それが正式な名前なのかあだ名なのかは分からないが。

「えっと、リーちゃん？　で、いいのか？」

「いいえ、リーシャよ」

「そうか。それで、なんでリーシャはいきなり襲ってきたんだ？」

「えっ⁉　リーちゃん、何してるの⁉」

俺が訊ねると、メイも驚いた様でリーシャに詰め寄っていく。

「いや、この男がメイを誑かした奴なんでしょ？」

「たぶっ⁉」

「はっ？」

おう、リーシャさんや。誑かすとはなんじゃい。メイもビックリしてるじゃないか。

「何をどうしたらそうなるんだよ……」

「ほ、ほんとだよリーちゃん！　何をどう勘違いしたの⁉」

「だって……メイだよ？　あのメイがゲーム内で友人を……それも、男の人なんてありえないって」

どうやらリーシャとメイは結構長い付き合いの様だ、多分、現実でも友人なのだろう。

「どういう事だ？」

「いやね？　この子って結構な人見知りなのにさ、アタシが二日遅れでログインしたらフレンドができたっていうから。信じられないじゃん。それも相手は男だって話だし」

なるほど、確かにメイは意外にも人見知りだからな。そりゃ驚くだろうな。

「そんでもって、最近何かにかかりっきりだから何してんのかなーと思ったら、そのフレンドの装備作ってるって言うじゃん。これは良いように利用されちゃってると思ってね」

「リーちゃんそんな事考えてたの⁉」

確かにリーシャの言い分も分からなくはない。

人見知りの友人がネットで異性の友人を作ってたなんて聞いたら、驚くのも無理は無いだろう。

しかもその相手のために何かを作っている。うん。そりゃ疑うわ。

メイがリーシャに詰め寄り、リーシャが乾いた笑みで追及を躱しているのを、何とも言えない雰囲気で見守る俺達。

特に、完全に置いていかれているリクルスとカレットの二人はどこか気まずそうだ。

「とりあえず。二人とも落ち着いてくれ」

「あっ！　ごめん！」

じゃれ合ってる二人に声をかけ、こちらの世界に引き戻す。

仲良きことはいいことかな。でも今は話を進めたいんだ。

「お兄さん、さっきはごめんね。ちょっと先走っちゃった」

「別に何とも無かったから大丈夫だが……もうやるなよ？」

「やんないやんない。でも、よく防いだね？　今のって一応私の必勝パターンだったんだよ？　弓も壊れちゃったし。あっ、メイ〜後で私の弓を作ってくれない？」

「もう壊したの⁉　昨日渡したばっかだよ⁉　もう、しょうがないなぁ。任せて、イベントまでには仕上げるから」

「さすがメイ！　頼もしい！」

すまん、壊したの俺だ。……とは言わない、世の中には言わない方がいい事もあるのだ。

「さっきのって、リーシャのオリジナル？」

「いんや、『弓闘術』って言うスキルなんだけどね」

「そんなスキルなんてあったか？」

「『弓術』と『体術』をどっちもＬｖ：５にしたらなんか取れたんだよね」

ほう、そういうのもあるのか。なら俺も頑張れば取れそうかな。

でもメインは『棍術』だしな……『棍術』でなんか無いかな？

「それ、条件言っちゃってよかったのか？」

「へーきへーき。遅かれ早かれ広まるだろうしね」

そういう考えもあるのか。俺はそういうのは内緒にしたい派なんだよな。

「お兄さんも凄かったね。普通、戦闘中にバク宙なんてしないでしょ」

「あれは偶然だから。普通はやらないし多分もう一回やれって言われたら出来ない」

「普通にやられたらたまったもんじゃないけどね〜」

リーシャがケラケラと笑う。結構サバサバしてると言うか、取っ付きやすそうな性格だ。

友達が多そうなムードメーカータイプっぽいな、まぁ、俺の勝手な予想なんだが。

「それで……新しい杖はどこだ？」

ついに待ち切れなくなったカレットが、ソワソワした様子でメイに訊ねる。

相当楽しみにしてたからな。むしろここまでよく我慢したよ。

「あっ！　ごめんね！　ちょっと待ってね」

メイはそう言って、ウィンドウを操作する。

取り出したのは、先端に拳大の大きさの緋色の水晶の正二十面体が付いた鉄製の綺麗な杖だった。

しかも、タダの鉄の棒ではなく、燃え上がる炎を模したレリーフが施されている。

さらに、全体的に薄っすらと赤みがかっている様にも見える。

鉄の杖とか重そうだが……そこら辺はどうなんだろうか？

と思ったら蜥蜴鉄は意外と軽いらしい。

軽くて頑丈で質も良い。ボスドロップだけあって、蜥蜴鉄はかなり素晴らしい素材のようだ。

「おおっ！　これが私の新しい杖か！　って、この先端のは……」

「それはトーカが使っていいってくれたから使ってみたんだ。それのおかげで相当いいものに仕上がったよ」

「そうなのか。だが、確かこの赤い宝石はトーカの〈初討伐〉のやつではなかったか？」

「あぁ、そうだな。まぁ、気にすんなよ」

カレットは複雑そうな様子だったが、俺が大丈夫だからと何度か言うと、やはり自分の武器が強い物になるのは嬉しいのかすぐに瞳をキラキラ輝かせて性能の確認を始める。

「これを作ってる時に『鍛冶』のレベルが上がったからね。多分。いや、間違いなくボクが作った武器で最高の出来になったよ！」

突然だがここで少し説明を。《EBO》において、『鍛冶』スキルとは正確には『武器制作』とでも言うべきスキルであり、別に剣などしか作れない訳ではない。

なので、今回は鉄の杖だが、木製の杖や弓なんかも『鍛冶』スキルで制作可能なのだ。

もちろん、『鍛冶』本来の意味での『鍛冶』も出来るし、むしろそちらがメインとなっている。

他の武器は『鍛冶』で雛形を作ってから他のスキルで修正をしていくのが普通の流れらしい。

もちろん『木工』スキルでゼロから作る事も出来る。

どちらの方が効果が高いかは検証班の結果待ちなのだとか。


＝＝

『蜥蜴鉄《とかげてつ》の緋杖《ひじょう》』
岩蜥蜴から採取できる鉄で作った杖。金属製とは思えない程に軽く、頑丈
強力な火の力を宿した水晶が使われているため、火属性を強化する効果がある
ＩＮＴ＋30
火属性で与えるダメージが１・２倍になる
火属性魔法の消費ＭＰが20％減少する
製作者【メイ】

＝＝

「おぉ、これは……」

カレットが感動のあまり、杖を掲げて震えている。

オーダーメイドだから当然とはいえカレットのためにある様な武器だからな。

しかも、ステータスの上昇値がドロップアイテムである亀甲棍と同じだ。

しかもデメリットも無い。それに加えて、その他のオプションも満載。

亀甲棍もまだまだ現役とはいえ、そろそろ追い越されそうな勢いだな。

「ふぉぉぉぉ！　狩りに！　狩りに行こうぞ！」

「どうどう。嬉しいのは分かったから落ち着け」

蛸蜴鉄の緋杖を握りしめ、今すぐに飛び出そうとするカレットを落ち着かせる。

なんというか、テンション上げて敵の群れに突っ込んでいってMP切らして一方的にボコボコにされる姿が簡単に目に浮かぶ。

「喜んでもらえてうれしいけど、もう少し待ってね」

「まだ何かあるのか？」

「うん。えっと……これなんだけど」

そう言ってメイが取り出したのは鮮やかな緋色のローブだった。

なんというか、マンガやアニメでよく魔法使いが羽織っているローブと言った感じだ。

フードも付いていて顔も隠せる。まぁ顔を隠す意味なんかないし、隠してもローブの色ですぐにバレそうだが。

「これはっ！　貰っていいのか⁉」

「うん、カレットに似合いそうだなーと思って。トーカから貰った糸が結構余ったから、緋水晶をその大きさに加工する時に出た欠片をすり潰して染色してみたんだ」

「なるほど！　どうだ！　似合うか⁉」

メイの説明を聞きながら、さっそくローブを装備したカレットが両手を広げ姿を見せつけてくる。

「んー、そうだ！　カレット、両手広げなくていいから杖構えてみてくれ」

カレットがリクルスに言われた通りにポーズを取る。

フードは被らずに、水晶を相手に向けるように杖を持ち、その手をローブの合間から出した姿でカレットが静止する。

その姿は、髪や目の色と相まって全体的に『赤』もしくは『緋色』と言う印象を与えてくる。

いかにも火の魔法使いと言った見た目になっている。

「おぉ、かっこいいなスクショ撮っていいか？」

「どんどん撮ってくれ！」

結構様になっていたので、記念として一枚パシャリ。

リクルスやメイ、そしてリーシャもスクショを撮っていた。

そして、気になる効果はこちら。


＝＝＝＝＝＝＝＝＝＝＝＝＝＝＝＝＝＝＝＝＝＝＝＝＝＝＝＝＝＝

『緋色のローブ』
火の力を宿した緋色のローブ
その力故か、着ているとほんのり暖かい

ＩＮＴ＋15　ＭＮＤ＋15
火属性から受けるダメージが15％減少する
火属性魔法の消費ＭＰが20％減少する
製作者【メイ】
＝＝＝＝＝＝＝＝＝＝＝＝＝＝＝＝＝＝＝＝

これまた効果までカレットにぴったりな一品となっている。

蜥蜴鉄の緋杖と緋色のローブの合計で火属性魔法の消費ＭＰが40％減だ。これは凄いな。

そして、この装備の分類だが、なんとアクセサリーに分類されるらしい。

確かに、これだけで上装備だとローブの中に何も着ていない事になるからしょうがないのだろう。

ついでに、ほんのり暖かいらしいので雪山などでも重宝しそうだ。

まだ雪山出てきて無いけどな。

◇◇◇◇

カレットは新しい装備が一気に二つも増えて、満足そうに自分の装備フィギュアを眺めている。

そしてリーシャとも気が合った様で仲良さげに話している。

「カレット、楽しそうだな」

「アイツは他ゲーでも新しい装備に変える時は大体ああなるからな」

リクルスが目を細めてしみじみとした雰囲気でいう。何度かこういう経験もあるのだろう。

「まぁ、楽しそうでなによりだな」

楽しそうにキャイキャイはしゃいでるカレットを温かい目で見守っていると、メイが俺の防具だけでなくリクルスにも装備を作ってくれていたらしく、それも出してくれた。

リクルスには悪いが、俺達の中でリクルスだけが防具もあったのでメイの負担になり過ぎないようにと今回はリクルスの分は頼まなかったのだが……。

メイ曰く『一心不乱』と『集中』、そして岩蜥蜴戦でのレベルアップによるステータスの上昇も合わせて、作れる装備の性能が格段に上がって楽しくなってきたので作ってくれたそうだ。

「おっ！　俺のもあるのか！」

「すまん、メイ。助かる」

「いやいや！　貴重な素材も扱えたし、スキルのレベルも上がったし、お礼を言いたいのはボクの方だよ！」

俺がお礼を言うとメイはアタフタと手を振る。

お礼を言われ慣れていないのだろうか。

リクルスも俺に続いてお礼を言い、更にメイがアタフタとしている。

一通りメイにお礼を言ってアタフタを見守ってから、早速受け取った防具を装備してみる。

装備の名前は『戦神官《いくさしんかん》の服（上・下）』のセットだ。

見た目自体は初期装備の神官服に近いが、所々相違点が見られる。

見た目はまさに神官服といった感じで、ひらひら動きづらそうなのだが、実際に着てみると意外と動きやすくなっている。残念ながら仕組みは分からないがこれもメイの力なのだろうか。

そして『戦神官の服（上・下）』の詳細はこうだ。


＝＝＝＝＝＝＝＝＝＝＝＝＝＝＝＝＝＝＝＝＝＝＝＝＝＝＝＝＝＝＝＝

『戦神官の服（上・下）』
前衛で戦う神官のために動きやすく作られた神官服
その白き衣は魔を（物理的に）払う効果がある
各　ＩＮＴ＋15　ＳＴＲ＋10　ＶＩＴ＋15
製作者【メイ】

＝＝＝＝＝＝＝＝＝＝＝＝＝＝＝＝＝＝＝＝＝＝＝＝＝＝＝＝＝＝＝＝

これは……もの凄い高性能だな。なにげにＳＴＲも上がるのが嬉しい。

けど、やっぱりＩＮＴが上がるのが一番嬉しいな。

『付与魔法』や『回復魔法』の効果が上がる以外にも、いろいろと利点がある。

「メイ、作ってくれてありがとう。凄い助かる」

「いやいや！　むしろこっちもいい素材使わせてもらったからお互い様だよ！」

「そうかもしれないけどやっぱりお礼は言っといた方がいいと思ってな」

俺が改めてしっかりとお礼を言うと、メイは照れた様に笑みを浮かべ、ポリポリと頬をかく。

なんか、小動物みたいでかわいいな。

「おおっ！　これ、前のよりぜんぜん強ぇ！」

リクルスも装備の変更が済んだ様で、性能を確認して驚きの声を上げていた。

今のリクルスは先程まで着ていた一般的にイメージされる皮鎧から、体全体を覆うタイプではなく胸などの体の要所を守るだけの物に変わっていた。

そして、その色も洞窟狼の皮を使ったからだろうか。暗色をしていて隠密性が高そうだ。

そしてその鎧も先程までの皮鎧とは違い、しっかりと鞣《なめ》された『革』で作られた『革鎧』だった。

「それはね、『洞窟狼の皮』を『加工』スキルで鞣すと『洞窟狼の革』になるんだ。

それを使った方が、素材は同じでも断然性能が良くなるんだよ」

その説明をリクルスは「ほぇー」といった様子で聞いていた。

恐らく、右から左に流れていっているのだろう。

そしてメイが作った革鎧の性能はこちらだ。


＝＝＝＝＝＝＝＝＝＝＝＝＝＝＝＝＝＝＝＝＝＝＝＝＝＝

『洞窟狼の革鎧（上・下）』
鞣した洞窟狼の革で作られた鎧
洞窟狼の革を使っているため、暗色をしている

各　ＶＩＴ＋20　ＡＧＩ＋５
隠密性能上昇（小）
製作者【メイ】
＝＝＝＝＝＝＝＝＝＝＝＝＝＝＝＝＝＝＝＝＝＝＝＝＝＝＝＝

やはりと言うかなんというか、色が暗めなだけあって少しの隠密性もあるらしい。

それがリクルスのプレイスタイルに合っているかは少し疑問だが。

新しい革鎧にテンションを上げて、ぺたぺたと触っているリクルスに更にメイが声をかける。

「あとね、蜥蜴鉄で剣も作ってあるんだよ」

「なっ！　マジか⁉　サンキュー！」

メイ曰く、蜥蜴鉄はタダの鉄よりも高性能らしく、どうせなら剣も作ってみようと思ったので作ったとのこと。作りたかったから作った。シンプルな答えがそこにはあった。

リクルスが受け取った剣を鞘から抜く。現れた刀身は、確かにリクルスが前まで装備していた鉄の剣よりも性能がいいのだろうと素人目にもひと目で分かる程の出来だった。

形状は普通の片手剣だが、刀身がうっすらと茶色を帯びているのは岩蜥蜴の名残りだろうか。

メイが、岩蜥蜴の素材を使う生産の初期の方で作ったので他のと比べ性能は若干低めだ、と言っていた蜥蜴鉄で作られた剣の性能がこちら。

＝＝＝＝＝＝＝＝＝＝＝＝＝＝＝＝＝＝＝＝＝＝＝＝＝＝＝

『蜥蜴鉄剣《とかげてっけん》』

岩蜥蜴から採取できる鉄で作られた剣

普通の鉄の剣と比べても性能は高い

ＳＴＲ＋20

製作者【メイ】

＝＝＝＝＝＝＝＝＝＝＝＝＝＝＝＝＝＝＝＝＝＝＝＝＝＝＝

性能は低いと謙遜していたが、普通に高性能である。

鉄の剣＋3がＳＴＲ＋13だったことを考えると、未強化で既に強化済み鉄の剣の上をいっている。

さらに、なんと籠手も作ってくれたようだ。

何でもリクルスの【連衝拳】を見て籠手も作った方がいいんじゃないかと思ったらしい。

至れり尽くせり過ぎて若干申し訳ないので、メイには後でもっと素材を渡そう。

＝＝＝＝＝＝＝＝＝＝＝＝＝＝＝＝＝＝＝＝＝＝＝＝＝＝＝

『蜥蜴鉄手甲《とかげてつてっこう》』

岩蜥蜴から採取できる鉄で作られた籠手

普通の鉄の籠手と比べても性能は高い

ＳＴＲ＋20
製作者【メイ】
＝＝＝＝＝＝＝＝＝＝＝＝＝＝＝＝＝＝＝＝＝＝＝＝＝＝＝＝＝＝＝＝＝＝

慣れていないので性能が低いと言っていたがやはり高性能である。メイの技量の高さが窺える。

確かに、上昇するステータスは一つだし特殊な効果もないが、普通はそうだと思う。

ステータスが20も上がるレベルの装備ならそれだけで充分だろう。

蜥蜴鉄剣と同じく、うっすらと茶色を帯びている蜥蜴鉄手甲を装備したリクルスが、カレットとリーシャの騒ぎに混ざってはしゃぎあっている。

「アイツら、楽しそうだな」

「リーちゃんもいつもより生き生きしてるよ」

何でも、リーシャは普段から明るい子だが今日はいつにも増して元気らしい。

カレットもそういった性格だし、気が合うのだろう。カレットもいつもより元気だしな。

「そういえば、メイはイベントはどうするんだ？」

「ボクは全く戦闘出来ないからね。イベントが始まったら町にこもりっぱなしかなぁ。トーカ達は？」

「俺達は普通にずっと外だな。死に戻りしなければ多分ずっと外でドンパチやってる」

「そうなんだ。確かリーちゃんも外に行くって言ってたっけ」

確かに、『弓闘術』は遠近兼ね備えているし、使いこなせれば強いのだろう。

さっきも、恐らくレベル差があったからなんとかなったが、同じレベル帯ならどうなっていたかは分からない。ステータスの割り振り次第では、反応しきれずにそのまま殺られていたかもしれない。まぁ、町中じゃ決闘でもしない限りHPは減らないけどな。

「トーカ！　早く狩りに行こうぜ！」

「はっやく！　はっやく！」

第二次自慢大会が終わった様で、リクルスとカレットが早く狩りに行こうと急かしてくる。

自慢するのはいいが、どっちも作ったのメイだから優勝は文句無しでメイだぞ？

「分かったから落ち着け。じゃあ、そういう事だから俺達はもう行くよ。いい装備作ってくれてありがとな。リーシャもまたな」

「うん！　これからもよろしくね！」

「またね～」

メイとリーシャに声を掛けてから二人と一緒にフィールドへ向かう。

イベント前日と言うこともあり、フィールドはレベル上げ最後の追い込みをしているプレイヤーで溢れかえっていた。

「うっひゃぁ、多いな」

「むぅ、この調子だと洞窟にも結構いるだろうな」

あまりのプレイヤーの多さに驚きながら草原を抜ける。

何時になくテンションの高い二人に引っ張られる形で洞窟へ向かう。

二人は過去最高と言っても過言ではないくらいのハイテンションで、元気に草原を駆け抜けていく。

だからだろう。いつもならしっかりとする確認を怠り、洞窟前に居座っている強敵。

通称『洞窟の番人』と呼ばれる大熊を、事前に発見出来なかったのは。

◇◇◇◇

『グガァァァァッ！』

こちらを視認した『洞窟の番人』は、その太い二本の後ろ足で立ち上がり、強く、太く吼える。

その咆哮は、衝撃波となって辺りへ駆け巡り、その場の雰囲気を穏やかな草原から戦場のそれへ一瞬で塗り替えた。

「うぎゃぁぁぁっ！」

「のわぁぁぁぁっ！」

番人熊《ばんにんぐま》の咆哮に、リクルスとカレットが悲鳴をあげる。

俺も一瞬逃げ出したい気持ちに襲われたが、自分より焦っている人を見ると自分は落ち着くというのは本当の様で、落ち着きを取り戻しながら、逃げだそうとする二人に言葉を飛ばす。

「えぇい！　落ち着け！　パニックになるのが一番まずい！」

「ッ、すまねぇ！」

「むぅ、すまん！」

俺が言うと、二人は気を取り直した様子で各々の武器を構える。

リクルスは『蜥蜴鉄手甲』を打ち鳴らし、カレットはローブを翻し『蜥蜴鉄の緋杖』を構える。

なんでも、リクルスは岩蜥蜴戦で『体術』のスキルレベルが上がったらしく、メインを『体術』に切り替えたらしい。まぁあんだけ頭悪い連撃をし続ければレベルも上がるだろう。

メイ、このバカ《リクルス》に剣だけじゃなくて蜥蜴鉄手甲も作ってくれてほんとにありがとう。

「よし、やれるだけやるぞ！」

「「おおっ！」」

さっそく自分に【マジックアップ】を付与してからカレットとリクルスにもバフをかけていく。

今回は俺も前衛に出ようと思う。装備が新しくなって気分が高揚しているのかもな。

「トーカ！　こいつもあの蜥蜴野郎と同じパターンか!?」

「とりあえずは！　ただ、色々変わると思うからそこら辺意識しとけ！」

「了解！　【狂化】！」

リクルスが岩蜥蜴戦でも使った謎のスキルは『狂化』というらしい。

この前、『泣鹿亭』での愚痴を聞いてる時にリクルスが教えてくれたスキルだ。

何でも、岩蜥蜴戦で称号『狂戦士』と言うものを取得した時に付いてきたのだとか。


＝＝＝＝＝＝＝＝＝＝＝＝＝＝＝＝＝＝＝＝＝＝＝＝＝＝＝＝＝＝

『狂戦士』

理性のカケラもなく攻撃を繰り返す狂者の証

ＩＮＴの成長率が半減し、ＳＴＲの成長率が二倍になる
『狂化』の取得
＝＝＝＝＝＝＝＝＝＝＝＝＝＝＝＝＝＝＝＝＝＝＝＝＝

効果は見ての通り。あの時の理性のカケラも無い【連衡拳】が原因だろう。

ＳＴＲ成長率2倍は凄まじいが、ＩＮＴ成長率半減は大き過ぎるデメリットだから俺は要らないかな。

って何で取れる前提なんだよ……。ただ、逆の効果ならぜひ取得したい。

そして『狂戦士』の称号によって入手出来るスキル『狂化』。

このスキルは、称号によってしか入手出来ない系統のスキルで、現段階で所持しているプレイヤーは決して多くは無いだろう。もしかしたら、リクルスだけかもしれない。

＝＝＝＝＝＝＝＝＝＝＝＝＝＝＝＝＝＝＝＝＝＝＝＝＝
『狂化』
一時的に自身のＩＮＴを低下させる代わりにＳＴＲを上昇させる
Ｌｖ：1 ――― 10％
＝＝＝＝＝＝＝＝＝＝＝＝＝＝＝＝＝＝＝＝＝＝＝＝＝

Ｌｖ：１の時点で、ＩＮＴを10％低下させ、ＳＴＲを10％上昇させる。

なんという脳筋。使い手を相当に選ぶスキルだろう。称号と同じく、俺とは相性が悪い。

魔法をまるで使わないリクルスにぴったりな称号とスキルだ。

「シャッ！　行くぞっ！　ウラァァァァァァァァッ！」

スキルが発動するや否やリクルスが真正面から『咆哮』を発動させて突っ込んでいく。

よく見ると、リクルスの体からうっすらと蒸気が出ている様な気がする。

あの時は洞窟内だったから気付かなかったが、『狂化』を発動させるとこうなるらしい。

細かい所まで作り込まれてるな。

「オラッ！　【衝拳】」

装備を更新した事で、更に頭の悪くなった【連衝拳】が番人熊に打ち込まれていく。

立ち上がると身の丈三〜四メートルはある番人熊の巨体を、リクルスの拳が殴り続ける。

『グラァッ！』

「【衝け――グボハッ！」

リクルスに恐ろしい連撃を叩き込まれていた番人熊だが、その攻撃をまるで気にしていないかの様に、拳を振るっていたリクルスを鋭い爪の付いた大木の様な腕で吹き飛ばす。

煩わしい羽虫を手で払っただけのように、岩蜥蜴すら翻弄したリクルスの【連衝拳】を真正面から圧倒的な力の差を以て撥ね除けたのだ。

まるで、風に吹かれた木の葉のごとく呆気なく吹き飛んでいくリクルスを視界に入れながら、俺も番人熊に向けて亀甲棍を振るう。

「クソッ、【アースクラッシュ】ッ！」

リクルスを回復するべきか一瞬迷ったが、せっかくリクルスが作ってくれた好機を逃すわけにはいかない。腕を振り抜いた事によりガラ空きになった番人熊の右の脇腹に、全力で【アースクラッシュ】をぶち込む。

ゴシャバキィ！

『外道』やら何やらの諸々の効果が乗った【アースクラッシュ】は、とても痛ましい音を立てながら番人熊の脇腹へと命中した。だが、番人熊の体勢を崩す事すら叶わなかった。

『グルァァァァァッ！』

左腕での薙ぎ払いによって、俺の体も呆気なく吹き飛ばされてしまう。

見れば、HPは一撃で一割を下回っていた。直前に防具を新調していなければ、今の一撃で終わっていたことだろう。

リクルスへ視線を向ければ、彼のHPは既に1、2ドット程しか残っておらず、加えてスタン状態に陥ってしまっている様で起き上がる様子を見せない。

幸いなのは、不意打ちの【アースクラッシュ】によって番人熊のヘイトが完全に俺に向いている事だろうか。ここでリクルスに追撃されたら助からないだろう。

『グガァァァァッ！』

HPを回復するため、【ヒール】を発動しようとする俺に向かって、番人熊は思いっきり突進してくる。その迫力と言ったら、まるでダンプカーが押し寄せてくる様で、咄嗟に反応が出来ない。

死んだ……と思った瞬間。

圧縮された火の玉が、番人熊の顔面で破裂し番人熊の突進を強制中断させる。

「トーカ大丈夫かッ⁉」

「助かった！【ヒール】！」

カレットが生み出してくれた時間で、自身に【ヒール】を使用しHPを回復させる。

出来れば【エリアヒール】でリクルスも回復したかったが、番人熊に吹き飛ばされてしまった事で【エリアヒール】の範囲外に行ってしまい、リクルスを回復させることが出来なかった。

ちなみに、今カレットが放った魔法は圧縮させた炎を爆弾の様に炸裂させる、『火魔法Lv：

4』で使用可能になる【ファイアボム】だ。

顔面で炸裂させた事で、ほんの僅かに怯み効果が出てくれたおかげで、命拾いした。

「カレット！　少しでいいからアイツの注意を引き付けてくれ！　リクルスを回復する！」

「了解！　ただし私が死んでも恨むなよ！　【ファイアランス】！」

カレットが放つ、緋杖とローブで強化され、遥かに強力になっている【ファイアランス】を尻目に、リクルスの方へ駆け寄る。

「【ヒール】ッ！　とっとと戦線に復帰しろ！」

「少しは幼馴染を労れッ！」

【ヒール】の射程圏内にリクルスを捉えてすぐに【ヒール】を飛ばす。

そして、リクルスに一声かけてすぐにUターンして番人熊に向かって『縮地』を使い詰め寄る。

リクルスも一瞬遅れてスタンから解放され、すぐに起き上がって駆け出す。

元から持っていたのかは分からないが、リクルスも『縮地』を発動して俺に追随する。

「【インパクトショット】オオ！」

「オラッ！　【破豪《はごう》】ッ！」

遠距離からのカレットの『火魔法』時々『風魔法』ラッシュによって、番人熊の意識は完全にカレットに向いており、俺達には背を向けている。

ならば、そこを狙わない手はない。俺は背骨があるであろう位置に【インパクトショット】を打ち込み、リクルスは番人熊の数歩手前で跳躍し、後頭部に『体術Lv：5』で使用可能になる【破豪】をぶち込む。

【破豪】は、現時点でリクルスが使えるアーツの中で最強に位置する攻撃で『棍術』で言う【アースクラッシュ】と同じ位置付けのアーツだ。

恐らく、攻撃系のスキルはＬｖ：５で一つ、奥の手的なアーツを取得するのではないのだろうか。

カレットも『火魔法Ｌｖ：５』になった時に高火力の魔法を使えるようになったと言っていた。

俺の背骨への一撃で海老反りになり、後ろにさがった頭部にリクルスが拳を打ち込む。

鈍い音が二回鳴り響き、流石の番人熊もこれは効いたらしく、体勢を崩す。

『グガァァァァァァッ⁉』

背骨と後頭部の二箇所への不意打ちは流石に堪えられなかった様で、悲鳴に近い雄叫びを上げる。

その雄叫びですら軽い衝撃波を伴っているのだから恐ろしい。

「【ファイアボム】！」

『グガァァァッ！　グガッ⁉』

そして、リクルスの一撃によって顔が無理やり前に押し出されるタイミングを見計らい、カレットがその顔面に【ファイアボム】を打ち込む。

自分から【ファイアボム】に顔面を突っ込ませる軌道に設置したのは流石としか言えない。

『グルルルル……』

今までの連撃で相当頭に来た様で、番人熊は低い唸り声を上げながら怒りに染まった瞳でこちらを睨み据える。そして、襲い来る圧倒的プレッシャー。

「こいつ……岩蜥蜴より強くねぇか？」

番人熊から発せられる威圧感に耐えながら相手のＨＰバーを確認し……軽く絶望した。

百発にも及ぶリクルスの【衝拳】に、俺の諸々の強化を乗せた【アースクラッシュ】。

カレットの強化された火魔法に、不意打ちの【インパクトショット】とリクルスの【破豪】。

極めつけにカレットの顔面【ファイアボム】。諸々の攻撃を全てまともに受けた番人熊のＨＰは、8割以上が残っていた。

二割『しか』削れなかったと言うべきか、二割『も』削れたと言うべきかは迷う所だが、少なくともコイツは今の俺達には手に余るという事だろう。

「おいおい、これ……やばくねぇか？」

「そんなん分かってる。いいから突っ込め。バフは掛け直しといた」

「わぁーったよ！　やってやらぁ！」

絡みつくような絶望を振り払うため、肺の中の空気を一気に吐き出す。リクルスへの言葉が少しキツくなってしまったのは、無意識にでも気を奮い立たせたかったのだろうか。悪いことをした。

「オッ……ラァッ！　【鎧砕】ッ！」

『跳躍』のための踏み込みの瞬間に『縮地』を発動することで、まるで空中にワープするかの様に移動するという、『縮地』と『跳躍』を組み合わせた小技を使い、一瞬で番人熊の眼前へと飛び出したリクルスは、突然の事で反応に一瞬のラグが出た番人熊の顔面へ【鎧砕】を打ち込む。

ガシャアァン！　とガラスが粉砕される様な音を立て、番人熊のＨＰバーの上に防御力低下のアイコンが現れる。

「ナイスッ！　【インパクトショット】ッ！」

俺もカレットにバフを掛け直してすぐに駆け出し、『縮地』を使い既に番人熊の後ろへと回り込んでいる。

そして、リクルスに気を取られている番人熊に気付かれること無く、がら空きな背中に【インパクトショット】を叩き込む。

『グルガッグガァァァァッ!?』

俺とリクルスのツーコンボで軽く仰け反った番人熊は、顔を前に戻そうとする。

結果、カレットが放った【ファイアボム】にまたしても自ら顔面を突っ込む事となる。

カレット……アイツ戦闘、特に強い敵との戦いになると攻撃がエグくなるよな。

この調子で『外道』デビューしてみるか？　こっちゃこいこっちゃこい。

カレットが放つ魔法は、顔面や足元などのウザったらしい場所ばかりを攻めていくので、敵にしてみれば相当なストレスだろう。

「だらっしゃァァァァァッ！　【破豪】ッ！」

追い討ちをかけるように、リクルスの【破豪】が番人熊の顎を右側から捉える。

顎に対する一撃で脳が揺れた番人熊は、ふらつきながら体勢を崩す。

「オラァァッ！　【アースクラッシュ】ッ！」

体勢を崩し、丁度殴りやすい位置にまで下がってきた頭部めがけて思いっきり【アースクラッシュ】を打ち込む。

後頭部を抉る様に打ち付けられた亀甲棍は、番人熊のＨＰを少なくない量持っていく。

「よしッ！　この調子で行くぞ！」

「おおッ！」

「任せろッ！」

流れがこちらに傾いたタイミングで、気合を入れ直す意味も込めて思いっきり声を張り上げる。

リクルスとカレットも続いて声を上げ、やる気は充分な様だ。

俺は亀甲棍を握り締め、リクルスは蜥蜴鉄手甲を打ち鳴らし、カレットは緋杖を正眼に構える。

各々が、各々の気合を入れ直す。

『ゴガアアアアアアッ！！！！』

起き上がり、体勢を立て直した番人熊が明確な怒りを宿した瞳でこちらを睨み据えた。

◇◇◇◇

「いやぁ、負けた負けた」

結局、あの後俺達は粘りに粘ったが、番人熊のＨＰを五割まで削ることしか出来なかった。

半分も削れたと誇るべきなのかも知れないが、少なくとも俺は悔しい思いでいっぱいだった。

そして、それはリクルスとカレットも同じだろう。

リクルスの言葉も軽い調子ではあるが、どこか暗さを感じさせる。

そして、今現在俺達はどこにいるかと言うと、番人熊に蹴散らされ呆気なく死に戻った後、『泣鹿亭』で反省会を開いていた。

HPが五割を下回り、岩蜥蜴と同じ様に咆哮をあげた番人熊の続く行動。

地面を叩きつけ揺らし、俺達の動きを封じる【スマッシュシェイク】と似た一撃によって動きを封じられ、その隙にまずリクルスがやられた。

そして、次に俺がやられ、最後に残ったカレットも生き残れる訳がなかった。

まず、HPが五割を切り攻撃力が上がったのか、先程はギリギリ耐えた右の薙ぎ払いでリクルスのHPが全損した。

続いて、俺の放った【インパクトショット】を物ともせずに繰り出されたベアハッグによって俺のHPが消し飛んだ。

最後に、これはカレットの自己申告だが、あの巨体からは想像も出来ない俊敏さで接近されて一撃で叩き潰されたらしい。

こうして、番人熊にボロ負けした俺達は最後に死に戻ったカレットと合流してから『泣鹿亭』へと転がり込んだのであった。快く座席を用意してくれた大将。本当にありがとうございます。

「けど、これでよかったかもな」

「何でだよ。負けちまったんだぞ？」

俺の呟きに、リクルスが反応する。そして、それはカレットも同様だった。負けてよかったと言う後ろ向きな発言に少しムッとした様子でこちらを見てくる。

「いや、悔しいは悔しいぞ？　ただださ……」

「ただ？」

「イベント前に一回、あんな感じでボロ負けしてさ。岩蜥蜴に勝ったり新しい装備を手に入れて天狗になってた鼻柱をへし折って貰えてよかった。って俺は思った」

実際、色々あって俺は神官とは思えない火力を手にする事が出来た。

大体の敵は一撃で消し飛ぶし、ボスクラスのモンスターだって苦戦はしたが勝てない事は無かった。

増長しないように心がけてはいたが、どこかで天狗になっていた部分があったと思う。

それは、多かれ少なかれリクルスとカレットも同じだろう。

そして、そういった慢心は得てして悲劇を引き起こす原因となるものだ。

下手したら、明日のイベントでそれが起こる可能性だってある。

そんな天狗の鼻を、番人熊と言う圧倒的強者にへし折って貰った事で目が覚めた。

そんな心境になって初めて、この気持ちを自覚する事が出来た。

そう言うと、リクルスもカレットも思い当たる部分はあるようで、納得した様に頷いていた。

しっかりと人の言葉を飲み込める辺り、この二人は立派だよな。

番人熊よ。俺達の目を覚まさせてくれてありがとう。

絶対にリベンジしてやる。覚悟しとけ。

掲示板回②

【町を】《ＥＢＯ》イベントスレＮｏ：５【守れ！】
ここは《Ｅｎｄｌｅｓｓ・Ｂａｔｔｌｅ・Ｏｎｌｉｎｅ》
通称《ＥＢＯ》の初イベントについてのスレです。
次スレは＞＞９５０を踏んだ奴が宣言して立ててください。
「イベント？　んなモン知らねーよ」って人は帰って、どうぞ
６３３．名無しのプレイヤー
結局さ、襲撃イベがどんな感じかって続報あるん？
６３４．名無しのプレイヤー
いんや、特に無かったはず
だから別ゲーの経験者が予測立ててる感じ
６３５．名無しのプレイヤー
今んとこ有力なのは
・一体のめちゃくちゃ強い奴が来る
・大量の敵がなだれ込んでくる

のどっちかだな
６３６．名無しのプレイヤー
俺的には後者かと思ってる
じゃないと廃人プレイヤーの独壇場になるし
６３７．名無しのプレイヤー
じゃぁさそうだとしてどんな構成で出てくると思う？
６３８．名無しのプレイヤー
どんなって言ってもな……
『統率もクソもない無数の大軍』
か
『一体または少数のリーダーがいる軍勢』
かのどっちかになると思う
６３９．名無しのプレイヤー
ついでに言えば【トルダン】は草原のど真ん中にあるからな
どの方向から来るのかって問題もある
まぁそこら辺はイベント直前にでもわかるだろうけど
６４０．名無しのプレイヤー
俺的には森側から来てくれるとありがたいな

641．名無しのプレイヤー
＞＞640
そのこころは？

642．名無しのプレイヤー
木々をぴょんぴょんして暗殺大会

643．名無しのプレイヤー
出来んのお前くらいだわ！

644．名無しのプレイヤー
＞＞642
こいつフィローだったのかよ

645．名無しのプレイヤー
＞＞644
はいそこ～特定禁止！

646．名無しのプレイヤー
フィローって誰や？

647．名無しのプレイヤー
＞＞646フィローを知らないだって⁉
しょうがない、教えてしんぜよう

648．名無しのプレイヤー
まてまて、ここはイベントスレや
《EBO》民は脱線すると止まらないという性質がある
どうしても脱線したいなら
【語ろうぜ！】《EBO》雑談スレNo．337【永遠に！】
ここでどうぞ
649．名無しのプレイヤー
そこはアカン
ホントにアカン
脱線しないんでそこだけは許して
650．名無しのプレイヤー
＞＞649
そんなやばい所なん？
俺行ったことないんだけど
651．名無しのプレイヤー
行ったことないなら知らないままの方がいいと思うが……
一応教えておこう。あそこはな
1＋1の話をしてる時にちょっと目を離すと世界経済の話に変わってる様な魔境なんだよ

あそこに会話の一貫性なんかねぇ
スレ数がそれを物語ってるだろ?
652．名無しのプレイヤー
俺は一回だけ行ったことがあるが、その時はな
最初は普通なんだよ、建築で家を造りたい的な話をしてた
653．名無しのプレイヤー
へぇー
家って造れるんだ
654．名無しのプレイヤー
＞＞653
造れるから造るんじゃなくて、造れなくても何とか造るんだよ
雑談民の奴らはな……アイツらは別世界の住人だ
655．名無しのプレイヤー
続き行くぞ
俺はトイレに行くために……二～三分かな?　席を外したんだ
そして帰ってきた時、奴らは……
武器防具ポーション素材その他もろもろのアイテムをなぁ!
重力の楔から解き放つ方法を本気で検討してたんだよ!

656．名無しのプレイヤー
＞＞655
ごめん何言ってるか分からない
657．名無しのプレイヤー
＞＞656
安心しろ、みんな分からない
アイツらはホントおかしいよ
658．名無しのプレイヤー
そんな訳でだ、フィローに就いて知りたかったら
【有名人を】《EBO》有名人スレNo．8【集めろ！】
ここに行ってこい、ここなら安全だ
659．名無しのプレイヤー
＞＞658
ざっす！　マジアザッス！
行ってきマース
660．名無しのプレイヤー
＞＞659
いってらー

そしてイベント続報来たぞ！

661．名無しのプレイヤー
えっ⁉　マジ⁉
詳しく頼む！

662．名無しのプレイヤー
まじまじ、公式で発表されてたぞ
襲撃の内容としては、大量に来るパターンだった
んで、襲撃してくるモンスターの群れは
統率もクソもないパティーンでチラホラ強いのがいる感じ
他にも活躍度によってのランキングなんかもあるらしい

663．名無しのプレイヤー
俺も公式見てきた
とりあえずランキングは
・貢献度ランキング
・討伐数ランキング
・各武器種活躍ランキング
・各魔法種活躍ランキング
・死亡数ランキング（少）

・死亡数ランキング（多）
があった
一部ランキングはイベント終了後に表彰するとかなんとか
664．名無しのプレイヤー
ほへぇ～色々あるんだなぁ
665．名無しのプレイヤー
断言しよう。絶対わざと死にまくるヤツとか出てくる
666．名無しのプレイヤー
他にはなんか情報ないん？
667．名無しのプレイヤー
＞＞666
自分で調べろ
……と言いたい所だが教えてやろう
まず襲撃範囲、聞いて驚け全方位から襲ってくるぞ！
そして方角によって敵の強さが違う
北は最強
南は最弱
東は物理有効

西は魔法有効
北東は強い物理有効
北西は強い魔法有効
南東は弱い物理有効
南西は弱い魔法有効
てな感じで分かれてる
多分、廃人無双されないための配慮だと思う
668．名無しのプレイヤー
優しい（確信）
俺は行くなら南東かな
669．名無しのプレイヤー
俺も南東だわ
670．名無しのプレイヤー
私は南西かな
671．名無しのプレイヤー
俺はとりあえず南かと
672．名無しのプレイヤー
はっ！　これだからお前らはダメなんだよ

俺はもちろんき……南だ！
673．名無しのプレイヤー
結局お前も南じゃねぇかｗｗｗ
674．名無しのプレイヤー
だ……だってよぅ……
北は廃人仕様だろ？
（゛ノ・∀・｀）ムリムリ
675．名無しのプレイヤー
まぁそうだよな。流石にそこまで鬼畜じゃないだろうけど
676．名無しのプレイヤー
だよな……流石にまだそこまで差はないと信じたい
677．名無しのプレイヤー
なお、差の基準は一般人とお相撲さんの体重差を参照
678．名無しのプレイヤー
わぁあんまり差は無いね（白目）

【有名人を】《ＥＢＯ》有名人スレＮｏ：８【集めろ！】
ここは《Ｅｎｄｌｅｓｓ・Ｂａｔｔｌｅ・Ｏｎｌｉｎｅ》

通称《EBO》のスレっす。
次スレは＞＞950を踏んだ奴が宣言して立ててくださいっす。
冷やかし、誹謗中傷はNGっすよ、お気を付けて。
現時点で上がってるのは
・β最強『アッシュ』
・もはや忍者『フィロー』
・多色魔道士『ノルシィ』
・三十の壁越えを目指す『テンタクル』
・害悪『リガンド』
身元不明
・ポーションの神
・白髪の蠑き逃げ男
他にもあったら情報よろっす！
310．名無しのプレイヤー
すまん、別スレから来たんだが
『フィロー』って奴のこと聞いてもいいか？
311．名無しのプレイヤー
＞＞310

おっ、新入りか
もはや忍者の『フィロー』か
おーい！　フィロー担当いるか？
312．名無しのプレイヤー
へいっ！
呼ばれて飛び出てジャジャジャジャジャーン
フィロー担当の俺氏だぜっ！
313．名無しのプレイヤー
…………何これ？
314．名無しのプレイヤー
まぁビビるのも無理はねぇ
ここはそれぞれ有名人の担当がいるんだよ
まぁ、成り行きだがな
315．名無しのプレイヤー
んで、そのウザイのが『フィロー』担当
316．名無しのプレイヤー
ひっどい言われようｗｗｗ
それでも僕はめげないッ！（きりっ）

317．名無しのプレイヤー
うっわぁ……うぜぇ
318．名無しのプレイヤー
さっそく『フィロー』担当の洗礼を受けたな
ようこそ有名人スレへ
319．名無しのプレイヤー
何その通過儀礼!?
320．名無しのプレイヤー
さてさて、悩める子羊よ
『フィロー』について聞きたいんじゃな？
321．名無しのプレイヤー
あっはい
322．名無しのプレイヤー
新入り引いてんじゃねぇかwww
323．名無しのプレイヤー
＞＞322
そこうっさい！
＞＞321

安心したまえ、ちゃんと教えてしんぜよう
324．名無しのプレイヤー
現時点で判明してること
プレイヤーネーム『フィロー』
ジョブ：軽戦士
サブ：軽業師
スキル構成
『軽業』『剣術』『索敵』『隠密』『遠目』『夜目』
は確実。特に、『軽業』は場合によってはＬｖ：７もありえる
某忍者マンガの様に木々の間をぴょんぴょん飛び跳ねるというロマン技をモノにしたある種の怪物
軽業師界のパイオニアで全軽業師の憧れ的存在
奴の森での暗殺術はマジで恐ろしい
メイン攻撃は短剣での不意打ちの首掻っ切り
大体の敵はこれで沈む上に耐えても決して真正面から挑まず、気が付いたら殺されてる
掲示板での反応から忍者に強い憧れがある模様
多分だけど少年時代に壁を歩く修行とかしちゃう人
325．名無しのプレイヤー

思った以上に詳しい……

３２６．名無しのプレイヤー
＞＞３２４
他は百歩譲って別にいい
何で俺の黒歴史を知ってやがる!?

３２７．名無しのプレイヤー
おっ、本人登場

３２８．名無しのプレイヤー
このスレはたまに本人が出てくるもんな
今回はフィローが釣れたか

３２９．名無しのプレイヤー
そしてすぐに消えるのも恒例

３３０．名無しのプレイヤー
＞＞３２４
ありがとうございましたッ！

３３１．名無しのプレイヤー
＞＞３３０
おう、役に立てて良かったぜな

332．名無しのプレイヤー
……行ったか
そんで話戻すが、なんか新しい有名人いる？
333．名無しのプレイヤー
うーん既出かもしれないけどぁの二人は？
ほら、初日の雑談スレで出てきたＦＦペア
334．名無しのプレイヤー
あー、あの二人ね
出たっちゃ出たけど情報無さすぎてね
あれ以来目撃情報もほとんどないし
もはや都市伝説レベル
335．名無しのプレイヤー
んじゃあれは？
森で見つかった薬草のロリっ娘
336．名無しのプレイヤー
あの子は町でちょくちょく見かけるぞ
基本共用生産所に籠ってるっぽい
ロリっ娘生産者……閃いた

337．名無しのプレイヤー
へーそうなんか
じゃあそこに行けばお近づきになれるかな？
338．名無しのプレイヤー
変態死すべし慈悲はない。って言うか無理だろ
変にロリっ娘に手を出すと『紳士連盟』が動くぞ
339．名無しのプレイヤー
それは勘弁。まだ命は惜しいんでな
340．名無しのプレイヤー
おや、気のせいですかな？
我々の保護対象に接近しようとする輩がいた気が……
341．名無しのプレイヤー
変態は帰って、どうぞ
342．名無しのプレイヤー
こっちくんな！
343．名無しのプレイヤー
道具屋のロリっ娘に嫌われちまごめんなさいゆるして

【あの熊】《ＥＢＯ》『洞窟の番人』被害者スレＮｏ：３【強すぎ……】

ここは《Ｅｎｄｌｅｓｓ・Ｂａｔｔｌｅ・Ｏｎｌｉｎｅ》
通称《ＥＢＯ》の洞窟の前にいる『洞窟の番人』の被害者が傷を舐め合うスレだくま。
次スレは＞＞９５０を踏んだ奴が宣言して立ててくれくま。
プレイヤーへの誹謗中傷はＮＧくま
そういうのは『洞窟の番人』に直接逝《い》うくま

１６３．名無しのプレイヤー
ふぅ、今日も今日とてボロ負けじゃ

１６４．名無しのプレイヤー
＞＞１６３
あれ？　俺いつの間に書き込んだっけ？

１６５．名無しのプレイヤー
よっしゃ！
二割まで削ってやったわ！

１６６．名無しのプレイヤー
おおっ！　すっげぇ
で？　二割削った後は？

１６７．名無しのプレイヤー

気付いたら死んでた……
恐らくスーパーダッシュからの叩き潰しで
死んだと思われる
168．名無しのプレイヤー
あぁ、叩き潰しか
確か二割からだっけ？
169．名無しのプレイヤー
そうそう
最初は
・腕の薙ぎ払い
・突進
二割切ると
・スーパーダッシュからの叩き潰し
・たまに咆哮
までが判明してる行動パターン
んで、戦闘開始直後にも咆哮がある
170．名無しのプレイヤー
まだ二割しか削れてないの？

171．名無しのプレイヤー
＞＞170
いや、このスレの住民でも行く奴は四割まで行く
行動パターンの変化はなし
172．名無しのプレイヤー
確かアイツって前にアッシュ達が挑みに行かなかったっけ？
『洞窟の番人』はあれ勝てるようになってんの？
173．名無しのプレイヤー
そういやそんな話あったな
確か、運悪くメンバーが揃わなかったから
今いるメンバーで行って負けてた気がする
174．名無しのプレイヤー
ちなそん時のアッシュ達は六割まで削った
175．名無しのプレイヤー
流石β最強パーティ
フルメンバーじゃないのに六割行くのか
176．名無しのプレイヤー
ホントだよな

そんで、今勝てる気がしねぇって強くなって出直すって言ってたぞ
177．名無しのプレイヤー
アッシュでダメなら俺達にゃ無理な話だな
178．名無しのプレイヤー
＞＞177
でも挑むんだろ？
179．名無しのプレイヤー
もちろん
当面の目標は安定して三割達成だな
180．名無しのプレイヤー
なにげにさ、あそこスキル上げに丁度いいんだよなｗ
181．名無しのプレイヤー
＞＞180
それ！
スキルレベルグングン上がる
まるでクマさん道場だよ
182．名無しのプレイヤー
クマさん道場ｗｗｗ

183．名無しのプレイヤー
いいなそれｗｗｗ
俺も今度から使おっと
184．名無しのプレイヤー
そんなクマさん道場の続報を二つ
面白い情報と驚く情報、どっちから聞きたい？
185．名無しのプレイヤー
＞＞184
面白い方から
186．名無しのプレイヤー
＞＞184
驚く方
187．名無しのプレイヤー
＞＞185
あぁ!?
188．名無しのプレイヤー
＞＞186
やんのかゴラァ！

189．名無しのプレイヤー
喧嘩すんなお前らw
190．名無しのプレイヤー
喧嘩すんなら言うのやめよっかな～
191．名無しのプレイヤー
ハハッ！　何言ってんだ？
俺と＞＞185は仲良しだぞ？
192．名無しのプレイヤー
ハハッ！　どうしたんだ？
＞＞186と俺は親友だぞ？
193．名無しのプレイヤー
＞＞191＞＞192
なんて手のひらドリル
美しすぎて芸術点あげちゃう
194．名無しのプレイヤー
鮮やか過ぎて尊敬するわw
195．名無しのプレイヤー
そもそも聞かなくても同時掲載すればいいじゃん

196．名無しのプレイヤー
＞＞195
お前天才か!?
197．名無しのプレイヤー
＞＞196
バレちゃった？
198．名無しのプレイヤー
天才の意見を元に同時掲載してみた
情報一『面白い方』
『洞窟の番人』に挑み負けること実に百回。とある称号を手に入れたんだ
その名も『無謀な挑戦者』。まさにその通りだと思う
情報二『驚く方』
『洞窟の番人』のＨＰを五割まで削った奴がいる
199．名無しのプレイヤー
ふぁっ!?
200．名無しのプレイヤー
えっ!?
201．名無しのプレイヤー

マジで⁉　誰だ⁉

314．名無しのプレイヤー
～～～～～～～～～～～～～～～～～～～～
嘘だろ⁉

315．名無しのプレイヤー
番人熊五割切りの衝撃が強過ぎて誰も称号に触れない件

316．名無しのプレイヤー
＞＞315
いや、称号も気になるけど問題は五割切りだろ
万全じゃないとはいえアッシュ達でも六割だぞ？

317．名無しのプレイヤー
＞＞198
詳しい情報プリーズ

318．名無しのプレイヤー
了解。ってもほぼ情報は無いぞ
負けて町まで死に戻った時に称号貰ってて
そのままデスペナ消えるまで時間潰してから再戦しに行ったんだよ

319．名無しのプレイヤー

そしたら、ちょうど戦闘終了直後だったらしくて
遠目にプレイヤーの死亡時エフェクトが見えて
駆け付けたら番人熊のHPが五割切ってた
320．名無しのプレイヤー
んで、失礼とは知りながらハイエナして瞬殺
もちろんされたぜ
321．名無しのプレイヤー
わぁお……
これは有名人スレに教えに行くべきか？
322．名無しのプレイヤー
だな、新たな身元不明誕生だぞ
アッシュ達って可能性もある
323．名無しのプレイヤー
＞＞322
それはありえる
でも強くなってからって言ってたし、イベント直前で行くもんか？
324．名無しのプレイヤー
＞＞323

そこは……ほら最後の腕試しとかさ
325．名無しのプレイヤー
ちなみに称号の効果はこれな
『無謀な挑戦者』
何度も同じ相手に挑み負けた証
特定の敵との戦闘時ステータスに
【その敵に対する敗北数】％が上乗せされる（MAX＋100％）
その敵に勝つと値はゼロに戻る
326．名無しのプレイヤー
地味につおい
327．名無しのプレイヤー
100回負ければ二倍だろ？　突貫してこいよ
328．名無しのプレイヤー
うっし、行ってくっか
～～～～～～～～～～～～～～
458．名無しのプレイヤー
『洞窟の番人』はそんなに甘くなかった……
459．名無しのプレイヤー

おかえり。まぁ知ってた
460．名無しのプレイヤー
まだ1・01倍だろ?
そりゃ勝てねぇよw

書き下ろし番外編 ✚【トルダン】町歩き

「なぁ、そういやこの町って何があるんだ？」

《ＥＢＯ》を始めてから数日。リクルスとカレット、そしてレベル的にもそろそろいいだろうという事で昨日から本格的に参加し始めたトーカの三人は今日も今日とてレベル上げをするために《ＥＢＯ》の世界へとやって来ていた。

そして、さぁ町の外に行くぞ！　というところでリクルスのこの言葉だ。

ルンルン気分で歩き出そうとしていたカレットも固まろうというものである。

「ぬ？　たしかに全容は把握していないが……」

「確かに、この町も意外と広いもんな。よく行く場所以外は聞きかじりの知識しかないのも当然か」

だが、言われてみれば確かに町の外で狩りばかりしていて町並みに明るいとは言えない。

路地裏ひとつ取っても謎の作り込みを見せるこの運営の事だ。どうせいろいろなところに力を入れている事だろう。そう考えると、町の散策にも俄然興味が湧いてくる。

どうやらそれは三人とも同じだった様で、言い出しっぺのリクルスはもちろんのこと、純粋で様々なことに興味を持ちやすいカレットや幼馴染達よりは観察力が高くある程度は把握しているはずのトーカも強い興味を惹かれたらしく、そわそわとしている。

「「「今日はレベル上げじゃなくて町の散策にしないか？」」」

そして、全く同じタイミングで、一言一句違わぬ言葉が三人の口から飛び出した。

そこそこ長い内容だというのに全くのずれがない辺りさすが生まれた時からの仲というべきか、

何もかもが完璧に被った提案に三人は顔を見合わせて軽く笑い合う。

「よっし、じゃあ今日はこの町……と、と……とる？　とり？」

「【トレダン】」

「それだ！　【トレダン】の散策としゃれ込もうぜ！」

「カレット、嘘を吹き込むな。リクルスも町の名前くらい覚えとけって。【トルダン】だ」

「それだ！　【トルダン】の散策としゃれ込もうぜ！」

騙されたことを無かったことにしたリクルスの号令のもと、本日の予定がレベル上げから町の散策へと急きょ変更されたのだった。

なお、カレットは分かっていて騙したのか自分も勘違いしていたのかという問題については、彼女の吹く鳴っていない口笛が教えてくれることだろう。

「まずどっから行く？　個人的には縁がなさそうな東なんか気になるんだけど」

「何を言うか！　町を知るには人を知ってこそ！　私は北に行くべきだと主張する！」

「俺は南かな。いろんなアイテムを見て回りたいしフリーマーケットも気になる」

「「「…………」」」

提案は揃うのに行き先希望は一切揃わない幼馴染達であった。

この始まりの町たる【トルダン】は東西南北に四つの区画に分けられている。
・NPCたちの暮らす家々や食堂、そしてプレイヤー用の宿の立ち並ぶ居住エリアの『北区』
・プレイヤー・NPC問わず様々な物を作り出す生産職の職人達が集う工房エリアの『東区』

・食材や道具、素材などのアイテムショップやフリーマーケットが固まった商売激戦区の商業エリアの『南区』
・武器防具やポーションなどの戦闘用アイテムの店や討伐・収集系のクエストを受けられる斡旋所のある強者ひしめく戦闘エリアの『西区』
と、このように区画ごとにその特色が色濃く出ている。

ちなみに、初期地点の噴水広場は町のちょうどど真ん中に位置しており、それぞれの区画のメインストリートに道が延びている。

一応はどの区画からも町の外に……つまりはフィールドに出る事が出来る出入口があるにはあるが、ほとんどのプレイヤーは戦闘をメインに遊んでいるため、装備の調達がしやすい『西区』が活動拠点になっている。

そして、それはこの三人も例外ではない。

むしろ、積極的にレベル上げとして狩りを続けているためより顕著と言えるだろう。

ちなみに、トーカが出会ったＮＰＣの少女であるカノンの父親が営む道具屋も『西区』に店を構えている。

店主にして狩り《仕入れ》の要たるルガンが復活した事によって頭一つ抜けた高品質なポーション類を売っている道具屋としてガチ勢のプレイヤー達から高い人気を集めている。

また、可愛い少女《カノン》が接客をしている事もあり、大量の紳士の方々が贔屓にしているという事で、頭一つ抜けた売上があるらしい。

そういった事もあり、トーカ達三人は『西区』以外の区画には特色程度の聞きかじりの知識しか無いのだ。

「行先は別々、ならば……」

「あぁ、コレで決めるっきゃねぇよな」

「話し合いよりはその方が手っ取り早いな」

スッとピリついた臨戦態勢でカレットが二人を睨め付ければ、リクルスも乗ったとばかりに握り拳を構える。

まさに一触即発の剣呑な状況。

普段ならそんな状況になれば真っ先に止めるはずのトーカですら、乗り気で拳を構える。

「へぇ……？　やる気じゃねぇのトーカ」

「止めるのも面倒だ。ならさっさと叩きのめしてスムーズに行った方がいい」

「乗り気とは珍しいな。その自信、打ち砕いてくれるわ！」

少し前の楽しげな雰囲気はどこへやら、剣呑な雰囲気を纏い、好戦的な笑みを浮かべた三人はまるで示し合わせた様なタイミングで拳を振り上げ――

「という訳でまずは『南区』だな」

「「しょぼんぬ…………」」

数分後。しょんぼりとしたリクルスとカレットを引き連れ、トーカはお目当ての『南区』までやって来ていた。

「ぬぁぜ勝てない⁉」

「こてんぱんではないか……！」

「はぁ……これまでどれだけお前らとやってきたと思ってんだよ。ジャンケンの癖くらい把握してるわ」

そう。彼等は話し合うよりも先にジャンケンで行き先を決めたのだ。

そして、何も考えずにジャンケンポンしてる二人が長年保護者役として見守り続けてきて癖を完全に把握してるトーカに勝てるはずもなく、あいこすらなく完封されたのだった。

「『南区』から反時計回りに『東区』『北区』『西区』って行けばロスが少ないからそれでいいよな？」

「まぁいいんでね？　別にごねる事でもねぇし」

「むん。勝ったのはトーカだからな。反対する理由もない」

「んじゃ行くか」

そうして、ようやく三人は町巡りを開始したのだった。

◇◇◇◇

「ひょーーー！　なんこれなんこれ！　なんで草なんかまとめて売ってんの⁉」

「元気いいねぇ。コレは薬草って言ってね、ポーションの材料だよ。基本的には薬師さんに卸すんだけど、端数であまったのを売ってるのさ。すっごい苦いけどそのまま齧ってもちょっとは傷に効くからね」

「ぬぅ⁉　何故同じ木の枝の単価が違うのだ⁉」

「採取方法や産地、種類や樹齢、保管方法とかでだいぶ性質が変わるからね。ありふれた材料だからこそ、些細な違いで大きく化けるのさ」

最初は希望していた場所じゃなかったからとしょぼんぬしていたリクルスとカレットだが、なんだかんだ言ってウィンドウショッピングが楽しいらしい。

戦闘重視故に普段はあまり気にしない色々なアイテムを売っている露店を見てテンションを撥ね上げていた。

「ったく……店先ですみません」

「はっはっは、若いのに気を遣うねぇ。活気があるのは良い事さ。気にしない気にしない」

ともすれば迷惑行為とも取られかねないリクルスとカレットの疑問にも、楽しそうに目を輝かせて商品を眺めている二人を見て微笑ましげに笑いながら丁寧に対応をしてくれているのは、とある露店の女店主だった。

保護者としてさすがに……と思ったトーカが謝った時も、豪快に笑いながら気にすんなと笑い飛ばす懐の深さはまさに肝っ玉母ちゃんの貫禄だ。

「「そうだそうだ、女将さんもそう言ってるぞ！」」

「お前らは調子に乗るなっての」

「ほらほら、若いもんが気ぃ遣わないの。ま、どうしても気になるってんならなんか買ってってくれよ。そうすりゃ儲けもんさ」

「おっ、じゃあ俺薬草！　どんな味か興味湧いたわ！」

「なら私は木の枝だ！　何が違うのか、見極めてやろうではないか！」

「あ、じゃあ俺も薬草と……この紫色の……木の実？　もください」

「それはMPポーションの材料になるミニベリーだね。毎度あり！　薬草は多分想像の五倍は苦いから気を付けな。枝の違いは分かったら私にも教えとくれ。そんじゃ、今後もご贔屓にね！」

元気が良い子は見てて楽しいからね、おまけしちゃう！　と割引までしてくれた最後まで快活な女店主に見送られながらトーカ達は露店を後にする。

その後もいくつかの露店を巡り、なんだかんだで各露店で一つずつはアイテムを購入する事になった。

どの露店の店主もノリと気前が良く、和気あいあいとした距離感の近い人柄が特徴的だった。

どれもこれも『始まりの町の露店で売っている商品』という事を考えれば当然だがそこまで質の高い物ではない。

それを上手く売り付けるのだから、当然気の良い対応も商法のひとつなのだろう。

だが、明るく対応してもらって悪い気はしない。それに、お金《トラン》は戦闘《レベル上げ》すればついでに稼げる。

現に、ジョブ的にも大した価値は無いであろう雑品が沢山並んだウィンドウを眺めるリクルスやカレットはとても楽しそうだ。

ただ……。

「フリーマーケットがほとんど品切れだったのが残念だな」

トーカ的に最大の目玉だったフリーマーケットが空振りだった。

ほとんどの商品が売れてしまっていて、大抵の店が早々に店仕舞いしていたのだ。

「聞いた話じゃたまに掘り出し物が出るとかで物好きなプレイヤーが買い漁るんだと」

「む、そう言えば何度か『フリマガチャ』という言葉を耳にしたな」

「お前らはそう言う情報だけはよく知ってるよな」

どうも、フリーマーケットに出品される品は事前に性能確認が出来ない代わりに上限下限の幅が広く、死ぬ程粗悪なゴミを押し付けられる場合もあれば超お得な買い物になる事もあるとか。

当たりを引く為に全部買ったら結局意味無いのでは……と思わなくもないが、極々稀に現状他では入手法が見つかっていない超希少なアイテムが売りに出される事があるらしい。

それこそ、フリーマーケットのアイテムを全て買い占めてでも当たりを引けばプラスになるほどのレアアイテムが。

中には、嘘か誠かスクショや実物といった証拠は無いものの『聖水』や『世界樹の葉』と言った明らかに最初期に手に入る物ではないようなレアなアイテムが手に入ったという証言もあったりする。

どっちもインベントリに入っている気がしたが、トーカは何も気づかなかった事にした。

フリマガチャ廃人筆頭にして職人街の『東区』に住み着く小柄な少女の噂もあったが、やはりトーカは何も気づかなかった事にした。

「まぁ大抵は露店にすら並ばない粗悪品をまとめて安売りという名の処分をしているだけらしいがな」

「それでも止められねぇのがガチャの怖いところだ」

「妙に実感のこもった言葉だな。娯楽程度にしておけよ」

「家賃まではセーフ！」

「じゃあ養ってもらってる身だから上限0円だな」

「あっ……」

ガチャラー達に買い荒らされた無品の荒野《フリーマーケット》を中身の無い会話をしながらとぼとぼと進んでいると、フリーマーケットの端も端の辺りにまだ商品が残っている店がある事に気が付いた。

「……って、あれ？　まだ売ってるのがあるぞ」

「なんと⁉　生き残りがいたというのか⁉」

「ヒャッハー！　ガチャの時間だー！」

水を得た魚のように元気になったリクルスを先頭にぞろぞろとその露店の前まで進んで行く。

「あ、おきゃくさんだ！」

「てづくりのあくせさりーだよ！」

「がんばってつくったからかってくれるとうれしいな！」

そこは、五～六歳に見える二人の子供が小さな風呂敷を広げているだけの、ごっこ遊びのような可愛らしいお店だった。

朝一で買い荒らされるフリーマーケットにその後に来る客などほぼ居ないのだろう。

珍しい『おきゃくさん』に、小さな兄妹は嬉しそうに目を輝かせ必死に品物のアピールをしている。

「ほぉ？　手作りのアクセサリーとな？　……手作り⁉」

「え？　コレ、ちびっ子達が作ったん？　普通に凄くね？」

「あぁ、リクルスとカレットより器用なんじゃないか……？」

幼い兄妹が広げる風呂敷《おみせ》には、小鳥の羽をあしらったブレスレットや綺麗に磨かれた小石のイヤリング、硬いツヤツヤの木の実の連なったネックレスなど、間違っても『子供のお遊び』で済ませていいクオリティでは無い商品ばかりがならんでいる。

「こればっかりは反論出来ねぇ……！」

「家庭科の裁縫の実習は絆創膏が親友だからな……！」

「おにいちゃんとおねえちゃん、きゅうにうずくまってどうしたの？」

「げんきがでないならこのぶれすれっとがおすすめだよ？　かわいいはねがかぜにゆれてるのをみるとげんきがわいてくるよ！」

「「しかも商売上手！　いただきます！」」

「「まいどありー！」」

完膚無きまでに完敗した事実に打ちのめされて崩れ落ちた二人は、幼い兄妹の小さなおててで頭をなでなでされて慰められながらアクセサリーを買わされていた。

幼くとも『南区』で店を構える店主達だ、抜け目がない。

「買わされてやがる……。君達は何時から開店してるの？」

幼児に丸め込まれた幼馴染の姿に哀愁を覚えつつ、トーカは気になった事を訊ねてみた。

ガチャラーが買い漁るフリーマーケットにおいて、朝早くとは言えない時間帯まで売れ残っているのが疑問だったのだ。

商品自体がどうしようもないほど粗悪なら分からなくもないが、見た限り拙さこそあるもののアクセサリーとして十分な品質である。それなのにこんな時間まで残っている理由とは。

「えっとね、さんじゅっぷんくらいまえから！」

「おとながはじめるじかんははやすぎてねむいんだもん」

「ままもはやいじかんはあぶないっていってたし」

「だからおひさまがのぼってからおみせだすんだ！」

「それに、まいにちひらくわけじゃないんだよ？」

「はねとかこいしとかきのみとかあつめなきゃだし」

「あつめたのでつくるじかんもひつようだからね」

「だからたまにしかおみせはひらかないんだ」

「うんよくであえたこのこううんに、ぜひおひとついかが？」

仲睦まじく、代わる代わる言葉を紡ぐ幼い兄妹。セールストークも忘れない。

どうやらこの時間まで生き残っていた理由は、稀にしか出店しない上にそもそもガチャラーが訪れる時間には出店していないだけだったようだ。

買い漁るガチャラー共は翌朝の再出店までは枯れ果てたフリーマーケットには興味を示さないので、そもそもこの店の存在自体を知らない可能性が高い。

そんな時間差出店のおかげで、トーカ達は空振りだと思ったフリーマーケットで素敵なアクセサリーのお店と出会う事が出来たのだ。

ただ、たまたま町の散策をしようと思った日がこのお店の出店日であった事は奇跡としか言いようがない。

このような一期一会の出会いもまた、フリーマーケットの醍醐味なのだろう。

「へぇ、そっか。じゃあ運が良かったんだな。なら、買うしかないな。じゃあ俺にもこの二人と同じブレスレットをお願いしようかな」

「おかいあげどうもー！」

「きねんすべきさんにんめのおきゃくさまなので、ていかでのはんばいとなりまーす」

「うん。記念すべきでも値下げしない辺り商人だね」

「「えへへー」」

幼き商人から購入した日に優しい水色の羽をあしらったブレスレットを早速身に付けつつ、未だにしょんぼりしている二人を連れて小さなお店を後にする。

「「またきてねー！」」とリピーター確保に余念が無い辺り、将来は立派な商人になる事だろう。

ちなみに、幼き商人達から買い付けたブレスレットは何の変哲もないただの見た目装備のアクセサリーだった。

これがハズレを引いただけなのか、それともシステムとして子供の露店には当たりがないのか。

その辺は分からないが、小さな子供が真心込めて作ったアクセサリーと言うだけで大きな価値がある。

風に揺らめく青い羽を眺めながら、そう思うトーカであった。

◇◇◇◇

「おぉー！　ここが職人達のホームグラウンド『東区』か！」

「トンカントンカン響く鎚の音に職人達の喧喧囂囂《けんけんごうごう》とした叫び声！　良い意味で最っ高にうるさいな！」

「お前ら生産に興味あったたっけ？」

「「ない！　が、このうるささはテンションが上がる!!」」

フリーマーケットでの小さな出会いを経てやって来た『東区』。

そこは、現地人異邦人《NPCプレイヤー》関係無く生産職が集い、日夜ものづくりに明け暮れる職人達の不夜城。

今も響くは、鳴り止むことの無い金槌の音と職人達の怒号が織り成す喧騒曲。

もし仮に、『この町《トルダン》で一番賑やかな場所は？』と聞かれたら、この『東区』以外に答えようがない。

三人が足を踏み入れた『東区』は、比較的穏やかな『南区』とはまるで違う喧騒に満ちた場所だった。

賑やかな事が大好きなリクルスとカレットは、周囲の喧騒に引っ張られるように声量とテンションが増していく。

「折角だし大剣買いたい！　トーカから貰った鉄の剣もいいけど、やっぱ想定してたのは大剣振り回すヤツだし！」

「なら私も杖の新調がしたいぞ！　初期装備じゃ味気ないからな！」

戦闘メインで生産には興味が無くとも……いや、戦闘がメインだからこそ、新たな武器との出会いの予感に胸を高鳴らせる。

この喧騒の中に未来の相棒が眠っているかもしれないと思うと、それだけでワクワクが止まらない。

そんな衝動の赴くままに、リクルスとカレットがとりあえず目に付いた店に突入する。

露店型の工房とでも言うべきか、簡単に覗き込める店の奥では、ねじり鉢巻を巻いたオヤジが炉の前でトンカンと鉄を打っていた。

「すいませーん！」

職人、と言われて想像するような、頑固オヤジのような雰囲気を背中からバリバリと発しているオヤジに、リクルスは物怖じせずに話しかける。

トンカントンカン
返事は無い。

「すいませーん？」

次はカレットが声をかける。

トンカントンカントンカントンカン
やはり返事は無い。

「「すっいっまっせーん！」」

リクルスとカレット《バカ二人》が揃えて声をかける。

トンカントンカントンカントンカントンカン
やはり返事は無く、鉄を打つ音だけが響き渡る。

そして……。

カァン！

一際強く鉄を打つ音と共に、見るからに頑固オヤジといった風体の店主がうるさい客の方へと振り返る。

ギロリ、と音がしそうな剣呑な雰囲気で店先で喚く二人を睨め付けると、スゥッ……と息を吸い込んで――

「じゃぁかしぃわ！！！！！！！！」

思いっきり怒鳴りつけた。

「店先でギャーギャーギャーギャー喧しいわ‼　オレが鉄打ってんのが見えねぇのか⁉　話しかける時は自分の都合じゃなくて相手に合わせる！　そんくれぇの事も出来ねぇのか⁉」

「「うひぇぇぇぇぇぇ⁉　すいませぇぇぇぇぇぇん！！！」」

それはもう、反論のしようがない程のド正論で真正面から殴られたリクルスとカレット《喧しい迷惑な輩共》はその剣幕に飲まれて必死で平謝りをする。

「ふん！　んで、クソガキ共は何の用だ？　これでつまんねぇ用事だったら容赦しねぇからな⁉」

「ひぇ！　あ、えっ、あの！　俺武器が欲しくて！」

「う、うむ！　私もだ！」

「ほぉ？　武器……武器ねぇ？」

そう言ったっきり黙りこくってリクルスとカレットの二人を上から下まで睨み付けるオヤジさん。

その瞳は目だけで心の弱い者なら気絶しそうな程の迫力が込められていた。

「なぁ、クソガキ共……ウチの専門が何か、知らねぇだろ」

そして、ハァ……と面倒くさそうにため息を吐いてそう吐き捨てる。

「「専門……？」」

揃って首を傾げる二人に、オヤジさんはびきりと頭に青筋を浮かべて店の外を顎で指す。

「外出て看板見てこいクソガキ。その上で用があるってんなら、あぁ、オレの目が節穴だ。頭下げてやるよ。だが……違ったら、二度と店《ウチ》の敷居跨ぐんじゃねぇぞ！」

「「ひゃい！」」

そう言われて反射で返事をしつつ店から追い出された二人だが、言われた意味がよく分かっていない様で頭に疑問符を浮かべている。

そのまま疑問符を引き連れて外に出ると、頭痛を押さえるように頭に手をやってため息を吐いているトーカに半目で出迎えられた。

「お前らさ、落ち着きを持とうぜ？　ほら、看板見てみ」

オヤジさんに言われた事をトーカにも言われ、改めて……と言うよりも初めてこの店の看板を仰ぎ見る。

そこには……。

「「『モルゲン工房・槍専門』…………」」

「お前らの武器は？」

「大剣と拳……」「杖……」

「………やること、分かるよな？」

「「謝って来まぁぁぁぁす!!」」

「はい、よろしい」

ようやく自分達がどれだけ失礼なことをしていたのか理解したリクルスとカレットは、顔を青ざめさせて必死の勢いで店内に駆け込む。

「「……ッ！」」

直前でビタッと止まる。

オヤジさんが言っていた、『違ったら二度と店《ウチ》の敷居を跨ぐんじゃねぇ』と言う言葉を律儀に守ったのだろう。

「「よく見もせずにご迷惑をおかけしてすみませんでした！」」

そして、店先でビッシリと最敬礼まで決めて全力で謝罪する。

こういう時に、所詮NPCだから、と適当に済ませずに全力で謝れる所にリクルスやカレットの素直さが現れている。

「フンッ！　分かりゃいいんだよ分かりゃ！　用がねぇなら帰《けえ》んな！」

「「はい！　すみませんでした！」」

そう言って追い返すオヤジさんに、二人は改めて謝罪すると必要以上に居座って迷惑をかけるつもりは無いとばかりに店に背を向け、そそくさとその場から立ち去る。

「チッ……ガキ共、大剣なら二本先の通りを右に行って二軒目の『ゴンゴダ工房』、杖ならそこから一本先の通りを左に行って四軒目の『アルシャス工房』、手甲ならアルシャス工房の向かいの『ウェンキ工房』に行きやがれ。どれも店主は癖が強ぇが腕は確かだ」

「「っ！　なんで俺（私）の武器を……!?」」

「そんくれぇ見りゃ分かんだよ！　職人舐めんな！　ほら、さっさと行った行った！　……ねぇとは思うが、槍なら見てやる。今度は間違えんじゃねぇぞ！」

そう言うと、オヤジさんはフンッ！　と炉の前に振り返り、鉄を打ち始めてしまった。

「「ありがとうございます！」」

そう言って改めて頭を下げる、リクルスとカレット。

オヤジさんからの返事は無かったが、心做しか少し強く響く鉄を打つ音に背を押され、嬉しそうなむず痒そうななんとも言えない表情でトーカの所まで戻ってくる。

「すげぇ……！　なんか職人！　って感じの人だった！」

「怖い人かと思ったが良い人だったぞ！」

「そうだな。これからはちゃんと突っ込む前に確認する癖を付けような？」

「あぁ……身に沁みて分かったぜ」

「うむ、事前確認は大事、私は学んだぞ！」

調子がいい返事を返す二人に、トーカは「本当に分かってんのか……？」と半信半疑ながらもとりあえずはと言った風に納得する。

「それで、だ！　トーカ！　私はアルシャス工房とやらに行きたいぞ！　杖を取り扱っているらしい！　手甲を扱ってるウェンキ工房とやらもだ！」

「俺はゴンゴダ工房だ！　おっちゃんがそこは大剣扱ってるって教えてくれたんだぜ！　あとその向かいのウェンキ工房！」

「そうかそうか、良かったじゃないか。それで、どっちが先に行くんだ？　揉めるのはごめんだぞ」

楽しみ！　と言った感情が表情から仕草から、全身から溢れ出しているカレットとリクルスの頭をぽんぽんと軽く押さえて落ち着かせる。

気持ちが昂るのは良いが、それでまた順番決めで揉めるのはごめんなトーカだった。

が、どうやらその心配は要らなかったらしい。

「道なりに行くならゴンゴダ工房、アルシャス工房、ウェンキ工房だな」

「ここから二つ目の通りを右折して二軒目、そこから一つ目の通りを左折して四軒目、その向かい、といったルートで行けるらしい！」

「じゃあそのルートで行くか」

トーカがそう言うと、待ってました！　とばかりにリクルスとカレットはルンルン気分で歩き出す。

その楽しげな雰囲気に、トーカの頬も自然と緩む。先程までの呆れ混じりの苦笑とは違う、慈愛のこもった優しい笑みを浮かべ、少し先を歩く二人の跡を追いかけて行った。

◇◇◇◇

ルンルン気分で歩き出してから一時間ほど。

「職人の作る武器って……高いんだな……」

リクルスとカレットは肩を落とし、どんよりとした雰囲気を撒き散らしながらとぼとぼと歩いていた。

それはもう、ものづくりの音とそれに負けじと張り上げる職人達の声で賑わう『東区』の喧騒すら飲み込んでしまいそうなどんよりさだ。

「まぁまぁ、元気出せって。足りないなら稼げばいいだろ？」

「それはそうだけどよぉ……」

「カレーの口になってたのにお預けを食らったような感じがしてだな……」

しょんぼりと落ち込む二人の様子からも分かるが、あの後三件の工房を訪ね、尽く予算不足で玉砕していたのだ。

正確には、店先に並んでいる売り出し品なら買えるが職人に依頼するオーダーメイドの武器にはとても手が出なかった。

いかに始まりの町とは言え、職人のオーダーメイドはお高かった。

オーダーメイド武器のあまりの値段に崩れ落ちたリクルスは、一切喋らずにメニュー表や料金表を指さすだけでコミュニケーションを取っている、山男を思わせる様な巨躯を持つゴンゴダ工房の店主ゴンゴダに肩をぽんぽんと叩かれて慰められた。

何はともあれ魔法が強化されるぞ！　と息巻いていたカレットは、「ウェへへへへ依頼だぁ！ えぇぇぇ任せてくださいボクならえぇぇ最高の杖をえぇ作れますよウェへへへへ」と杖作りへの愛情が大き過ぎて気持ち悪くなっているアルシャス工房の店主アルシャスが提示した金額に予算が足りないと告げた瞬間、「あ、なら客じゃないんで帰ってください杖作りの邪魔です」と豹変した彼に追い出された。

そして極めつけには、手甲を取り扱うウェンキ工房。

扉に『最高の素材を探して旅に出ます。探さないでください』と書かれた看板が吊り下げられていた。

見事に、全滅である。

「まさかあそこまで高いなんて……」

「そこそこ狩りして稼いでたが、全員のを合わせても武器ひとつの料金の半分にも満たないとはな……」

「それだけ高品質って事なんだろうが……ま、まだ俺達には早かったって事だ」

しょんぼり落ち込みとぼとぼと力なく歩く幼馴染二人をトーカが慰める。

だが、気落ちしている今の彼らにトーカが慰めるのは悪手だった。

「ちぇー、トーカはボスドロの良い武器持ってんのになぁ」

そう。トーカは、運良く初日に手に入れた亀甲棍を持っていたのだ。初期装備はもとより、店売りの装備とも比べ物にならないほどの性能を誇る武器を持ったトーカに慰められても、持っている者の余裕にしか見えないのだ。

が、ここで忘れてはいけない事がある。

真っ先に愚痴ったリクルスも、格は落ちるが『持っている者』だったという事だ。

「むぅ……リクルスだってトーカから貰った剣があるじゃないか。私の杖なんてまだ初期装備だぞ？」

そう。リクルスは、トーカが害悪金髪から巻き上げた強化済みの装備を貰っていたのだ。

手甲と大剣というメイン装備とは違うとはいえ、リクルスは剣も使える。この場において、最も持たざる者なのはカレットなのだ。

「どうせ私なんて……運も金もない哀れな存在なのだ……よよよ……」

「いや、店売りの装備はそこそこ値が張る割にそこまで強くならないから、だったら耐久無限の初期装備で良いやって言ってたのはカレットだろ……」

「何か言ったか？」

「うんにゃ？　何にも」

ルンルン気分から一転、持たざる者のジェラシーで三人の間に暗雲がたちこめていた。

「ほら、落ち込んでてもしょうがないって。それより、北区に行こうぜ？　食堂とか軽食の露店とかあるらしいし、ちょっとなら奢ってやるぞ？」

「「本当か!?　やったぜぃ！」」

一瞬で暗雲は霧散した。

◇◇◇◇

いつの間に、人類の技術はここまで発展していたのかと、そんな事を漠然と考えながら生きた町並みを歩く。

一行は、しょんぼりする結果に終わった『東区』散策を終え、住民が暮らす家々が立ち並ぶ『北区』に訪れていた。

なんの特別さもない、ただの町並み。

だからこそ、異常さが際立つ。

特別さが無さすぎるのだ。

「なんというか、本当に『町』という感じだな」

「あぁ、ＮＰＣ……現地の人達が確かにそこに生きているってのが分かるな」

「見た目がファンタジー風じゃなかったら現実の町って言われても信じちゃうよなコレ」

そこは、とてもゲームのＮＰＣの居住区とは思えないほどにリアルな命を感じる、『生きた町』だった。

現実と何ら遜色の無い町の姿。

子供達が公園で元気に遊び回り、それを少し離れた位置で談笑しながら見守る親達がいる。

食堂で賑やかに食事を取っている一団もいれば、一人で露店の軽食を食べ歩いている人もいる。

道端で集まって井戸端会議に精を出す主婦達の横を、出前だろうか大きな箱を抱えた食堂の制服を着た青年が急ぎ足で通り過ぎて行った。

ＮＰＣ、なんて無機質な言葉では言い表せない命の営みが、確かにそこにはあった。

もうひとつの現実、と言う売り文句も、これを見せられては納得するしかないだろう。

ここは、確かにもうひとつの現実だった。

「今までさ、なんというか、俺の中で《ＥＢＯ》って『すっげぇグラフィックが綺麗なゲーム』だったんだよ。けどさ……これみたら、もうそんな事思えねぇよなぁ……」

「うむ……今目の前にある町の営みと、現実世界の町の営み。何が違うのか、私にはもう分からん」

「別の世界をシミュレートしてる、って言われても信じざるを得ないレベルだよな、ここまで来ると」

その圧倒的な『リアルさ』に、三人は圧倒されてしまう。

そこら中にいるＮＰＣに話しかけても、誰一人として定型文のような返答は返してこない。

もはや、トーカ達には彼らがただのＮＰＣとは思えなかった。運営側の人員がログインして操作しているエキストラだと言われたら、信じてしまうだろう。

「「「すごいな……」」」

なんの特別さもない『ありふれた日常』の中を、その日常にこそ圧倒されながら三人は巡っていく。

とはいえ、特に何かイベントが起こる訳でも無い。

ただそこにあるだけの、当たり前の日常の中を通り抜けただけだ。そうそう事件など起こらないであろう。

リアルな町の営みの中を散策する三人は、異邦人《プレイヤー》を珍しがった子供達にじゃれつかれて一緒に遊んだり、井戸端会議中の奥様方に町の外の様子はどんな感じなの？　怖いモンスターとかがいるんでしょう？　戦ったりしたの？　どんな感じだったの？　と矢継ぎ早にインタビューを受けたり、昼飯時だと大衆食堂に顔を出して店主の女将さんに大盛りサービスして貰ったり、この世界に生きる人々の何気ない日々に触れ合った。

結局、三人はただただそこにある『生きた町の営み』のあまりのリアルさに終始圧倒されながら『北区』の散策を終えたのだった。

◇◇◇◇

「ああ……一周回ってむしろ落ち着く……」

「とても……ゲームの中っぽいな……落ち着くぞ……」

「『北区』にいる時はなんか、ゲームの中って実感が薄れてたもんな」

あまりにリアルな生活の気配を纏う『北区』の散策を終えた三人が次に訪れたのは既に何度も訪れた『西区』。

南、東、北と来て、町巡り最後の区画だ。

そこは、プレイヤーには最も馴染み深い戦闘系の区画。

『東区』の職人達から卸された武器や防具の並ぶ露店に、ポーションや小物を取り扱う道具屋、果ては運動後の一服にぜひと軽食を売り出す露店まである、雑然とした賑わいを見せる区画だ。

この【トルダン】の中で最もプレイヤー人口が多く、昼夜問わず賑わっているこの場所は、最も『ゲーム』らしい場所と言えるだろう。

現に、レベル上げに勤しんでいたトーカ達もここに関しては散策の必要が無いくらいスムーズに歩ける程度には馴染んでいた。

「でもあれだな、こう見ると、やっぱ大抵のプレイヤーは戦闘をメインに遊んでんだな」

「全くだ。少し町の方に足を伸ばせば素晴らしい世界が広がっているというのに」

「そういうカレットだって昨日までは戦闘一辺倒だっただろ？　良いんだよ。本当に素晴らしいものなら、そのうち勝手に広まるさ」

《ＥＢＯ》を単なる超リアルなＶＲゲームとして楽しんでいるプレイヤー達とは別の視点を手に入れたトーカ達は、その微かな優越感に浸りながら馴染み深い喧騒の中を歩いていた。

今日は戦闘はお休み、とばかりに戦闘ムードの『西区』を散策気分で見て回るリクルスとカレットは、走って外から帰ってきたと思えば急いで武器の手入れやアイテムの補充をしてすぐに外へ出ていくプレイヤーを見送り昨日までは自分もそっち側だったな……とちょっとニヒルに決めてみたり、『北区』での営みを見てＮＰＣに興味が湧いたのか露店を開くＮＰＣを観察して不審がられたりしていた。

「あっ！　お兄ちゃんだ！」

そんな二人の様子にこそ微笑ましさを感じていたトーカは、聞き覚えのある声に呼ばれ振り向いた。

視線の先には、小さな体に不釣り合いな大きな看板を掲げた幼い女の子が一人。トーカを見つけるや否や満面の笑みを浮かべ、すてててーと駆け寄って来ていた。

トーカはその少女に見覚えがあった。初日に路地裏で出会い、シークレットクエストなる依頼を持ちかけてきた少女。

とある道具屋の一人娘にして紳士達《ロリコン》のアイドル、カノンである。

ついさっきまで客寄せをしていたカノンが急に満面の笑みを浮かべて一人の男の下に駆け寄って行く様子に、微笑ましげに見守っていた（多重の言葉のオブラート）紳士達が気の弱い者ならそれだけで気絶してしまいそうな程の殺気の籠った視線でトーカを睨み付ける。

トーカはその視線には気付かない振りをして、駆け寄って来るカノンに声をかけようとして……。

「あっ……！」

「「「「カノンたんッ⁉」」」」

その瞬間、大きな看板を持ったまま駆け出したカノンがバランスを崩して転んでしまう。

綺麗にハモった悲鳴を上げる紳士達は無視する。

両手で看板を持っているため、このままでは硬い地面に顔面から突っ込んでしまう。

そんな未来を想像し、来《きた》る衝撃に耐えるようにカノンはキュッと目を瞑る。

「あ……れ？」

だが、いつまで経っても、来るべき衝撃が来ない。

それどころか、なにか温かいものに包み込まれているような安心感が沸き上がって来る。

不思議に思ったカノンが恐る恐る目を開くと……。

「ふぅ……間に合った……。カノンちゃん、大丈夫？」

「……！　お兄ちゃん！」

大好きなお兄ちゃん《トーカ》が、転んでしまった自分の下敷きになるように抱き留めてくれていた。

「うん……！　お兄ちゃんが助けてくれたから、大丈夫！」

「良かった……カノンちゃん、別に俺は逃げたりしないからさ、慌てないで良いんだよ？」

「うん……ごめんなさい。でも、お兄ちゃんに会えて嬉しくて……」

「はは、そうか。そんなに喜んで貰えるなら、俺も嬉しいよ」

困っていた所を嫌な顔ひとつせずに助けてくれた、優しくて頼りになるお兄ちゃん。

あの時の自分はお薬の材料を集めるのがどれだけ危険で大変な事なのか知らなかったけど、それでもお兄ちゃんがとても頑張ってくれたのは分かってる。

そんなお兄ちゃんが、また助けてくれた。

それが嬉しくて、気付いたら転んだ時に手放したのか看板が無くなって自由になった手で、ぎゅーっとお兄ちゃんに抱き着いていた。

そうしたら、お兄ちゃんは甘えん坊さんを慈しむ様な微笑みを浮かべて、ぽんぽんと頭を撫でてくれる。それがまた心地好くて、ぎゅーっとする手にも力が入る。

（あぁ……素直な良い子だなぁ……いつも騒がしいアイツらの世話ばっかりだったからな……この可愛さに癒される……）

「「「カノンたん!?　あの野郎……！」」」

汚い悲鳴を上げる紳士達がいたが、大好きなお兄ちゃんになでなでされる心地好さを全力で堪能していたカノンの耳には届かなかった。

「とっ、ととっ、トーカ、トーカが……！」

「ろっ、ろり……ロリコンに目覚めた……!?」

突如現れた見知らぬ幼女を抱き留めて頭を撫でるトーカの姿に、幼馴染が業の深い趣味に目覚めてしまった……！　と顔を青くする。

寝そべった青年が幼女を抱えて頭を撫で、すぐ近くで二人の男女が顔を真っ青にしてあわあわしており、その様子を遠巻きから無数の紳士達が殺気の籠った視線を叩き付ける。

なんとも混沌とした、恐ろしい空間である。

その後、事態の収拾のためにトーカが幼馴染二人に事情説明を図るも、大好きなお兄ちゃんに抱き着いて離れないカノンを抱えたままだったために限りなく難航するのだった。

◇◇◇◇

「酷い目にあった……」

「ふむ、とんだ災難だったな。しかし、あの子がトーカの言っていた初日に受けたクエストの依頼主か」

「あんなちっちゃい子が……凄い強かな子だったたな。あの親父さんを一言でKOたぁ恐れ入った」

あの後、何とか仮処置程度の説明を終えて道具屋に顔を出しに行った一行だったが、店には紳士達なんて目じゃない『カノンを愛する者』がいる。

カノンが抱き着いたままのため、抱っこした状態で向かう事になったトーカは嫌な予感をひしひしと感じながら道具屋に顔を出し、案の定というか予定調和というか、これが本当の『殺気』だとでも言うような重くドス黒い威圧感を店主ルガンから頂戴した。

同時に、店内にもいた紳士達もルガンに比べれば薄いものの、嫉妬や憎悪によって増幅された殺意の視線を叩き付けてきた。

危うく二回目のルガン戦（自主参加の紳士達もいるよ！）が始まるところだったが、カノンの「お兄ちゃんに意地悪しないで！　そんなお父さんは嫌い！」と言葉のストレートパンチでルガンを一発KOしたため、事態は大乱闘に発展する前になんとか収束したのだった。

その後、店の奥から出てきた奥さんに泡を吹いて倒れているルガンと、そんなお父さんからふいっ！　と顔を背けているカノンを預け、流れ弾に被弾して蹲っている紳士達を極力無視しながらいくつかのポーションを迷惑料として購入し、道具屋を後にした。

「町巡りだけのつもりだったのになぁ……」

「なに、これもまた、この町の持つ顔のひとつなのだろう！　私は楽しかったぞ！」

「俺もだ！　ここはいい町だな。活気があって、優しくて、みんなが生き生きしてやがる。将来はこんな町に住みてぇよ」

なんだかんだ騒がしかった町巡りを終え、噴水広場に帰ってきた三人は噴水の縁に腰掛けながら、今日一日を振り返っていた。

ゲームとしてしか見てこなかった《ＥＢＯ》への意識が、今回の町巡りを通してより明確な『もうひとつの現実』という認識へと変わっていたのが自覚出来る。

「遠い未来の将来設計よりも、二人は明日提出の課題について考えるべきだな」

「「…………ギクッ」」

「嘘だろお前ら⁉　ちゃんとゲームする前に課題片付けろって言ったよな⁉」

「「これにてさらば！」」

「あっ！　お前ら！」

課題の話を振った途端に逃げ出《ログアウト》した二人に、後でお仕置きだな……と二人が聞いたら震え上がるような事を考えながら、トーカは最後に一度、噴水広場からぐるりと周囲を見渡す。

建物に阻まれて、見えるのはせいぜい近場だけだが、それでも今日一日の思い出が脳裏に蘇る。

「本当に、いい世界《まち》だよ。ここは」

そう微笑んで、逃げ出した二人を追いかけるためにトーカもログアウトして行った。

この日より三日後。町襲撃イベントの告知がこの場所でエボ君と妖精ちゃんによって為されたのだった。

あとがき

はじめましての方は初めまして、Ｗｅｂ版も読んでるぞという方は書籍版でもお会いできて光栄です。ヒャッハーたちに振り回されっぱなしの地雷酒です。この度は数ある書籍の中から『ヒャッハーな幼馴染達と始めるＶＲＭＭＯ』をお手に取ってくださりまことにありがとうございます。

あとがきを書いている今ですら半分夢見心地で、書ききったら目覚ましに叩き起こされるんじゃないかとビクビクしていますが、どうやら頬が痛いので夢ではなさそうです。

この作品は元々公開するつもりもなく、読専だった私が「自分も書いてみたいな」や「こんなの話が読みたい」と思いだらだらと書いていたものなのですが、二〇十八年の元日にふと「何か新しいことを始めたい」と思い、思い立ったが吉日と投稿してみた。という経緯で生まれた作品でした。しかし、幸運なことにＰＶが伸び、感想が付き、一時はランキングの一位にすら上り詰めました。そうなると気が良くなるのが人の性。元々読専で「好きな作品がエタるのは悲しい」という思いもあり、見切り発車の暴走機関車こと『ヒャッハーな幼馴染達と始めるＶＲＭＭＯ』を思いつくままヒャッハーたちが暴れまわる様を書き続けてきました。

そんなある日、「小説家になろう」の運営から書籍化の打診が来ましたとメッセージが来たのです。

そのメッセージを見たのが布団に入って寝る前のスマホいじりタイムだったこともあり、なんだ夢かとその日はそのまま眠りにつきました。朝起きて確認しましたが、夢じゃありませんでした。もう心臓バクバクでぜひお願いします！　と打診いただいたＴＯブックス様に連絡し、そこからいろいろとご迷惑をおかけしながらなんとか完成品を皆様にお届けできるまでにこぎつけました。

さて、そんな経緯で書籍化と相成った当作品ではありますが、書籍化するにあたって一番大きな変化といえば、そう。イラストです。素晴らしいイラストでヒャッハーたちを彩り、より生き生きとしたキャラクターへと昇華してくださった榎丸さく様には一生足を向けて寝られません。

表紙、口絵、そして挿絵。どれを取っても神イラストで何度見ても見入ってしまいます。一枚一枚に原稿用紙十枚ほどの感想を語っていきたいところではございますが、そんな怪文書を叩き付ける訳にはいかないので最も衝撃を受けた部分に絞ってぶちまけさせてもらおうと思います。

それはキャラデザです。どれもこれも素晴らしいですが、私が最も心臓を撃ち抜かれたのはリクルスです。イメージ通り過ぎて思い返そうとしても以前までどんなイメージを浮かべていたか思い出せません。特にバンダナ。作者が書き忘れただけで最初からつけてましたねこれは。作者にはしっかりと描写してほしいものです。リクルスのバンダナと妖精ちゃんことリーリアのバーコードは神の一手でした。他にも無数にありますが、イラストが素晴らしすぎて欲張ってあれもこれもとリクエストを盛り込んではそれに完璧に応えてくれた榎丸さく様には感謝しかありません。

まだまだ語り足りませんがそろそろ紙幅もなくなってきたのでここで謝辞をば。

本作品の出版に携わったすべての方と、何よりヒャッハーたちを愛して応援してくださった読者様方に無限の感謝を。またこの場所でお会いできることを心より祈っております。

巻末おまけ

コミカライズ第一話

漫画 ひーりんぐ
原作 地雷酒　キャラクター原案 榎丸さく

冒頭試し読み

なあ
聞いたか？
キュウウ…
やたら残虐なプレイをするパーティの話…
グチャッ
聞いた聞いた
血も涙もねえって…
グチャッ
ゴオオオ

ギュプッ
ブ
シャ
〜ァっ
ピョン♪
レベルが
上昇しました
お
この辺はこんなもんかな…
ているが
ィである！

ふぃ～
――こんな面をし
至って善良なパーテ
※モザイクは他プレイヤーから見た様子です

なぁ！
ん
いえーい！
ギャ!?
アイ
うわさの…
ざわっ…
ハッ
こっこんなはずでは…
トーカ〜！肉めっちゃドロップしたぞ〜！